译文经典

尼克·亚当斯故事集

The Nick Adams Stories

Ernest Hemingway

〔美〕海明威 著

陈良廷 等译

上海译文出版社

目 录

第三部　战争

第四部　退伍军人之家

第五部　两人为伴

前　　言

菲利普·扬

“关于他小时候待过的地区，他写得相当不错。是他当时能达到的最佳水平。”有一位垂死的作家在《乞力马扎罗的雪》的初稿中这样想。那位作家当然就是海明威。那个地区是他小时候度夏的密歇根州，而他在回忆中自称为尼克·亚当斯。“是他当时能达到的最佳水平”确乎是非常出色的。

然而涉及尼克的那些短篇一直显得数量过大，而且顺序是打乱的，所以至今没有被收成一集。结果呢，他这些冒险故事的连贯性被弄得模糊不清，给读者的印象也是支离破碎的了。在海明威的第二部短篇小说集《没有女人的男人们》中，尼克最初作为在意大利的士兵出场，接下来是伊利诺斯州顶峰镇的一个青少年，然后依次是密歇根州的一个小男孩、在奥地利的一个已婚男子、又是在意大利的一名士兵。还有，想想海明威最著名的短篇之一《大双心河》所引起的麻烦吧。它给放在第一部短篇集《在我们的时代里》的末尾，使许许多多读者感到不解。如果按照时间顺序，放在写第一次世界大战的那些短篇的后面，故事中隐藏着的紧张感——尼克给人的那种在驱除心中的某种莫名的焦虑的印象——便完全可以理解了。但是，在时间方面先于《大双心河》并且对它作出解释的《你们决不会这样》，却是在八年后出了几部书后才发表的。

如果按时间顺序排列，尼克生活中的诸重大事件便构成一篇富有意义的记叙文了，其中有个令人难忘的角色从孩子成长为青少年，再成为士兵、复员军人、作家和父亲——这个过程和海明威本人生活中发生的大事是亦步亦趋的。这样一排列，长久以来根本没有被广泛地认为是个前后贯穿的角色的尼克·亚当斯，便清晰地凸现为海明威作品中一长串他本人的化身中的第一个。随后的那些主人公，从杰克·巴恩斯和弗瑞德里克·亨利到里查德·坎特韦尔和托马斯·赫德森①，全都有尼克的历史以及与之相关的海明威的历史的一部分作为后盾。

跟许多虚构小说作家的真实情况一样，海明威的作品和他本人生活中的大事之间的关系是直接而错综复杂的。在有些短篇中，他显然把他实际经历中的种种细节如实地作出报道，仿佛在记日记一般。在另外一些短篇中，他运用想象力把自己的经历变幻成新的不同的情事。探索海明威作品中现实与虚构之间的种种联系，能成为一桩引人入胜的活动，而凡是意欲进一步钻研这问题的读者请参阅本前言后附的传记书目。但是海明威自然存心指望他这些短篇不必依靠这方面的考虑便能让人理解并欣赏——实在好久以来这些短篇正是如此的。

第一篇写尼克·亚当斯的虚构小说几乎在半个世纪前就问世了，最后一篇在1933年，而多年来还写下了好一些。在海明

① 这四人分别为《太阳照常升起》、《永别了，武器》、《过河入林》及《岛在湾流中》的男主人公。

威身后留下的未出版的手稿中，竟发现了这总的长卷中的八篇新作。今天把它们安插在其事件发生的时间顺序中，在这里第一次推出，而它们在篇幅和明显的创作意图方面，是各各不同的。其中有三篇——写到印第安人如何撤离尼克小时候待的地区、写到他第一眼看到密西西比河的感受，以及他婚礼前后发生的事——都相当短。如果作者曾有过把其中的哪一篇加以铺陈的打算，那是无法得知了；只能干脆把它们当作一位艺术家笔记本中的几篇速写来看待了。在另外两篇中，他的意图是不言自明的，因为在这里我们看到的是永远没法完成的作品的开端部分。尼克搭上“芝加哥号”，在第一次世界大战期间去法国，原是一部早就放弃的名叫《和青春同行》的长篇小说的开端。《最后一方清净地》也是同样的情况，尽管是多年以后才写的，它的情节戛然而止，还得写好多页才能把其中的矛盾冲突圆满解决。另外两篇分明是从业已发表的尼克故事中发展而成的。《三下枪声》讲述这少年如何在一次野营时感到惊慌失措。它一度是放在《印第安人营地》这个短篇前面的。而尼克关于他写作的“意识流”反思一度是（只是年代误植了）作为《大双心河》的尾声的。在这些新作中，只有极可能是海明威关于尼克·亚当斯所写的第一篇《度夏的人们》才可算是完整的。

为了把这些新作和已发表的那些短篇区别开来，本书中所有的新作都用一种特制的“斜体”铅字来印刷[①]。如果有人对我们决定发表这些短篇提出疑问的话，我们有现成的话可以作辩解。首先，把所有的尼克·亚当斯故事重新排列成为一个连

① 这在中文译本中当然是不必要的。

贯的系列是根据填补这叙述长卷中实际上的各段空白的资料来进行的。再者，这些新的虚构故事全都在某些方面和作者生活中发生的事有关联，而读者们对此是一直感兴趣的。最后一点最最重要，这些短篇对我们这位最杰出作家之一的作品和性格作出了新的阐明，并能切实提高我们对他的理解。用斜体铅字排印不过是间接地唤起读者的注意，但我们期望能得到热烈的欢迎。

1972 年

吴　劳　译

第一部　北方森林

三下枪声

尼克正在帐篷里脱衣服。他看见篝火在帐篷上投下他父亲和乔治叔叔的影子。他感到好生不安和羞愧，便尽快地脱下衣服，整整齐齐叠好。他感到羞愧是因为脱衣服使他想起了上一晚的事。整天来他都把这事抛置脑后了。

他父亲和叔叔吃过晚饭就走了，带着盏篝灯过湖去钓鱼。他们把小船推下水之前，他父亲吩咐他，万一他们不在时出了什么紧急情况，他只要开三下枪，他们就马上赶回来。尼克从湖边穿过林子回到营地。他听得见黑暗中的船桨声。他父亲在划桨，他叔叔坐在船尾拉饵钓鱼。他父亲把小船推下水时，他叔叔已经早拿着钓竿坐好了。尼克留神听他们在湖面上的动静，到再也听不见桨声才罢。

尼克一路穿过林子走回去，倒害怕起来了。夜间他对林子总不免有点害怕。他掀开帐篷门帘，脱了衣服，摸黑悄悄钻进毯子里躺着。帐篷外的篝火烧剩一堆木炭了。尼克躺着一动不动，想法入睡。到处都没动静。尼克感到只要能听到一声狐狸叫，或者猫头鹰啼啊什么的，就放心了。到目前为止还没什么明确的东西让他害怕。可是眼下他却大大害怕起来。蓦地他怕起死来了。才两三个礼拜前，他们在家乡的教堂里，刚唱过一首赞美诗，“生命总有一天会断送”[1]。他们唱这首赞美诗时尼克明白了自己总有一天必定会死。这使他感到非常难受。这是他头一回明白自己迟早难逃一死。

那天晚上，他坐在过道夜明灯下看《鲁滨孙历险记》[2]，想借此忘却生命总有一天会断送这一事实。保姆看见他在过道上，吓唬他说要是他不去睡觉，就要去告诉他父亲了。他进房去睡了，但等保姆进了她自己的房间，他又出来，在过道夜明灯下看书直看到天明。

昨晚，他在帐篷里就有过同样的恐惧。他只是到了晚上才有这种恐惧。开头倒不好算是恐惧，而更像是一种体会。但总是处在恐惧的边缘，而且一旦开了头，一下子就害怕起来。他只要心里真的一吓坏，就马上拿起枪，把枪口从帐篷口伸出去，开上三枪。枪杆朝他反冲得够呛。他听见枪子在林间摧枯拉朽，一掠而过。他只要一开了枪就没事了。

他躺下来等他父亲回来，但他父亲和叔叔在湖对面还没吹灭篝灯，他就睡着了。

“这混小子，”他们往回划时，乔治叔叔说。“你干吗吩咐他叫我们回去啊？他没准儿被什么弄得大惊小怪了。”

乔治叔叔是他父亲的弟弟，一个钓鱼迷。

“啊，得了。他还小呢，”他父亲说。

---

① “生命总有一天会断送”是赞美诗《靠恩得救歌》中的第一句，原汉译本译为“有日银链将要折断”，典出《圣经 · 传道书》第 12 章，按“银链”指的就是“生命线”。这首赞美诗是基督教丧葬追思等活动中所用。

② 英国作家笛福(1660？—1731)的代表作。旧译为《鲁滨孙漂流记》。

“这可不是带他跟我们一起到林子里来的理由啊。”

“我知道他胆子特小，”他父亲说，“可我们在他那年龄胆子都小。”

“我真受不了他，”乔治说。“他鬼话特多。”

“啊，得了，别提了。反正今后你钓鱼的机会多的是。”

他们走进帐篷，乔治叔叔拿手电直照着尼克的眼睛。

“怎么啦，尼基？”他父亲说。尼克在床上坐起身。

“听上去像是狐狸和狼的杂种，就在帐篷四下转悠，”尼克说。“有点儿像狐狸，但更像狼。”当天他刚从叔叔那儿学会“杂种”这词儿。

“他没准儿听到了猫头鹰啼叫吧，”乔治叔叔说。

早上，他父亲发现有两棵大椴树长得彼此靠拢，在风中会摩擦发声。

“你看是这个声响吗，尼克？”他父亲问。

“兴许是吧，”尼克说。他不愿再想这事了。

“今后你在林子里可不要害怕了，尼克。没一样伤得了你。”

“连闪电也伤不了？”尼克问。

“对，连闪电也伤不了。碰上大雷雨就跑到空地上去。躲在山毛榉树下也行。它们从没挨过雷击。”

“从来没有？”尼克问。

“我从没听说过，”他父亲说。

“哎呀，听你说山毛榉树能行，我真高兴，”尼克说。

这会儿他又在帐篷里脱衣服了。虽然他没在看他们，可是他觉察到帐篷上有两个人影。随即他听到小船给拖上湖滩，两个人影便没了。他听见父亲跟什么人在说话。

接下来他父亲大喝一声道，“穿上衣服，尼克。”

他赶快穿好衣服。他父亲走进帐篷，在圆筒形行李袋里翻来找去。

“穿上外衣，尼克。”他父亲说。

陈良廷　译

印第安人营地

又一条划船给拉上了湖岸。两个印第安人站在湖边等待着。

尼克和他的父亲跨进了船艄，两个印第安人把船推下水去，其中一个跳上船去划桨。乔治叔叔坐在那条营船的尾部。那年轻的一个把营船推下了水，随即跳进去给乔治叔叔划船。

两条船在黑暗中出发。在浓雾里，尼克听到远远地从前面传来另一条船的桨架的声响。两个印第安人一桨接一桨地划着，掀起了一阵阵水波。尼克躺倒下去，他父亲用一臂搂着他。湖面上很冷。给他们划船的那个印第安人使出了大劲，但是另一条船在雾里始终走在前面，越来越赶到前面去了。

“上哪儿去呀，爸爸？”尼克问。

“上那边印第安人营地去。有个印第安妇女病得很重。”

“噢，”尼克说。

划到海湾的对岸，他们发现那另一条船已上了岸。乔治叔叔正在黑暗中抽雪茄。那年轻的印第安人把船拖上了沙滩好一段路。乔治叔叔给两个印第安人每人一支雪茄。

他们从沙滩走上去，穿过一片露水浸湿的草地，跟着那个年轻的印第安人走，他手里拿着一盏提灯。接着他们走进了林子，沿着一条羊肠小道走去，小道的尽头是那条朝后穿进小山之间的运木大路。大路上明亮得多，因为两旁的树木都已砍掉了。年轻的印第安人立停了，吹灭了提灯，他们一起沿着大路往前走。

他们绕过一道弯，有一只狗汪汪地叫着，奔出屋来。前面剥树皮的印第安人住的棚屋里有灯光透出来。又有几只狗向他们冲过来。两个印第安人把它们都打发回棚屋去。最靠近路边的棚屋有灯光从窗口透出来。一个老婆子提着灯站在门口。

屋里，木板床上躺着一个年轻的印第安妇女。她正在生孩子，已经两天了，还是生不下来。营里的老年妇女都一直在照应她。男人们跑到了路上，直跑到听不见她叫喊的地方，在黑暗中坐下来抽烟。尼克和那两个印第安人，跟着他父亲和乔治叔叔走进棚屋时，她正好又尖叫起来。她躺在双层床的下铺，盖着被子，肚子鼓得高高的。她的头扭向一边。上铺上躺着她的丈夫。三天前，他把自己的腿用斧头砍伤了，伤得很重。他在抽板烟。屋子里一股浓浓的烟味。

尼克的父亲叫人放些水在炉子上烧，在烧水时，他跟尼克说话。

"这位太太快生孩子了，尼克，"他说。

"我明白，"尼克说。

"你并不明白，"父亲说。"听我说吧。她现在正在忍受的叫阵痛。婴孩要生下来，她也要把婴孩生下来。她的全身肌肉都在用劲要把婴孩生下来。方才她大声直叫就是这么回事。"

“我明白了，”尼克说。

就在这时候，产妇又叫起来。

“噢，爸爸，你不能给她吃点什么，好让她不这么叫吗？”尼克问。

“不行。我没有带麻药，”他父亲说。“不过让她去叫吧，没关系。我听不见，因为她叫不叫没关系。”

那做丈夫的在上铺翻身面向墙壁。

厨房里那个妇女向大夫做了个手势，表示水热了。尼克的父亲走进厨房，把大壶里的水倒了一半光景在脸盆里。他解开手帕，拿出一点药来放在壶中剩下的水里。

“这半壶水要烧开，”他说，就用营里带来的肥皂在这盆热水里把手洗擦起来。尼克望着父亲沾满肥皂的双手互相擦了又擦。他父亲一面小心地把双手洗得干干净净，一面讲话。

“你知道，尼克，按理说，小孩出生时头先出来，但有时并不这样。碰到不是头先出来，那就要给大家添不少麻烦了。说不定我得给这位女士动手术呢。等会儿就可以知道了。”

等他认为自己的双手已经洗干净了，就走进去准备接生了。

“把被子掀开好吗，乔治？”他说。“我最好不碰这被子。”

随后他开始动手术，乔治叔叔和三个印第安男子按住了产妇，不让她动。她咬了一口乔治叔叔的手臂，乔治叔叔说，“该死的臭婆娘！”那个给乔治叔叔划船来的年轻印第安人听了就笑他。尼克给他父亲端着脸盆。手术做了好长一段时间。

他父亲拎起孩子，拍拍他，让他透过气来，然后把他递给那个老婆子。

“瞧，是个男孩，尼克，”他说。“做个实习大夫，你觉得怎么样？”

尼克说，“行啊。”他正望着别处，这样可以不去看他父亲在干什么。

“得了。这就可以啦，”他父亲说着，把什么东西放进了盆里。

尼克看也不去看一下。

“现在，”他父亲说，“要缝上几针。看不看都可以，尼克，随你的便。我要把切开的口子缝起来。”

尼克没有看。他的好奇心早就飞走了。

他父亲做完手术，直起身来。乔治叔叔和那三个印第安男子也直起身来。尼克把脸盆端到厨房去。

乔治叔叔看看自己的手臂。那个年轻的印第安人想起了什么，微笑起来。

“我要在你伤口上涂些双氧水，乔治，”大夫说。他弯下腰去看那印第安产妇。这会儿她安静下来了，双眼紧闭着。她脸色煞白。娃娃怎么样，她不知道，她什么都不知道。

“明天早上我再来，”大夫挺起身来说。“到中午时分会有护士从圣依格内斯来，我们需要的东西她都会带来。”

这当儿他的劲头来了，话也多了，就像一场比赛后足球运动员在更衣室里那样。

“这个手术真可以上医学杂志了，乔治，”他说。“用一把大折刀做剖腹产手术，再用九英尺长尖细的羊肠线缝起来。”

乔治叔叔靠墙站着，看着自己的手臂。

“噢，你是个了不起的人物，没错，”他说。

“该去看看那个洋洋得意的爸爸了。在这些小事情上，做爸爸的往往忍受的痛苦最大，”大夫说。“我得说，他倒是真能沉得住气。”

他把蒙着那印第安人的头的毯子揭开。他拉开手，感到湿漉漉的。他踏上下铺的边缘，一只手提着灯，往上铺一看。只见那印第安人脸朝墙躺着。他的脖子贴两个耳根割开了一道大口子。鲜血直朝下淌，在他的身子把床铺压得下陷的地方汪成一个血泊。他的头枕在左臂上。那把打开的剃刀，刀锋朝上，搁在毯子上。

“快把尼克带出屋去，乔治，”大夫说。

根本不用多此一举了。尼克正好站在厨房门口，当他父亲一手提着灯、把那印第安人的脑袋朝后一推时，把上铺看得清清楚楚。

父子俩沿着伐木道走回湖边的时候，天刚刚有点亮。

“这次我真不该带你来，尼克，”父亲说，做了手术后的那份得意劲儿全消失了。“真是糟透了，拖你来从头看到底。”

“女人生孩子都得受这份大罪吗？”尼克问。

“不，这是很少见、很少见的例外。”

“他干吗要自杀呀，爸爸？”

“我说不好，尼克。他这人受不了刺激吧，我猜想。”

“自杀的男人有很多吗，爸爸？”

“不太多，尼克。”

“女人呢，多不多？”

“难得有。”

“有没有呢？”

“噢，有的。有时候也有。”

“爸爸？”

“嗯。”

“乔治叔叔上哪儿去啦？”

“他会来的，没问题。”

“死，难吗，爸爸？”

“不，我想是很容易的吧，尼克。要看情况。”

他们在船上坐下了，尼克在船艄，他父亲划桨。太阳正从山背后升起来。一条鲈鱼跃出水面，激起一个水圈。尼克伸手在水里，朝前溜去。清早冷飕飕的，手倒觉得很温暖。

大清早在湖上，坐在船艄让他父亲划着船，他蛮有把握地相信自己永远不会死。

玉　澄　译

医生夫妇

迪克·博尔顿从印第安人营地来替尼克的父亲锯原木。他随带儿子埃迪和另一个叫比利·泰布肖的印第安人。他们走出林子，从后院门进来，埃迪扛着长长的横锯。他走路时锯子在肩上啪嗒啪嗒地颠动，发出乐声来。比利·泰布肖带着两根大钩杆[①]。迪克挟着三把斧子。

他转身关上院门。其他三个径自走在他头里，直奔湖岸而去，原木就掩埋在岸边的沙子里。

这些原木是从"魔法"号轮船在湖上拖运到锯木厂来的大批浮木中漂失的。它们漂流到沙滩上来，要是不加以处理，"魔法"号上的水手迟早会乘一条划子顺着湖岸划来，看到了它们，便用带环的铁钉钉上每根原木的一端，然后拖到湖面上，做成一个新的木筏。不过伐木工兴许永远不会来找，因为区区几根原木犯不着出动水手来回收。要是没人来拿，这些木头就会泡足了水，在沙子里烂掉。

尼克的父亲一直以为总会这么着，才雇了印第安人从营地来替他用横锯锯断这些原木，再用楔子把它们劈开，做成小木料和敞口壁炉用的柴禾。迪克·博尔顿绕过小屋，向湖边走去。有四大根山毛榉原木几乎被沙子全埋没了。埃迪将锯子的一个把手挂在一棵树的树杈上。迪克在小码头上把三把斧子放下。迪克是个混血儿，湖边那一带不少庄稼人却认为他其实是个白人。他很懒，不过一干起活来，还是一把好手。他从口袋里掏出一块嚼烟来，咬下一小块，就用奥吉布瓦[②]语对埃迪和比利·泰布肖说话。

他们把两根钩杆扎进一根原木，使劲转动，想把它从沙子中松开。他们把浑身力量都压在钩杆上。木头在沙中松动了。迪克·博尔顿对尼克的父亲回过头来。

“我说，医生，”他说，“你偷到了好大一批木材啊。”

“别这么说，迪克，”医生说。“这是漂上岸来的木头。”

埃迪和比利·泰布肖把这原木从湿沙里硬拉出来，朝湖水滚去。

“就把它放在水里吧，”迪克·博尔顿大喝一声道。

“你干吗要这么做？”医生问。

“洗洗干净。把沙土洗掉才好锯呢。我倒要看看这木头是谁的，”迪克说。

原木就在湖面上漂荡着。迪克和比利·泰布肖身子靠在他们的钩杆上，在日头底下直淌汗。迪克在沙地里跪下，瞧着原木一端那过秤人的锤印。

“原来是怀特与麦克纳利木行的，”他说着站起身，掸掉

---

① 一端装有活动钩的木杆，用来钩住原木使其翻转。

② 奥吉布瓦为居住在北美苏必利尔湖那一带地方的一个印第安部族。

裤子膝部的沙土。

医生显得不安极了。

“那你最好别锯了，迪克，”他没好气地说。

“别发火啊，医生，”迪克说。“别发火。我才不管你偷谁的。这不关我的事。”

“你要是认为木头是偷来的，就不锯算了，带着你的工具回营地去，”医生说。他脸都红了。

“别动不动就乱来啊，医生，”迪克说。他唾了一口烟油在木头上。烟油一滑，滑进水里给冲淡了。“你我都清楚这是偷来的。可反正这跟我不相干。”

“得了。你要是认为木头是偷来的，那就拿着家伙滚吧。”

“喂喂，医生——”

“拿着家伙滚吧。”

“听我说，医生。”

“你要是再叫我一声医生，我就敲断你的狗牙，叫你咽下去。”

“啊，不，谅你不敢，医生。”

迪克·博尔顿瞧着医生。迪克是个大个儿。他知道自己个儿多大。他乐意打架。他蛮高兴。埃迪和比利·泰布肖身子靠在钩杆上，瞧着医生。医生嚼着长在下唇边的胡子，瞧着迪克·博尔顿。然后他转身就朝山上的小屋走去。他们从他的背影可以看出他有多火。他们全都目送他一路上山，走进小屋。

迪克说了一句奥吉布瓦语。埃迪笑了，可比利·泰布肖神色非常严肃。他不懂英语，但吵架时他一直在冒汗。他身子肥胖，唇上只有几根胡子，像个中国佬。他拿起那两根钩杆。迪克捡起斧子，埃迪从树上摘下锯子。他们动身了，上坡走过小屋，走出后院门，进了树林。迪克让院门开着。比利·泰布肖走回来，把门闩上。他们穿过树林走了。

小屋里，医生坐在自己房间的床上，看见立柜旁地板上有一堆医学杂志。这些杂志还没拆封。他一看就火了。

“你不是要继续工作吗，亲爱的？”医生的妻子正躺在拉下了遮阳帘的屋子里，顺口问道。

“不！”

“出什么事了？”

“我跟迪克·博尔顿吵了一架。”

“哦，”他妻子说。“但愿你没动肝火，亨利。”

“没，”医生说。

“记住，克己的人胜过克城的人①，”他妻子说。她是个基督教科学派。她的《圣经》、她那本《科学与健康》②和《季刊》就放在暗洞洞的房里床边的桌上。

她丈夫不答腔。这会儿他正坐在床上，擦着猎枪。他把沉甸甸的黄纸壳子弹塞满了弹膛，再啪地退出。子弹撒在床上。

“亨利，”他妻子喊道。停顿了片刻。“亨利！”

“嗯，”医生说。

“你没说过什么惹博尔顿生气的话吧？”

---

① 典出《圣经·旧约全书·箴言》第16章第32节，引文据新译本《圣经》，此句强调有自制能力之重要。

② 基督教科学派是玛丽·贝克·埃迪于1866年首创的一种医疗学说，将基督教与科学相结合，以精神力量战胜疾病。《科学与健康》初版于1875年，是她认为得到上帝启示后所写的该教派的权威读物，经常修订，直到1910年，使教义更为明确。该书流传极广。

“没有，”医生说。

“那有什么可烦心的，亲爱的？”

“没什么大不了的。”

“跟我说说，亨利。请你别瞒住我什么事。究竟有什么可烦心的？”

“说起来，我治好了迪克老婆的肺炎，他欠了我一大笔钱，我想他存心吵上一架，这样就不用干活来抵债了。”

他太太不作声。医生用一块破布仔细擦着枪。他又把子弹推进去，顶住弹膛的弹簧。他坐在那里，枪搁在膝上。他很喜欢这支枪。一会儿他听到从暗洞洞的房里传来他妻子的说话声。

“亲爱的，我倒认为，我真的认为谁也不会真的做出那种事来。”

“是吗？”医生说。

“是的。我真的不信哪个人会存心做出那种事来。”

医生站起身，把猎枪放在镜台后面的墙角里。

“你要出去吗，亲爱的？”他妻子说。

“我想去走走，”医生说。

“亲爱的，你要是看见尼克，请你跟他说妈妈要找他，行吗？”他妻子说。

医生出去，走到门廊上。纱门砰的一声在他身后关上了。门砰地关上时，他听见太太倒抽了一口气。

“对不起，”他在拉下遮阳帘的窗户外说。

“没事儿，亲爱的，”她说。

他在暑热中走出院门，沿着小径走进铁杉树林子。在这么个大热天里，林子里竟然还是很荫凉。他看见尼克背靠一棵树坐着，在看书。

“你母亲要你进去看看她，”医生说。

“我要跟你一起去，”尼克说。

他父亲低头看着他。

“行啊。那就快走吧，”他父亲说。“把书给我，我来把它放在口袋里。”

“我知道哪儿有黑松鼠，爹，”尼克说。

“好吧，”他父亲说。“我们就到那儿去吧。”

陈良廷　译

十个印第安人

有一年过了七月四日[①]，尼克同乔·加纳一家子坐着大篷车，很晚从镇上赶回家，一路上碰到九个喝醉的印第安人。他记得有九个，因为乔·加纳在暮色中赶车时勒住了马，跳到路上，把一个印第安人拖出车辙。那印第安人脸朝下，趴在沙地上睡着了。乔把他拖到矮树丛里就回到驾车座上。

“光从镇子边到这里，”乔说，“算起来一共碰到九个人了。”

“那些印第安人哪，”加纳太太说。

尼克跟加纳家的两个小子坐在后座上。他正从后座上往外看看乔拖到路边的那个印第安人。

“这人是比利·泰布肖吗？”卡尔问。

“不是。”

“看他的裤子，怪像比利的。”

“所有的印第安人都穿一模一样的裤子。”

“我根本没看见他，”弗兰克说。“我什么也没看见，爸已经跳到路上又回上车来了。我还以为他在打死一条蛇呢。”

"我看，今晚有不少印第安人都要打蛇呢，"乔·加纳说。

"那些印第安人哪，"加纳太太说。

他们一路赶着车。从公路干道上拐入上山的坡道。马儿拉车爬坡很费劲，小伙子们就下车步行。路面全是沙土。尼克从校舍旁的小山顶回头看看，只见佩托斯基[②]的灯火闪闪，隔着小特拉弗斯湾，对岸的港泉镇也是灯火闪闪。他们又爬上大篷车。

"他们应当在那段路面上铺些沙砾才是，"乔·加纳说。大篷车沿着林间那条路跑着。乔和他太太紧靠着坐在前座。尼克坐在两个小伙子之间。那条路出了林子，进入一片空地。

"爸就是在这儿压死那只臭鼬的。"

"还要往前呢。"

"在哪儿都一样，"乔头也不回地说，"在这儿压死臭鼬跟在那儿压死臭鼬都是一码事。"

"昨晚我看见两只臭鼬，"尼克说。

"在哪儿？"

"在湖边。它们正沿着湖滨寻找死鱼呢。"

"没准儿是浣熊吧，"卡尔说。

"是臭鼬。我想我总认得出臭鼬吧。"

"你应当认得出，"卡尔说。"你有个印第安女朋友嘛。"

"别这样说话，卡尔，"加纳太太说。

---

① 美国独立纪念日。

② 佩托斯基是霍顿斯湾镇东北的一个大城市。

"唉，闻上去都一个味呢。"

乔·加纳哈哈大笑了。

"你别笑了，乔，"加纳太太说。"我决不准卡尔这样说话。"

"你有个印第安女朋友吗，尼基[1]？"乔问。

"没有。"

"他也有的，爸，"弗兰克说。"普罗登斯·米切尔是他的女朋友。"

"她不是。"

"他天天都去看她。"

"我没有。"尼克坐在暗处，夹在两个小伙子之间，听人家拿普罗登斯·米切尔打趣，心里感到空落落的，但很高兴。"她不是我女朋友，"他说。

"别听他的，"卡尔说。"我天天都看见他们在一块儿。"

"卡尔找不到女朋友，"他母亲说，"连个印第安妞儿都没有。"

卡尔一声不吭。

"卡尔碰到姑娘就不行了，"弗兰克说。

"你闭嘴。"

"你没问题，卡尔，"乔·加纳说。"姑娘们对男人可没一点好处。瞧瞧你爸。"

"是啊，你就会这么说，"大篷车一颠，加纳太太顺势挨紧乔。"得了，你当初有过不少女朋友嘛。"

---

① 尼基是尼克的爱称。

"我敢打赌，爸决不会有印第安女朋友。"

"你可别这么想，"乔说。"你最好还是留神看着普罗迪[1]，尼克。"

他妻子同他说了句悄悄话，他哈哈大笑。

"你在笑什么啊？"弗兰克问。

"你可别说，加纳，"他妻子警告说。乔又笑了。

"尼基尽管跟普罗登斯做朋友好了，"乔·加纳说。"我可娶了个好姑娘。"

"这才像话，"加纳太太说。

马儿在沙地里费劲地拉着车。乔在黑暗中伸出手去挥鞭子。

"走啊，使劲拉车呀。你明天得更使劲地拉车呢。"

马儿一路小跑，跑下长坡，大篷车颠簸着。到了农舍，大家都下了车。加纳太太用钥匙开了门，走进屋里，手里拿着盏灯出来。卡尔和尼克从大篷车后部把货物卸下来。弗兰克坐在前座上，把车赶到牲口棚，安置好马儿。尼克走上台阶，打开厨房门，加纳太太正在生炉子。她正往木炭上倒煤油，不由回过头来。

"再见了，加纳太太，"尼克说。"谢谢你们让我搭车。"

"哎，什么话，尼基。"

"我玩得很痛快。"

"我们欢迎你来。你不留下吃饭吗？"

"我还是走吧。我想爹大概在等着我呢。"

---

① 普罗迪是普罗登斯的昵称。

“好吧，那就请便。你把卡尔叫来，好吗？”

“好吧。”

“明天见，尼基。”

“明天见，加纳太太。”

尼克走出场院，直奔牲口棚。乔和弗兰克正在挤奶。

“明天见，”尼克说。“我玩得痛快极了。”

“明天见，尼克，”乔·加纳大声说。“你不留下吃饭吗？”

“对，我不能留下。请你转告卡尔，他妈妈叫他去，好吗？”

“好吧。明天见，尼基。”

尼克光着脚，在牲口棚下面草地间那条小路上走着。小路溜滑，光脚沾到露水凉丝丝的。他在草地尽头处翻过一道栅栏，穿过一条冲沟，双脚被沼泽中的泥浆弄湿，然后穿过干燥的山毛榉树林攀登，终于看见自己小屋里的灯光。他翻过栅栏，绕到前门廊上。他从窗口看见他父亲正坐在桌边，在那盏大灯的灯光下看书。尼克开门走进屋。

“啊，尼基，”他父亲说，“今天玩得开心吗？”

“我玩得痛快极了，爹。今年的独立纪念日真带劲。”

“你饿了吧？”

“可不。”

“你的鞋子怎么啦？”

“我把鞋落在加纳家的大篷车上了。”

“快到厨房里来。”

尼克的父亲拿着灯走在头里。他站住了揭起冰箱的箱盖。尼克径自走进厨房。他父亲端来一个盘子，上面放着一片冷鸡肉，还有一壶牛奶，把这些都放在尼克面前的桌上。他放下灯。

“还有些馅饼，”他说。“这些够你吃了吗？”

“太棒了。”

他父亲在铺着油布的饭桌边一张椅子上坐下来。他在厨房墙壁上投下一个巨大的身影。

“球赛哪队赢了？”

“佩托斯基队。五比三。”

他父亲坐着看他吃，提着壶替他在玻璃杯里倒满牛奶。尼克喝了奶，在餐巾上擦擦嘴。他父亲伸手到搁板上去拿馅饼。他给尼克切了一大块。原来是越橘馅饼。

“你干了些什么来着，爹？”

“我早上去钓了鱼。”

“钓到了什么？”

“只有些鲈鱼。”

他父亲坐着看尼克吃馅饼。

“你今天下午干了些什么？”尼克问。

“我去印第安人营地那边走了走。”

“见到了什么人吗？”

“印第安人全去镇上喝个醉了。”

“那你一个人也没见到？”

“我见到了你的朋友普罗迪。”

“她在哪儿？”

“她跟弗兰克·沃希伯恩在林子里。我撞见了他们。他们玩得蛮开心呢。”

他父亲并不对他看。

"他们在干什么？"

"我没停下来弄个明白。"

"跟我说说他们在干什么？"

"我不知道，"他父亲说。"我只听见他们在追来追去。"

"你怎么知道是他们？"

"我看清正是他们。"

"我还以为你说过没看清他们呢。"

"哎，对了，我看清正是他们。"

"是谁跟她在一起？"尼克问。

"弗兰克·沃希伯恩。"

"他们可——他们可——"

"他们可什么啊？"

"他们可开心？"

"我想是吧。"

他父亲从桌边站起来，走出厨房纱门。他回来时看见尼克眼巴巴地看着盘子。原来他刚才哭过。

"再来一点？"他父亲拿起刀来切馅饼。

"不了，"尼克说。

"还是再吃一块吧。"

"不了，我一点也不想再吃了。"

他父亲收拾了饭桌。

"他们在树林里什么地方？"尼克问。

"在营地后边儿。"尼克看着盘子。他父亲说，"你还是上床去睡吧，尼克。"

"好吧。"

尼克进了自己的房，脱了衣服，上了床。他听见父亲在起居室里走来走去。尼克躺在床上把脸埋在枕头里。

“我的心碎了，”他想。“如果我这么难受，我的心一定碎了。”

过了一会儿，他听见父亲吹灭了灯，走进他自己的房里。他听见外面树林间刮起一阵风，感到风凉飕飕地透过纱窗吹进屋来。他把脸埋在枕头里躺了老半天，过了一会儿才不去想普罗登斯，终于睡着了。半夜醒来，听到屋外铁杉树林间的风声和湖上潮水的拍岸声，他又入睡了。早上，刮起了大风，湖水高涨，漫到湖滩上，他醒了老半天才想起自己的心碎了。

刘文澜　译

印第安人搬走了

佩托斯基的大路从培根爷爷的农场直通山上。农场在大路的终端。可是，看上去这条路总像是从他的农场开头通往佩托斯基的，一路顺着树林边，直上陡峭多沙的长坡，进入林间不见踪影，这长坡就是到此碰上一片阔叶树林突然中止的。

这条路进了林子，空气变得阴凉，脚下的沙地湿得发硬了。路面在林间的山坡上上下下，两边都是浆果树丛和山毛榉幼树，不得不定期修剪，免得枝桠完全挡住路面。到了夏天，印第安人沿路采集野莓子，带到山下小屋出售，红艳艳的野山莓叠在提桶里，沉甸甸的，都压碎了，上面盖着椴木叶保持阴凉；后来卖黑莓，一桶桶的，都结实鲜亮。印第安人带着货，穿过林子到湖滨小屋来。根本听不见他们来的声息，他们就到了，拎着装满野莓子的铁皮桶，站在厨房门口。有时尼克正躺在吊床上看书，闻到了印第安人进了院门，走过木柴堆，绕过屋子。凡是印第安人都是一个味儿。印第安人都有这股甜腻腻的气味。当初培根爷爷把地岬边的窝棚租给印第安人，他们走后，他踏进窝棚，里面全是这股味儿，那时是他头一回闻到这味儿。从此培根爷爷再也没法把窝棚租给白人了，也没印第安人来租过，因为住过这窝棚的印第安人在七月四日独立节那天到佩托斯基去喝了个烂醉，回来时，躺在马奎特神父[①]铁路轨道上睡大觉，被半夜开过的火车压死了。那个印第安人非常高大，给尼克做过一把白蜡木桨。他单身在窝棚里住过，喝了烈酒夜间独自在林间转。不少印第安人都是这副德性。

印第安人没有一个发的。先前倒有过——那是置办农场的老一辈印第安人，到了儿孙成群，人也老了，长得胖了。就像住在霍顿斯溪边的西蒙·格林这号印第安人，有过一个大农场。可是西蒙·格林死了，他的子女把农场卖了，分掉钱财，奔别处去了。

尼克记得西蒙·格林坐在霍顿斯湾镇铁匠铺前一张椅子上，顶着太阳直冒汗，铺子里正在给他的马钉蹄铁。尼克在棚屋檐下铲起阴湿的泥土，用手指在土里挖虫子，只听得不断传来锤铁的当当声。他把泥土筛进装虫子的罐头里，把刚才铲过的地面再填满，拿铲子拍拍平。西蒙·格林在外面太阳下，坐在椅子上。

“喂，尼克，”尼克一出来他就说。

“喂，格林先生。”

“去钓鱼？”

“对。”

“天好热，”西蒙笑道。“跟你爹说今年秋天我们会有不

---

① 指雅各·马奎特神父（1637—1675），法国天主教耶稣会传教士，探险家，曾与法殖民地总督委派的若利埃沿密西西比河航行，到过阿肯色河口，返航到密歇根湖，在印第安人居住区筹建传教据点。为纪念他，后来修造了一条以他命名的铁路。

少鸟呢。”

尼克一直跨过铁匠铺后面那片田野，到屋里去拿钓鱼竿和鱼篓。到溪边去的路上，西蒙 · 格林坐着双轮马车沿路走过。尼克正走进灌木林，西蒙没看见他。那是他最后一回看到西蒙 · 格林。那年冬天西蒙就死了，第二年夏天他的农场也卖掉了。除了农场他什么也没留下。他把一切都重新投进农场里了。有一个儿子本想继续种田，可是另外两个儿子作了主，把农场卖了。不料到手的钱还不到大家预期的一半。

格林那个本想继续种田的儿子埃迪，在春溪后面买下一块地。另外两个儿子在佩尔斯顿买下一个弹子房。他们亏了本就把它卖了。印第安人就是这副德性。

陈良廷　译

第二部　他独自

世上的光*

酒保看见我们进门，抬眼望望，便伸出手去把玻璃罩子盖在两碗免费菜[①]上。

“给我来杯啤酒，”我说。他在龙头上放了一杯，用刮铲刮掉杯子口上的那层泡沫，然后一手握着杯子不放。我在木吧台上放下五分镍币，他才把啤酒从台面上朝我推来。

“你要什么？”他对汤姆说。

“啤酒。”

他放了一杯，刮掉泡沫，看见了钱才把酒推过来给汤姆。

“怎么啦？”汤姆问。

酒保没答理他。他径自朝我们脑袋上面看过去，冲着进门的一个男人说，“你要什么？”

“黑麦酒，”那人说。酒保摆出酒瓶和酒杯，还有一杯水。

汤姆伸过手去，揭开免费菜上面的玻璃罩。这是一碗腌猪脚，里面搁着一把能像剪子般开阖的木头家伙，末端有两把木叉，用来叉肉。

“不成，”酒保说，把玻璃罩重新盖在碗上。汤姆手里还拿着木叉。“放回去，”酒保说。

“见鬼去，”汤姆说。

酒保伸出一只手到吧台下，眼睁睁看着我们俩。我在木吧台上放了五毛钱，他才挺起身。

“你要什么？”他说。

“啤酒，”我说，于是他先揭开了两只碗上的罩子才去放酒。

“你们这混账猪脚是臭的，”汤姆说，把一口东西全吐在地上。酒保不言语。喝黑麦酒的那人付了账，头也不回就走了。

“你们自己才臭呐，”酒保说。“你们这帮阿飞都是臭货。”

“他说我们是阿飞，”汤米跟我说。

“听着，”我说。“我们还是走吧。”

“你们这帮阿飞快给我滚蛋，”酒保说。

“我说过我们要走的，”我说。“可不是你叫我们走才走的。”

“回头我们还来，”汤米说。

“不，你们甭来了，”酒保对他说。

“给他讲他犯了多大的错，”汤姆回过头来跟我说。

“走吧，”我说。

外面漆黑一团。

---

* 典出《圣经 · 约翰福音》第 9 章第 5 节，耶稣说，“我在世上的时候，是世上的光。”

① 西方的小饭店在三四十年代往往摆出所谓“免费菜”以招徕顾客。

“这是什么鬼地方啊？”汤米说。

“我不知道，”我说。“我们还是上车站去吧。”

我们是从这一头进城的，现在要从另一头出城了。城里一片皮革和鞣树皮和一大堆一大堆的木屑发出的味儿。我们进城时天刚黑，这时天又黑又冷，道上水坑的边缘都在结冰了。

车站上有五个窑姐儿在等火车进站，还有六个白人和四个印第安人。屋内人头济济，火炉烧得很热，满是混浊的烟雾。我们进去时没人在讲话，票房的窗口关着。

“关上门，行不？”有人说。

我看看说这话的是谁。原来是这些白人中的一个。他穿着齐膝盖截短的长裤和伐木工人的胶皮靴，一件麦基诺格子厚呢衬衫，跟另外几个一个样，就是没戴帽，脸色发白，两手也发白，瘦瘦的。

“你到底关不关啊？”

“关，关，”我说着就把门关上。

“劳驾了，”他说。另外有个人嘿嘿笑了。

“跟厨子开过玩笑吗？”他对我说。

“没。”

“你不妨跟这位开一下玩笑，”他瞧着那个叫厨子的，说。“他可喜欢呐。”

厨子眼光避开他，把嘴唇闭得紧紧的。

“他手上抹柠檬汁呢，”这人说。“他死也不肯泡在洗碗水里。瞧这双手多白。”

有个窑姐儿放声大笑。我生平还是头一回看到个头这么大的窑姐儿和娘儿们。她穿着一套会变色的绸子衣服。另外有两个窑姐儿个头跟她差不离，不过这大个儿的体重准有三百五十磅。你瞧着她的时候，还不信她是真的人呢。这三个身上都穿着会变色的绸子衣服。她们并肩坐在长椅上。个头都特大。另外两个的模样就跟一般窑姐儿差不多，都是用过氧化物漂白的金发。

“瞧他的手，”那人说着朝厨子点点头。那窑姐儿又笑了，笑得浑身颤动。

厨子回过头去，连忙冲着她说，“你这一身肥肉的臭婆娘。”

她兀自哈哈大笑，身子直打颤。

“噢，我的天哪，”她说。嗓音怪动听的。“噢，我的老天哪。”

另外两个窑姐儿，一对大个儿，装得安安分分，非常文静，仿佛没什么感觉似的，不过个头都很大，跟那个头最大的一个差不离。两个都足足超过两百五十磅。另外那两个却是一本正经。

男人中除了厨子和说话的那个，还有两个伐木工人，一个在听着，虽然感到有趣，却很腼腆，另一个似乎打算说些什么，还有两个是瑞典人。两个印第安人坐在长椅的另一端，还有一个靠墙站着。

打算说话的那个悄没声儿地跟我说，“包管像是躺在干草堆上。”

我听了不由大笑，把这话说给汤米听。

“凭良心说，像这种地方我还从没见识过呢，”他说。“瞧这三个娘儿们。”这时厨子开腔了。

“你们哥儿俩多大啦？”

“我九十六，他六十九，”汤米说。

“嗬！嗬！嗬！”那大个子窑姐儿笑得直打颤。她的嗓音的确动听。另外几个窑姐儿可没笑。

“噢，你嘴里没句正经话吗？”厨子说。“我问你算是对你友好啊。”

“我们一个十七，一个十九，”我说。

“你这是怎么啦？”汤姆冲我说。

“没事儿的。”

“你叫我艾丽斯好了，”大个子窑姐儿说着身子又打颤了。

“这是你的名字？”汤米问。

“可不，”她说。“艾丽斯。对不？”她回过头来看着坐在厨子身边的男人。

“艾丽斯。一点不错。”

“你正该起这种名字，”厨子说。

“这是我的真名，”艾丽斯说。

“另外几位姑娘叫什么啊？”汤姆问。

“黑兹儿和埃塞尔，”艾丽斯说。黑兹儿和埃塞尔微微一笑。她们不大机灵。

“你叫什么？”我问一个金发娘儿们。

“弗朗西丝，”她说。

“弗朗西丝什么？”

“弗朗西丝·威尔逊。你问这干吗？”

“你叫什么？”我问另一个。

“哼，别放肆，”她说。

“他无非想跟我们大伙交个朋友罢了，”头里说话的男人说。“难道你不想交个朋友吗？”

"不想，"头发用过氧化物漂白的娘儿们说。"不跟你交朋友。"

"她真是个泼辣货，"男人说。"一个地道的小泼妇。"

一个金发娘儿们瞧着另一个，摇摇头。

"天杀的乡巴佬，"她说。

艾丽斯又哈哈大笑起来，笑得浑身直打颤。

"有什么可笑的，"厨子说，"你们大伙都笑，可没什么可笑的。你们两个小伙子，要上哪儿去啊？"

"你自个儿要上哪儿？"汤姆问他。

"我要上凯迪拉克[①]，"厨子说。"你们去过那儿吗？我妹子住在那儿。"

"他本人也是个妹子嘛，"穿截短的长裤的那人说。

"你别说这种话行不行？"厨子说。"我们不能说说正经话吗？"

"凯迪拉克是史蒂夫·凯切尔的故乡，阿德·沃尔加斯特[②]也是那儿的人。"那腼腆的男人说。

"史蒂夫·凯切尔，"一个金发娘儿们尖声说，这名字仿佛在她心中扣动了扳机。"他的亲老子开枪杀了他。咳，天哪，亲老子啊。再也找不到史蒂夫·凯切尔这号人了。"

"他不是叫史坦利·凯切尔[③]吗？"厨子问。

"嘿，少废话！"金发娘儿们说。"你对史蒂夫了解个啥？史坦利。他才不叫史坦利呢。史蒂夫·凯切尔是空前未有

---

① 凯迪拉克，密歇根州中部一大城市，位于纵贯南北的铁道干线上。

② 阿德·沃尔加斯特，1910—1912 年美国轻量级拳击冠军。

③ 史坦利·凯切尔(1886—1910)，实有其人。为 1907—1908 年次重量级拳击冠军。在一次与人争吵中被枪杀。

的大好人、美男子。我从没见过像史蒂夫·凯切尔这么洁净、这么白皙、这么漂亮的男人。天下找不出第二个来。他行动活像老虎，是个空前未有的大好人，花钱最最豪爽。”

“你认识他吗？”男人中的一个问。

“我认识他吗？我认识他吗？我爱过他吗？你问我这个吗？我跟他可熟呢，就像你跟无名小鬼那样熟，我爱过他，就像你爱上帝那样深。史蒂夫·凯切尔哪，他是空前未有的大伟人、大好人、最最白皙的美男子，可他的亲老子竟把他当条狗似的一枪打死。”

“你陪他到东海岸去过吗？”

“没。在这以前我就认识他了。他是我唯一的心上人。”

头发用过氧化物漂白过的娘儿们把这些事说得像演戏似的，人人听了都对她肃然起敬，但艾丽斯又开始打颤了。我坐在她身边感觉得到。

“你原该嫁给他的，”厨子说。

“我不愿损害他的前程，”头发用过氧化物漂白过的娘儿们说。“我不愿拖他的后腿。他要的可不是老婆。唉，我的上帝呀，真是个了不起的男人呐。”

“这样看待这事儿倒也不错，”厨子说。“杰克·约翰逊[①]不是把他击倒过吗？”

“这是耍的诡计，”头发漂白过的娘儿们说。“这个大个子黑人偷打了一下冷拳。本来他已经把杰克·约翰逊这大个子黑杂种击倒了。那黑鬼靠侥幸才战胜他的。”

票房窗口开了，三个印第安人走到窗口去。

---

① 杰克·约翰逊(1878—1946)，美国第一个重量级黑人拳王。

“史蒂夫把他击倒了，”头发漂白过的娘儿们说。“他还扭头冲着我笑呢。”

“我记得你刚才说过你当时不在东海岸，”有人说。

“我就是为了这场拳赛才出门的。史蒂夫扭头冲着我笑，那个该死的黑狗崽子跳起身来，给了他一下冷拳。史蒂夫原是能打垮一百个这号黑杂种的。”

“他是个拳击大王，”那伐木工人说。

“但愿他确实是这样，”头发漂白过的娘儿们说。“但愿现在不再有他这样好的拳手了。他就像位神明，真的。那么白皙、那么洁净、那么漂亮，就像头猛虎或闪电那样出手迅速，干净利落。”

“我在拳赛电影中看到过他，”汤姆说。我们全都听得很感动。艾丽斯浑身直打颤，我一瞧，只见她在哭。那几个印第安人已经走到月台上去了。

“他比天底下哪个做丈夫的都强，”头发漂白过的娘儿们说。“我们当着上帝的面结了婚，我眼下还是他的人儿，而且将一辈子都是他的，我整个儿都是他的。我不在乎自己的身子。人家可以糟蹋我的身子，可我的灵魂是属于史蒂夫·凯切尔的。天呐，他真是个男子汉。”

人人都感到不是味儿。叫人听了又伤心又尴尬。当下那个还在打颤的艾丽斯开口说话了。“你闭着眼睛说瞎话，”她嗓门低低地说。“你这辈子从没跟史蒂夫·凯切尔睡过，你自己有数。”

“亏你说得出这种话来！”头发漂白过的娘儿们神气活现地说。

“我说这话就因为这是真的，”艾丽斯说。“这里只有我一个人认识史蒂夫·凯切尔，我是从曼塞罗那来的，在当地认识了他，这是真的，你也明明知道这是真的，我要有半句假话就叫天打死我。”

“叫天打死我也行，”头发漂白过的娘儿们说。

“这是真的，真的，真的，这个你明明知道。不是瞎编的，而且我还完全记得他跟我说的话。”

“他说些什么来着？”头发漂白过的娘儿们得意洋洋地问。

艾丽斯正在哭，身子颤动得连话也说不出来。“他说过‘你是个可爱的小宝贝，艾丽斯。’这确实是他亲口说的。”

“这是鬼话，”头发漂白过的娘儿们说。

“这是真话，”艾丽斯说。“他的确是这么说的。”

“这是鬼话，”头发漂白过的娘儿们神气活现地说。

“不，这是真的，真的，真的，我对天发誓，一点不假。”

“史蒂夫决不会说这种话。这不是他平素说的话，”头发漂白过的娘儿们高高兴兴地说。

“这是真的，”艾丽斯嗓音怪动听地说。“而且随便你信不信，我都觉得无所谓。”她不再哭了，总算平静了下来。

“史蒂夫不可能说这种话，”头发漂白过的娘儿们扬言说。

“他说了，”艾丽斯说着，露出了笑容。“记得当初他说这话时，我确实像他说的那样，是个可爱的小宝贝，而眼下我要比你强得多，你这个旧热水袋可干得没有一滴水啦。”

“你休想侮辱我，”头发漂白过的娘儿们说。“你这个大脓包。我记性可好呢。”

“不，”艾丽斯嗓音甜得可爱地说。“你记得的事有哪一点是真的？怕只记得你光着腚的日子和几时吸上可卡因跟吗啡吧。其他什么事你都是从报上刚看来的。我做人清白，这点你知道，即使我个头大，男人还是喜欢我，这点你也知道，而且我决不说假话，这点你也知道。”

“你管我记得哪些事？”头发漂白过的娘儿们说。“反正我记得的净是些真事，美事。”

艾丽斯看看她，再看看我们，脸上的受到伤害的神情消失了，她微微一笑，一张脸蛋漂亮得真是少见。她有一张漂亮的脸蛋，一身细嫩光洁的皮肤，一副动人的嗓子，她真是好得没说的，而且的确很友好。可是天呐，她个头真大。她的个头真有三个娘儿们那样大。汤姆看见我正瞧着她，就说，“快来。我们走吧。”

“再见，”艾丽斯说。她确实有副好嗓子。

“再见，”我说。

“你们哥儿俩往哪条道走啊？”厨子问。

“跟你走的不是一条道，”汤姆对他说。

陈良廷　译

拳击家

尼克站起身。他一点没事。他顺着路轨望去，目送那末节货车拐过弯，看不见灯光了。路轨两边都是水，再过去是泡着一片落叶松的沼泽地。

他摸摸膝盖。裤子划破了，皮肤也擦破了。两手都擦伤了，指甲里都嵌着沙子和煤渣。他走到路轨另一边，走下小坡来到水边洗手。他在凉水里仔细洗着，把指甲里的污垢洗净。他蹲了下来，清洗膝盖。

这个扳闸工真是个混账东西。早晚总有一天要跟他算账。叫那家伙再领教领教他的厉害。正该这么干啊。

“过来，小子，”那家伙说。“我给你看样东西。”

他上当了。这玩笑开得实在够呛。下回他们休想再这样骗他啰。

“过来，小子，我给你看样东西。”接着訇的一下，尼克就双手双膝趴在路轨边了。

尼克揉揉眼睛。肿起了一个大疙瘩。眼圈准保发青了。已经感到痛了。扳闸工这混账小子。

他用手指摸摸眼睛上边的肿块。哦，还好，只不过一只眼圈发青罢了。他总共只受了这么点伤。这代价还算便宜。他希望能看到自己的眼睛。可是水里照不出来。天又黑，又是前不巴村后不着店的。他在裤子上擦擦手，站起身来，爬上路堤，走到铁轨边。

他顺着路轨走去。道砟铺得匀整，走起来很方便，枕木间铺满了黄沙和小石子，结实好走。平滑的路基像条堤道，穿越沼泽地一直向前。尼克一路向前走着。他得找个落脚点才好。

刚才货车减速开往沃尔顿枢纽城外的调车场时，尼克吊到了车上。天刚擦黑，尼克搭的这列货车开过了卡尔卡斯卡。这会儿他一定快到曼塞罗那①了。要在沼泽地带走上三四英里。他就继续踩在枕木间的道砟上，顺着路轨一直走去，沼泽地在升起的薄雾里显得朦朦胧胧。他眼睛又痛，肚子又饿。他不停走着，一直走了好几英里。路轨两旁的沼泽地还是一个样。

前面有座桥。尼克跨过桥，靴子踩在铁桥上发出空洞的声音。桥下流水在枕木的缝隙间显得黑糊糊的。尼克踢起一枚松动的道钉，道钉掉到了水里。过了桥有些山丘。耸立在路轨两旁，黑咕隆咚的。在路轨那头，尼克看见有堆火。

他顺着路轨小心地向火堆走去。火堆在路轨的一侧，铁道路堤下面。他只看到了火光。路轨穿出一道山上开凿出来的缺口，火光亮处出现一片空地，向下进入林子。尼克小心地跳下路堤，抄近路进入树林，然后穿过树间向火堆走去。这是个山毛榉林子，他穿过林间时，鞋底踩着掉在地上的坚果。火堆就

① 沃尔顿枢纽城位于密歇根州北部纵贯该州的铁路线上，尼克偷搭上货车后，一直朝北开过卡尔卡斯卡，被撵下车来，只得沿着铁道继续朝北走。

在林边，这会儿很明亮。有个男人坐在火堆旁。尼克在树后等着，眼睁睁瞧着。看上去只有这么一个人。他坐在那儿，双手捧着脑袋，望着火。尼克一步跨了出来，走进火光。

坐着的那人盯着火。尼克走近他身旁停了步，他还是一动不动。

“喂！”尼克说。

那人抬眼看看。

“你哪儿弄来个黑眼圈？”他问。

“一个扳闸工揍了我一拳。”

“从直达货车上下来的？”

“对。”

“我瞧见那孬种来着，”那人说。“大约一个半小时以前他乘车路过这儿。他正在车皮顶上走着，一边拍打着胳膊，一边唱歌。”

“这个孬种！”

“他揍你准保感到很舒服，”那人正色道。

“我早晚要揍他一顿。”

“多咱等他经过，对他扔石头得了，”那人劝道。

“我要找他算账。”

“你是条硬汉子，是吧？”

“不是，”尼克答道。

“你们这帮小伙子全都是硬汉。”

“不硬不行啊，”尼克说。

“我就这么说来着。”

那人瞧着尼克，笑了。在火光中，尼克看到他的脸变了相。鼻子是塌下去的，眼睛成了两条细缝，两片嘴唇奇形怪状。尼克没有一下子把这些全看清，只看出这人的脸庞长得怪，并且毁了形。颜色像油灰。在火光中显得像死人。

“你不喜欢我这副嘴脸吗？”那人问。

尼克不好意思了。

“哪儿的话，”他说。

“瞧！”那人脱下鸭舌帽。

他只有一只耳朵。它变得厚实了，牢牢贴在脑袋的半边。该长另一只耳朵的地方只有一截耳根。

“见过这样的脸相吗？”

“没有，”尼克说。他看了有点恶心。

“我忍了，”那人说。“难道你以为我忍不了，小伙子？”

“没的事！”

“他们的拳头落在我身上都开了花，”这小个子说。“可谁也伤不了我。”

他瞧着尼克。“坐下，”他说。“想吃吗？”

“别麻烦了，”尼克说。“我要上城里去。”

“听着！”那人说。“叫我阿德好了。”

“好！”

“听着，”这小个子说。“我觉得不大对劲。”

“怎么啦？”

“我疯了。”

他戴上鸭舌帽。尼克忍不住想笑出声来。

“你很正常，”他说。

“不，我不正常。我疯了。说，你发过疯吗？”

“没，”尼克说。“你怎会发疯的？”

“我不知道，”阿德说。“你一旦得了疯病，自己是不知道的。你认识我，是不？”

“不认识。”

“我就是阿德·弗朗西斯。”

“不骗人？”

“难道你不信？”

“信。”

尼克知道这管保错不了。

“你知道我怎么打败他们的吗？”

“不知道，”尼克说。

“我心脏跳得慢。一分钟只跳四十下。按按脉。”

尼克拿不定主意。

“来啊，”那人抓住了他的手。“抓住我的手腕子。手指按在脉上。”

这小个子的手腕很粗，骨头上的肌肉鼓鼓的。尼克感到指尖下他的脉搏跳得很慢。

“有表吗？”

“没。”

“我也没，”阿德说。“没个表真不方便。”

尼克放下他的手腕子。

“听着，”阿德·弗朗西斯说。“再按一下脉。你数脉搏，我数到六十。”

尼克感到指尖下缓慢有力的搏动就开始计数。他听到这小个子出声地慢慢数着，一，二，三，四，五……

“六十，”阿德数完了。“正好一分钟。你听出是几下？”

"四十下，"尼克说。

"一点不错，"阿德高高兴兴地说。"就是跳不快。"

有个人从铁道路堤上跳下来，穿过空地走到火堆边。

"喂，柏格斯！"阿德说。

"喂！"柏格斯应道。这是个黑人的声音。瞧他走路的样子尼克就知道他是个黑人。他背对他们站着，正弯着腰在烤火。他就直起身子来。

"这是我老朋友柏格斯，"阿德说。"他也疯[1]了。"

"很高兴认识你，"柏格斯说。"你是哪里的人？"

"芝加哥，"尼克说。

"那城市好哇，"那黑人说。"我还不知道你的名字呐。"

"亚当斯。尼克·亚当斯。"

"他说他从没发过疯，柏格斯，"阿德说。

"他来日方长哪，"黑人说。他在火堆旁解开一包东西。

"我们什么时候吃饭，柏格斯？"那个职业拳击家问。

"马上就吃。"

"你饿吗，尼克？"

"饿得够呛。"

"听到了吗，柏格斯？"

"你们说的话我大半都听到。"

"我问你的不是这一个。"

"嗳。我听到这位先生说的话了。"

他正往一个平底锅里搁火腿片。等到锅热了，油嗞嗞直

① 柏格斯(Bugs)在美国俚语中意为"精神失常"。这该是他的外号。

响，柏格斯就弯下黑人天生的两条长腿，蹲在火边，把火腿翻了身，在锅里打了几个鸡蛋，把锅不时左倾右侧，让热油润着蛋，免得煎煳。

“亚当斯先生，请你把那袋子里的面包切几片下来好吧？”柏格斯从火边回过头来说。

“好咧。”

尼克把手伸进袋子，拿出一只面包。他切了六片。阿德眼巴巴看着他，探过身去。

“尼克，把你的刀子给我，”他说。

“别，别给，”那黑人说。“亚当斯先生，攥住刀子。”

那个职业拳击家坐着不动了。

“亚当斯先生，请你把面包给我好吧？”柏格斯要求道。尼克就把面包递给他。

“你喜欢把面包蘸上火腿油吗？”黑人问。

“那还用说！”

“我们还是等会儿再说吧。最好等到快吃完的时候。看着。”

黑人捡起一片火腿，搁在一片面包上，然后铲起一个煎蛋，放在上面。

“请你把三明治夹好，送给弗朗西斯先生。”

阿德接过三明治，张口就吃。

“留神别让鸡蛋淌下，”黑人警告了一声。“这个给你，亚当斯先生。剩下的归我。”

尼克咬了一口三明治。黑人挨着阿德坐在他对面。热乎乎的火腿煎蛋味道真美。

“亚当斯先生的确饿了，”黑人说。那小个子不吱声，尼克对他慕名已久，知道他过去是个拳击冠军。打从黑人说起刀子的事，他还没开过口。

“我给你来一片蘸热火腿油的面包好吧？”柏格斯说。

“多谢，多谢。”

这小个子白人瞧着尼克。

“阿道夫[①]·弗朗西斯先生，你也来点吧？”柏格斯从平底锅取出面包给他道。

阿德不答他的碴。他兀自瞧着尼克。

“弗朗西斯先生？”黑人柔声说。

阿德不答他的碴。他兀自瞧着尼克。

“我跟你说话来着，弗朗西斯先生，”黑人柔声说。

阿德一个劲地瞧着尼克。他拉下了帽檐，罩住了眼睛。尼克感到紧张不安。

“你怎么胆敢这样？”他从压低的帽檐下厉声喝问尼克。

“你把自己当成什么人来着？你这个神气活现的杂种。人家没请你，你自己找上门来了，还吃了人家的东西，人家问你借刀子，你倒神气啦。”

他狠狠瞪着尼克，脸色煞白，眼睛给帽檐罩得差点看不见。

“你真是个怪人。到底是谁请你上这儿来多管闲事的？”

“没人。”

“你说得对极了，没人请你来。也没人请你待下。你上这儿来，神气活现地取笑我的脸相，抽我的雪茄，喝我的酒，然后说话神气活现。你当我们能容忍你到什么地步？”

---

① 阿德为阿道夫的爱称。

尼克一声不吭。阿德站起身来。

“老实跟你说，你这胆小的芝加哥杂种。小心你的脑袋就要开花啦。听明白了？”

尼克退后一步。小个子慢慢向他步步紧逼，拖着脚步向前走，左脚迈出一步，右脚就拖着跟上。

“揍我啊，”他晃着脑袋说。“试试看，揍我。”

“我不想揍你。”

“你休想就这样脱身。回头就叫你挨顿打，明白吗？来啊，先对我打一拳。”

“别胡闹了，”尼克说。

“行啊，你这个杂种。”

小个子低头望着尼克的脚。刚才他离开火堆的时候，黑人就一直跟着他，这会儿趁他低头望着，黑人稳住身子，照着他后脑勺啪的一下。他朝前扑倒，柏格斯赶紧把裹着布的金属短棍扔在草地上。小个子躺着，脸埋在草堆里。黑人抱起他，把他抱到火边。他耷拉着脑袋，脸色怕人，眼睛睁着。柏格斯轻轻把他放下。

“亚当斯先生，请你给我拿桶水来，”他说。“恐怕我下手重了点儿。”

黑人用手往他脸上泼水，轻轻地拉拉他的耳朵。他眼睛才闭上。

柏格斯站起身来。

“他没事了，”他说。“用不着操心了。真对不起，亚当斯先生。”

“没关系。”尼克正低头望着这小个子。他看见草地上的短棍，顺手捡了起来。棍上有个柔韧的把儿，抓在手上使用起来很灵便。外面包着黑色皮革，已经用旧，重的一头裹着手绢。

“这是鲸骨把儿，”黑人笑道。“如今没人再做这玩意儿了。我原先不知道你自卫的能耐怎么样，不管怎么着，我不希望你把他打伤，或者让他脸上再多挂点彩。”

黑人又笑了。

“你自己倒把他打伤了。”

“我知道该怎么办。他一点都不会记得的。每当他这样发作，我只好给他来一下，叫他换换脑筋。”

尼克兀自低头望着这躺在地上的小个子，只见在火光中他闭着眼。柏格斯往火里添了些柴禾。

“亚当斯先生，你不必再为他操心啦。他这模样我以前见得多了。”

“他怎么会发疯的？”尼克问。

“噢，原因可多着呐，”黑人在火边答道。“亚当斯先生，来杯咖啡怎么样？”

他递给尼克一杯咖啡，把刚才给这个昏迷不醒的人铺在脑袋下的上衣捋捋平。

“一则，他挨打的次数太多啦，”黑人呷着咖啡说。“不过这只使他变得头脑有些简单罢了。再则，当时他妹妹做他的经纪人，人家在报纸上老是登载什么哥哥啊，妹妹啊这一套，还有她多爱她哥哥，他多爱他妹妹啊什么的，后来他们就在纽约结了婚，这下子可惹出不少不愉快的事儿来啦。”

“这事我倒记得。”

“可不。他们当然不是什么兄妹，根本没影的事，可就是有不少人横竖都看不顺眼，于是两人闹起意见来，有一天，她拔脚出走，一去不回了。”

他喝了咖啡，用淡红色的掌心抹抹嘴。

“他就这样发疯了。亚当斯先生，你要不要再来点咖啡？”

“不了，谢谢。”

“我见过她几回，”黑人接着说。“她是个特好看的女人。看上去着实跟他像双胞胎。要不是他的脸全给揍扁了，他也不难看。”

他不说了。看来故事讲完了。

“你在哪儿认识他的？”尼克问。

“我在牢里认识他的，”黑人说。“打她出走以后，他老是揍人，人家就把他关进牢里。我因为砍伤一个人也进了牢。”

他笑了笑，柔声说下去：

“我一见他就喜欢上了，等我出了牢，就去看望他。他偏要拿我当疯子，我可不在乎。我愿意陪着他，我喜欢出去见见世面，而要这样做，也用不着去犯盗窃罪了。我希望过体面人的生活。”

“那你们都干些什么来着？”尼克问。

“噢，什么也不干。就是到处流浪。他可有钱呐。”

“他准保挣了不少钱吧。”

“可不。不过他把钱全花光了。要不就是给人家夺走了。她给他寄钱呢。”

他拨旺火堆。

“她这个女人真是好极了，”他说。“看上去着实跟他像双胞胎。”

黑人朝那个躺着直喘大气的小个子望望。他一头金发披散在脑门上。那张被打得变形的脸在入睡时像孩子的那样恬静。

“亚当斯先生，我随时都可以马上叫醒他。不在意的话，请你还是趁早走吧。倒不是我不想好好招待你，可是见到了你怕又会惊动他。我不愿意不得不敲他脑袋，可是碰到他犯病，也只好这么办。我只有尽量别让他见人。亚当斯先生，你不介意吧？得了，别谢我，亚当斯先生。我早该叫你对他留神了，不过他看上去非常喜欢你，我才以为这下可太平了呢。你沿着路轨朝北走两英里就看到城了。人家都管它叫曼塞罗那。再见吧。我真想留你过夜，可是实在办不到。你要不要带着点火腿和面包？不要？你还是带一份三明治吧，”黑人这一番话说得彬彬有礼，声音低沉柔和。

“好。那么再见吧，亚当斯先生。再见，一路顺风！”

尼克离开火堆走了，穿过空地走到路轨边。一走出火堆范围，他就竖起耳朵听着。只听得黑人在低沉柔和地说着话。尼克听不清说的是什么。后来听得那小个子说，“柏格斯，我头痛得好厉害啊。”

“弗朗西斯先生，回头就会好的，”黑人的声音在劝慰。“只消喝上这么一杯热咖啡就行。”

尼克爬上路堤，顺着路轨朝前走。没想到手里还拿着一份三明治，就放进口袋。一路上坡，路轨还没拐进山间，他从那里回头望去，还看得见空地上那片火光。

陈良廷　译

杀 手

亨利餐室的门开了，两个人走进来。他们挨着柜台坐下。

“你们吃什么？”乔治问他们。

“我不知道，”其中一个说。“你想吃什么，艾尔？”

“我不知道，”艾尔说。“我不知道想吃什么。”

外边，天黑了下来。窗外的路灯亮了。柜台前这两个人在看菜单。尼克·亚当斯在柜台另一头打量他们。他们进来的时候，他正跟乔治在说话。

“我要一客烤猪里脊，配苹果酱和土豆泥，”第一个人说。

“这菜还没做出来。”

“那你为什么写在这上面？”

“那是正餐，”乔治解释。“六点钟才供应。”

乔治看看柜台后面墙上的钟。

“现在五点。”

“钟上是五点二十分，”第二个人说。

“这钟快二十分。”

“嘿，该死的钟，”第一个说。“你们有什么吃的？”

“有各种三明治，”乔治说。“你可以要火腿蛋、熏肉蛋、牛肝熏肉，要不，来一块牛排。”

“我要一客炸鸡肉丸，加青豆、奶油沙司和土豆泥。”

“那是正餐。”

“我们要的都是正餐，嗯？你们就是这样做买卖。”

“有火腿蛋、熏肉蛋、牛肝——”

“我要火腿蛋，”名叫艾尔的那个人说。他头戴礼帽，身穿胸前横扣的黑大衣。他的脸又小又白，绷紧着嘴唇。他围着一条丝围巾，戴着手套。

“我要熏肉蛋，”另一个说。他的身材跟艾尔差不多。他们的脸相不一样，可是穿戴得像一对双胞胎。两人穿的大衣都显得太紧。他们坐在那儿，身子往前倾，胳膊肘搁在柜台上。

“有什么喝的？”艾尔问。

“啤酒、佐餐酒、姜汁水，”乔治说。

“我问你有什么喝的[①]？”

“就是我说的那一些。”

“这是个怪逗的镇子，”另一个说。“人们管它叫什么？”

“顶峰[②]。”

“听说过吗？”艾尔问他朋友。

“没有，”那朋友说。

“人们在这儿晚上干什么？”艾尔问。

---

① 指烈性酒。

② 原文为 Summit，为芝加哥西郊一小镇，就在海明威家乡橡树园镇以南。

“吃正餐，”他朋友说。“他们都上这儿来，吃正经八百的大菜。”

“对啦，”乔治说。

“原来你觉得对？”艾尔问乔治。

“当然。”

“你这小子挺聪明，是不？”

“当然，”乔治说。

“嘿，你不聪明，”另外那个小个子说。“他聪明吗，艾尔？”

“他笨，”艾尔说。他转向尼克。“你叫什么名字？”

“亚当斯。”

“又是个聪明小子，”艾尔说。“他不是个聪明小子吗，麦克斯？”

“这镇上多的是聪明小子，”麦克斯说。

乔治把两盆菜放在柜台上，一盆火腿蛋，一盆熏肉蛋。他放下两碟炸土豆做配菜，关上通厨房的那扇小窗。

“哪一盆是你的？”他问艾尔。

“你不记得了？”

“火腿蛋。”

“真是个聪明小子，”麦克斯说。他探身向前拿了火腿蛋。两人都戴着手套吃。乔治看着他们吃。

“你在看什么？”麦克斯望着乔治。

“没看什么。”

“你就是在看。你是在看我。”

“说不定这小子是存心闹着玩的，麦克斯，”艾尔说。

乔治笑了起来。

“你不用笑，”麦克斯对他说。“你根本不用笑，明白吗？”

“没关系，”乔治说。

“他以为没关系。”麦克斯对艾尔说。“他以为没关系。这话讲得多妙。”

“唔，他是个思想家，”艾尔说。他们继续吃。

“柜台那头那个聪明小子叫什么名字啊？”艾尔问麦克斯。

“嗨，聪明小子，”麦克斯对尼克说。“你绕到柜台后边去，陪陪你的男朋友。”

“什么意思？”尼克问。

“没什么意思。”

“你最好绕到后边去，聪明小子，”艾尔说。尼克绕到了柜台后边。

“什么意思？”乔治问。

“他妈的你甭管，”艾尔说。“谁在厨房里？”

“那个黑人。”

“什么意思，那个黑人？”

“做菜的黑人。”

“叫他进来。”

“什么意思？”

“叫他进来。”

“你们以为你们是在什么地方？”

“我们知道得很清楚是在什么地方，”那个叫麦克斯的人说。“我们的样子傻吗？”

“你说傻话，”艾尔对他说。“你他妈跟这小子吵什么？

听着，”他对乔治说，“叫那黑人到这儿来。”

“你们要对他干什么？”

“没什么。动动脑子嘛，聪明小子。我们会对黑人干什么？”

乔治打开通厨房的小窗。“塞姆，”他叫道。“你进来一会儿。”

通厨房的门开了，黑人走进来。“什么事？”他问。柜台边的两人看了他一眼。

“行啦，黑鬼。你就站在那儿，”艾尔说。

黑人塞姆腰系围裙站着，看着这两个坐在柜台前的人。“是，先生，”他说。艾尔从凳子上下来。

“我陪黑鬼和这聪明小子回厨房去，”他说。“回厨房去，黑鬼。你跟他一起去，聪明小子。”这小个子跟在尼克和厨子塞姆的后面，走进厨房。他们一进门就把门关上了。叫麦克斯的那个人坐在柜台前，面对着乔治。他不看乔治，却看着柜台后边那面宽大的镜子。亨利餐馆原来是由一家小酒店翻造后卖饭菜的。

“唔，聪明小子，”麦克斯说，眼睛盯着镜子，“你干吗不说话？”

“你们这是干什么？”

“嗨，艾尔，”麦克斯叫道，“聪明小子想知道这是干什么。”

“你干吗不告诉他？”艾尔的声音从厨房里传来。

“你想这是干什么？”

“我不知道。”

“你怎么想？”

麦克斯一边说话，眼睛一直盯着镜子。

“我不愿意说。”

“嗨，艾尔，聪明小子说他不愿意说他以为这是干什么。”

“好啦，我听得见，”艾尔在厨房里说。他已经用番茄沙司瓶子撑开了那扇把菜盆送回厨房的小窗。“听着，聪明小子，”他从厨房里对乔治说。“你在柜台边站得过去一点。麦克斯，你往左边靠一靠。”他像是照相师在布置拍团体照。

“你说呀，聪明小子，”麦克斯说。“你看要发生什么事了？”

乔治一句话也不说。

“我来告诉你，”麦克斯说。“我们要杀一个瑞典佬。你认识一个名叫奥尔·安德瑞森的大个子瑞典佬吗？”

“认识。”

“他天天晚上到这儿来吃饭，对不对？”

“有时候来。”

“他六点钟到这儿来，对不对？”

“要来就六点。”

“这些我们都知道，聪明小子，”麦克斯说。“说说别的吧。看过电影吗？”

“偶尔看看。”

“你应该多看看电影。像你这样的聪明小子，看看电影有好处。”

“你们为什么要杀奥尔·安德瑞森？他干了什么对不起你们的事？”

“他压根儿没机会对我们干什么事。他见都没见过我们。”

“而且他只能见我们一次，”艾尔从厨房里说。

“那你们为什么要杀他？”乔治问。

“我们要为一个朋友杀死他。只为了帮帮一个朋友的忙，聪明小子。”

“闭嘴，”艾尔从厨房里说。“你说得他妈的太多了。”

“我得让这聪明小子开开心啊。你说呢，聪明小子？”

“你说得他妈的太多了，”艾尔说。“那黑鬼跟我这聪明小子自己在开心哪。我把他们捆得像修道院里的一对女朋友。”

“我看你在修道院待过的吧？”

“说不准啊。”

“你住过正经八百的犹太修道院。你就在那里待过。”

乔治抬眼看了看钟。

“如果有什么人进来，你跟他们说厨子下班了，要是他们不肯走，你就说你自己到厨房给他们做去。听明白了，聪明小子？”

“听明白了，”乔治说。“事后你们要把我们怎么办？”

“那要看情况啰，”麦克斯说。“这种事你一时间不好说。”

乔治抬眼看钟。六点一刻。临街的门开了。一名电车司机走进来。

“你好呀，乔治。”他说。“晚饭有了吗？”

“塞姆出去了，”乔治说。“大概过半小时回来。”

“那我上街那一头去吧，”司机说。乔治看钟。六点二十分。

“干得好，聪明小子，”麦克斯说。“你真是个地道的小绅士。”

“他怕我崩掉他的脑袋，”艾尔从厨房里说。

“不，”麦克斯说。“不是这么回事。聪明小子人不错。是个好小子。我喜欢他。”

六点五十五分时，乔治说，“他不会来了。”

还有两个人来过餐馆。其中有一次，乔治进厨房做了一客火腿蛋三明治“外卖”，给那个人带回去吃。在厨房里，他看见艾尔，礼帽搭在后脑勺，坐在小窗边的凳子上，一支枪管锯短的猎枪的枪口挨在架子上靠着。尼克和厨子背靠背蹲在角落里，两人嘴里各塞了一条毛巾。乔治做好了三明治，用油纸包上，装进纸袋，带进餐室，那人付了钱便走了。

“聪明小子样样都会干，”麦克斯说。“他会做菜，什么都会。你可以教出一个好老婆来，聪明小子。”

“真的吗？”乔治说。“你的朋友奥尔·安德瑞森不会来了。”

“我们再等他十分钟，”麦克斯说。

麦克斯看着镜子和钟。时针指着七点，接着七点零五分。

“来吧，艾尔，”麦克斯说。“我们还是走吧。他不会来了。”

“最好再等他五分钟，”艾尔从厨房里说。

这五分钟内进来了一个人，乔治说厨子病了。

“真见鬼，你们干吗不再雇一个厨子？”那人说。“你们不是在开小饭店吗？”他走出去了。

“走吧，艾尔，”麦克斯说。

“这两个聪明小子跟黑人怎么办？”

"他们没问题。"

"你以为没问题？"

"当然。我们完事了。"

"我不喜欢这样，"艾尔说。"干得拖泥带水。你话说得太多。"

"嘿，管它呢，"麦克斯说。"我们得寻寻开心，不是吗？"

"反正你说得太多，"艾尔说。他从厨房出来。他的大衣太紧，那锯短的猎枪在腰部下面微微鼓起。他戴着手套把大衣拽平。

"再见，聪明小子，"他对乔治说。"算你走运。"

"这倒说对了，"麦克斯说。"你该去赌赛马，聪明小子。"

两人走出门去。乔治从窗户望着他们从弧光灯下走过，穿过街去。他们大衣紧，帽子高，像一对演杂耍的搭档。乔治推开对开弹簧门，走进厨房，给尼克和厨子松了绑。

"我吃不消啦，"厨子塞姆说。"我吃不消啦。"

尼克站起身来。他从没让人在嘴里塞过毛巾。

"我说，"他说。"管他呢？"他想说句大话来消消气。

"他们要杀奥尔·安德瑞森，"乔治说。"他们想等他进来吃饭的时候枪杀他。"

"奥尔·安德瑞森？"

"错不了。"

厨子用两只拇指摸摸两只嘴角。

"他们都走了？"他问。

"是呀，"乔治说。"他们已经走了。"

“我不喜欢这种事，”厨子说。“我压根儿一点也不喜欢。”

“听着，”乔治对尼克说。“你最好去看看奥尔·安德瑞森。”

“好吧。”

“你们最好一点也别插手，”厨子塞姆说。“你们最好离这事远远的。”

“你不想去就别去，”乔治说。

“纠缠在里头对你们一点没好处，”厨子说。“你们别卷进去。”

“我要去看他，”尼克对乔治说。“他住在什么地方？”

厨子转身走了。

“毛孩子总是自以为是，”他说。

“他住在那边的赫希寄宿舍，”乔治对尼克说。

“我要上那边去。”

外边，弧光灯从光秃秃的树枝间照下来。尼克沿电车轨道向街的另一头走去，走到下一盏弧光灯下，拐上一条小街。街旁第三座房子就是赫希寄宿舍。尼克走上两级台阶，按了下门铃。一个女人来开门。

“奥尔·安德瑞森在这儿住吗？”

“你要见他？”

“是啊，他要是在家的话。”

尼克跟随那女人走上一段楼梯，朝后走到过道的一端。她敲敲门。

“谁啊？”

“有人来看你，安德瑞森先生，”女人说。

“我是尼克 · 亚当斯。”

“进来。”

尼克推开门，走进房里。奥尔 · 安德瑞森正和衣躺在床上。他曾是重量级拳击手，个子太高，床容不下。他枕着两个枕头躺着。他没有看尼克。

“什么事？”他问。

“我刚才在亨利餐室，”尼克说，“有两个家伙走进来，把我跟厨子绑起来，他们说要来杀你。”

他的话听来有点可笑。安德瑞森没说什么。

“他们把我们关在厨房里，”尼克继续说。“他们要等你进来吃饭时枪杀你。”

奥尔 · 安德瑞森望着墙，什么也不说。

“乔治认为我最好来告诉你一声。”

“我对这事什么办法也没有，”奥尔 · 安德瑞森说。

“我可以告诉你他们是什么样子。”

“我不想知道他们是什么样子，”奥尔 · 安德瑞森说。他望着墙。“谢谢你跑来告诉我。”

“那没什么。”

尼克望着躺在床上的这条大汉。

“要不要我去报告警察？”

“不，”奥尔 · 安德瑞森说。“那没有什么用。”

“有什么可以帮忙的吗？”

“没有。没有什么忙可以帮。”

“说不定就是吓唬吓唬。”

“不。这不是吓唬。”

奥尔 · 安德瑞森翻过身去，面朝墙壁。

“只是有一点，”他朝着墙说，“我还没有打定主意要不要出去。我在这儿待了一整天啦。”

“你不能离开这个镇吗？”

“不，”奥尔·安德瑞森说。“这么跑来跑去，我跑够了。”

他望着墙。

“现在没有什么办法了。”

“你不能想办法把这事解决吗？”

“不能。我得罪了人。”他仍然用这样平板的声音说话。“没有什么办法。过一会儿，我会打定主意到外边去的。”

“我还是回去找乔治吧，”尼克说。

“再见，”奥尔·安德瑞森说。他没有朝尼克的方向看。“谢谢你来一趟。”

尼克走出去。他关门的时候，看见奥尔·安德瑞森和衣躺在床上，正望着墙壁。

“他在房里待了一整天啦，”楼下的女房东说。“我看他是身子不舒服。我跟他说，‘安德瑞森先生，像这么秋高气爽的日子，你该出去散散步，’可是他不愿意出去。”

“他不想出去。”

“他不舒服，真叫人难过，”女人说。“他是个大好人。你知道，他过去是吃拳击饭的。”

“我知道。”

“你不看他脸上那副样子[①]是不会知道的，”女人说。他们站在临街的门里说话。“他还挺和气。”

① 职业拳击家往往被打断鼻梁骨、耳朵给打开花，面容破相。

“好吧，赫希太太，再见了，”尼克说。

“我不是赫希太太，”女人说。“这房子是她的。我只是替她看管的。我是贝尔太太。”

“好吧，再见，贝尔太太，”尼克说。

“再见，”女人说。

尼克沿着黑暗的街道走回去，走到拐角上的弧光灯下，然后沿着电车轨道走到亨利餐室。乔治在里头，在柜台后面。

“你见奥尔了吗？”

“见了，”尼克说。“他在自己屋里，不肯出来。”

厨子听见尼克的声音，从厨房推开门。

“我听都不想听，”他说着关上门。

“你告诉他了吗？”乔治问。

“当然。我告诉了他，不过他全知道是怎么回事。”

“他打算怎么办？”

“没怎么办。”

“他们会杀死他的。”

“我看会杀死他的。”

“他一定是在芝加哥卷进了什么事。”

“我看也是，”尼克说。

“真是糟糕的事情。”

“可怕的事情，”尼克说。

他们没有说下去。乔治把手伸到下面拿过一条毛巾来擦柜台。

“不知道他干了什么事？”尼克说。

“出卖了什么人。他们就因为这个要杀他。”

“我要离开这个镇，”尼克说。

“行，”乔治说。“走了也好。”

“他明明知道自己就会送命，还在屋里等着，我想起来就受不了。这他妈的太可怕了。”

“那，”乔治说，“你最好别去想它啦。”

董衡巽　译

最后一方清净地

“尼基，”妹妹对他说，“听我说，尼基。”

“我不想听。”

他只顾看着那口清泉的底部，只见泉眼里噗噗地喷出水来，有小股小股的沙子跟着往上冒。泉边砾石地里插着一根带杈的树枝，上面挂着一只铁皮水杯，尼克·亚当斯瞧了瞧水杯，又看那泉水涌出后汇成一道清澈的水流，在路旁的砾石泉床上流淌。

路的两头他都一眼看得见，他抬眼望望山冈，然后向下看看码头和湖上，湖湾对面是林木葱茏的地岬，碎浪翻白的湾水外是开阔的湖面。他背靠着一棵大杉树，后面是一片密密层层的杉林沼泽地。妹妹坐在旁边的青苔上，拿胳膊搂着他的肩头。

“他们在等你回家吃晚饭呢，”妹妹说。“一共来了两个人。是坐一辆马车来的，他们问你上哪儿去了。”

“有谁告诉他们了吗？”

“谁也不知道你在哪儿呀，就我一个人晓得。你钓到的鱼多吗，尼基？”

“钓到了二十六条。”

“都是大鱼吗？”

“给人家做大菜正合适。”

“喔，尼基，你可别卖了呀。”

“那老板娘肯出我一块钱一磅，”尼克·亚当斯说。

妹妹晒成了一身褐色，她的眼睛是深褐色的，头发也是深褐色的，夹着晒得发了黄的一绺绺。兄妹俩相亲相爱，别人都不在话下。家里的其他成员在他们眼里都是“别人”。

“他们什么都知道了，尼基，”妹妹完全是一副绝望的口气。“他们说要拿你做个样子叫人家看看，要把你送教养院。”

“他们只有一件事抓到了证据，”尼克说。“不过我看还是得暂时去避避风头。”

“我一块儿去好吗？”

“不行。我很抱歉，小妹。我们还有多少钱？”

“十四块六毛五。我都带来了。”

“他们还说了什么别的没有？”

“没有。就说不见你回家他们就不走。”

“妈妈得给他们弄吃的，会觉得不耐烦的。”

“已经请他们吃过一顿午饭了。”

“他们都干了些什么？”

“就在纱窗门廊上坐着没事干。他们向妈妈要你的猎枪，可我一见他们出现在栅栏前，就把枪藏在柴间里了。”

“你料到他们要来？”

“是啊。难道你没料到？”

“就是。这些混蛋！”

“我也觉得他们挺混蛋的，”妹妹说。“我都这么大了，还不能一块儿去？我把枪藏好了。钱也带来了。”

“带上你我不放心，”尼克·亚当斯对她说。“我连自己要去哪儿还不知道呢。”

“你怎么会不知道。”

“我们要是两个人一块儿走，人家会找得更起劲。一个小伙子和一个小姑娘，多显眼哪。”

“我扮个男孩子好了，”她说。“反正我一直想做男孩啊。我只要把头发剪短了，谁还看得出我是个姑娘家呢。”

“对，”尼克·亚当斯说。“这倒是真的。”

“我们得想出个什么好办法，”她说。“求求你，尼克，求求你了。我可以帮你好多忙，再说没有了我你会感到冷清的。你说是不？”

“我现在一想起要离开你，就已经感到冷清了。”

“你看这不是？再说这一走说不定就得几年。谁说得准呢？带上我吧，尼基。求求你带上我吧。”她把他亲了亲，两条胳膊紧紧搂住了他。尼克·亚当斯望着她，拼命想把自己的思路理理清楚。事情难办哪。可他没有别的办法。

“论理我是不该带你去的。不过话要说回来，论理我就根本不该闯这个祸，”他说。“我就带你去吧。不过，恐怕至多只能带你两三天。”

“这没关系，”妹妹对他说。“什么时候你不要我了，我就马上回家。要是你觉得我麻烦，觉得我讨厌，觉得我费钱，反正我一定回家就是。”

“我们得好好合计一下，”尼克·亚当斯对她说。他瞧了瞧路的两头，抬眼望了望天，天空中飘浮着大团大团下午的高层云，再看看地岬外湖上的一片片白色碎浪。

“我要穿过林子上地岬外的小旅馆去，把鳟鱼卖给老板娘，”他对妹妹说。“这鱼是她定来做今天的晚饭菜的。眼下客人吃晚饭要鳟鱼的比要鸡的多。我不知道是什么道理。这些鳟鱼保存得不错。我把它们去了内脏，用干酪包布包好，所以能保持新鲜，不会变味。我打算告诉她，我跟猎监员有点儿麻烦，他们正在找我，我得到外地去躲上一阵。我打算问她讨一只平底小锅，要一些盐和胡椒粉，另外要些熏肉、起酥油和玉米粉。我还要问她讨一只布袋，把这些东西全装上，我还打算去弄些杏干、李干，弄些茶叶，多带些火柴，再带把小斧头。不过毯子我只能弄上一条。她会帮我忙的，因为卖鳟鱼犯法，买鳟鱼也一样犯法。”

“我可以去弄条毯子，”妹妹说。“我就把枪裹在毯子里，把你我的鹿皮鞋都带上，再去换一条其他样式的工装裤，换一件衬衫，把身上的换下来藏好，让他们以为我还是穿着这身衣裤。还要带肥皂、梳子、剪刀和针线包，一本《洛纳·杜恩》[①]和一本《瑞士家庭鲁滨孙》[②]。”

“有.22口径的子弹找到多少带多少，”尼克·亚当斯正说着，话音忽然匆匆一转，“快过来。躲起来。”他看见路上来了一辆马车。

他们就在杉树后面贴着软绵绵的青苔扑面趴下，听见沙土

---

① 英国小说家布莱克默(1825—1900)所著的一部历史爱情小说。

② 瑞士人魏斯(1781—1830)用德文写的一部小说，写一个家庭遭遇海难流落在荒岛上的故事。曾译成多种文字出版。

路上轻轻的蹄声得得，夹着细微的轮声咿哑。车上的两人都没说话，但是车过时尼克·亚当斯闻到了他们身上的气味，还闻到了马的汗臭。他以为他们会停下车来，到泉水前饮饮马、喝点水什么的，所以急得一身是汗，直到车子往码头的方向去远了才放心。

“就是他们吧，小妹？”他问。

“没错，”她说。

“爬到后面去，”尼克·亚当斯说。他拖着那袋鱼爬到后面的沼泽地里。这一带的沼泽地长满了青苔，却并不泥泞。他这才站起身来，把口袋藏在一棵杉树的树干背后，做个手势让妹妹再往里走。他们脚步轻得像鹿一样，钻进了这片尽是杉树的沼泽地里。

“内中有一个我认识，”尼克·亚当斯说。“这王八蛋可是个坏种。”

“他说他已经盯上你有四年了。”

“我知道。”

“那另外一个，穿一身青、脸皮颜色像烟草渣儿的大个子，是从本州的南边来的。”

“好，”尼克说。“人都看到了，我还是快些走吧。你回家不会出岔子吧？”

“不会。我抄近路翻山走，不走大路。晚上我在哪儿跟你碰头，尼基？”

“我看你实在不该去，小妹。”

“我一定得去。你不知道，这其实没什么大不了的。我可以留一张条子给妈妈，说我跟着你去了，说你会好好照应我的。”

“好吧，”尼克·亚当斯说。“我就在遭过雷击的那棵大铁杉边等你。那棵倒在地上的。从树林口一直往里走就到。你知道那棵树吗？就在去大路的那条近路上。”

“那离我们家近得很呢。”

“我不想让你带着那么些东西跑太多的路。”

“我听你的就是。可千万别去冒险啊，尼基。”

“我真恨不得手里有把枪，这就赶到树林边，趁那两个坏蛋还在码头上，就把他们两个全崩了，再到老磨坊去弄块铁芯来，用铁丝系在他们身上，把他们沉到深水里去。”

“那以后你怎么办？”妹妹问。“他们可是有人派来的。”

“那第一个王八蛋谁也没派他来。”

“可你打死了那只驼鹿，你还卖鳟鱼，他们在你小船上查到的那许多东西都是你打死的。”

“打这种东西不算犯法。”

他不想提起这都是些什么东西，因为那正是他们所掌握的证据。

“我明白。可你总不能去杀人吧，所以我才要陪你一起走啊。”

“我们不谈这个。不过我真恨不得宰了这两个王八蛋。”

“我明白，”她说。“我也但愿这样干。可我们总不能去杀人呀，尼基。你就答应我不干，成吧？”

“不成。这一来，给老板娘送鳟鱼去恐怕也不大保险啦。”

“我给你送去。”

“不。这些东西太重。我来，带着它穿过沼泽地，绕到旅馆后面的树林子里。你径直去旅馆，看老板娘在不在，有没有情况。没有的话，你就到那棵大椴树下来找我。”

“穿沼泽地绕过去，路可远呢，尼基。”

“这样离教养院也就好远哪。”

“我跟你一块儿穿沼泽地过去不行吗？到了那儿你先别进去，让我去找她，回头等我出来，再一块儿把货色送进去。”

“好是好，”尼克说。“不过我倒希望你还是照我的办法做。”

“为什么，尼基？”

“因为那样你也许可以在路上看见他们，那你就可以告诉我他们去哪儿了。我在旅馆后边二茬林子里的大椴树下面等你就是。”

尼克在二茬林子里等了一个多钟头，妹妹还是没来。后来总算来了，尼克见她那副亢奋的样子，知道她一定很累了。

“他们在我们家呢，”她说。“就坐在纱窗阳台上喝威士忌加姜汁汽水，马也卸了下来，牵进棚里去了。他们说好歹一定得等你回家。是妈妈告诉他们，说你到小溪钓鱼去了。我看她倒不是有意说的。反正我希望不是有意的。”

“帕卡德太太那边怎么样？”

“我在旅馆的厨房里见到她了，她问我有没有看见你，我说没有。她说她在等你给她送些鱼去，晚市等着用呢。她急死了。你还是就送去吧。”

“好，”他说。“鱼还挺好，很新鲜。我换上了凤尾草给包着。”

“我跟你一块儿去好吗？”

“当然可以，”尼克说。

那旅馆是一座长长的木头房子，有个门廊面向湖上。宽阔的木头台阶向下直通远远的直伸到湖中的码头，台阶两边有白坯的杉木栏杆，门廊周围也有白坯的杉木栏杆。门廊上摆着白坯的杉木椅子，椅子里坐的是些穿白衣服的中年人。草坪上装有三根水管，水管里噗噗地冒着泉水，几条小径直通到水管前。水味儿好像臭蛋，因为那是矿泉，尼克兄妹过去常来这里喝水，只当是一种强身的锻炼。此刻他们却是向旅馆背面的厨房而来，跨过旅馆边流入湖中的一条小溪上的木板桥，悄悄溜进厨房的后门。

“把鱼洗一洗，放在冰箱里，尼基，”帕卡德太太说。“我回头再来过秤。”

“帕卡德太太，”尼克说。“我可以跟你说句话吗？”

“只管说吧，”她说。“你不看见我正忙着吗？”

“不知你可不可以这就把钱给我。”

帕卡德太太围一条方格围裙，是个长得很俊的女人。她皮肤保养得好，此刻正忙得很，再说她厨房里的帮手也都在。

“你总不见得是想把鳟鱼卖给我吧。你不知道这是违法的？”

“我知道，”尼克说。“这鱼是我送给你的。我问你要的是劈柴堆柴的工钱。”

“我去取来，”她说。“我得上外屋里去取。”

尼克兄妹就跟着她来到外边。到了由厨房去冷藏室的木板通道上，她忽然站住了，把手伸进围裙口袋，掏出个皮夹子来。

“你离开这儿吧，”她慈祥地急忙忙说。“你赶快离开这儿。你需要多少钱？”

"我该得十六块，"尼克说。

"拿二十块去，"她对他说。"别让这小妹妹卷进去啊。让她回家去看着他们点儿，等你去远了就没事了。"

"你什么时候听说他们来了？"

她对他摇摇头。

"卖鱼犯法，买鱼也一样犯法，也许罪名更大，"她说。"你出去躲一躲，等风头过了再说。尼基，不管人家怎么说，你终究是个好孩子。情况真要是不好，你可以去找帕卡德。需要什么的话，夜里到我这儿来好了。我是很容易惊醒的。只要敲敲窗就行。"

"你今晚该不会给客人上鳟鱼了吧，帕卡德太太？你该不会给客人上这道大菜了吧？"

"不上了，"她说。"不过我也不会让它们浪费的。帕卡德一个人就能吃上六七条，我的朋友里这样能吃的也有的是。你可要小心哪，尼基，等风头过了就好。去躲一躲吧。"

"小妹想跟我一块儿走。"

"你怎么竟敢带她去呢，"帕卡德太太说。"你今晚再来一趟，我准备些东西给你带走。"

"能给我一只平底小锅吗？"

"你用得着的东西我都会给你准备下的。帕卡德知道你用得着什么东西的。我另外就不给你钱了，免得给你招来麻烦。"

"我很想见见帕卡德先生，问他要一些东西。"

"只要你需要，他什么都会给你的。可你千万别到他店里去，尼克。"

"我写个条子让小妹送去好了。"

“你需要什么就随时写条子去吧，”帕卡德太太说。“你不用担心。帕卡德会替你出主意的。”

“再见了，哈利大妈。”

“再见了，”她说着亲了亲他。他觉得她来亲他的时候身上有股味道挺好闻的。厨房里烤面包的时候就是这么股味道。帕卡德太太身上的那股味道跟她的厨房一个样，她的厨房里总是挺好闻的。

“不用担心，也千万别做坏事。”

“我不会做坏事的。”

“那当然，”她说。“帕卡德会给你想办法的。”

兄妹俩后来会合在自己家背后小山上那片大铁杉林子里。当时已是黄昏，太阳已经落到了湖对岸的小山后。

“东西都找齐了，”妹妹说。“打起包来还挺大的咧，尼基。”

“我知道。那两个人在干什么？”

“饱饱地吃了一顿晚饭，这会儿正坐在前廊上喝酒呢。两个人在相互吹牛，尽夸自己有多精明。”

“就眼前来看他们还算不得怎么精明。”

“他们打算叫你挨饿，饿到你受不了，”妹妹说。“说是只消在树林子里待上两三夜，你就会乖乖地回来。你饿着肚子，只消听到有只潜鸟叫上两三声，就会乖乖地回来。”

“晚饭妈妈给他们吃了什么？”

“鳖脚透了，”妹妹说。

“好。”

“单子上的东西我都找齐了。妈妈偏头痛犯了，已经去睡了。她还给爸爸写了封信。”

“你看了信没有？”

“没有。信在她房间里，跟明天要买的东西的清单放在一起。等明天一早发现家里东西都不见了，这清单她又得重新开过。”

“他们喝了多少酒？”

“大概喝了瓶把吧。”

“要是能在酒里放上点蒙汗药才痛快呢。”

“你告诉我怎么个放法，我去放好了。直接加在酒瓶里吗？”

“不。加在酒杯里。可我们没有蒙汗药啊。”

“药箱里会不会有一些？”

“不会。”

“我在酒瓶里加点拔力高[①]好了。他们还有一瓶呢。要不加上点甘汞[②]。这我知道我们家有。”

“不要，”尼克说。“等他们睡着了，你想法把那另一瓶酒倒半瓶给我。找只旧药瓶，倒在里面。”

“我还是去看着他们点儿，”妹妹说。“哎呀，我们要是有蒙汗药就好了。这种玩意儿我可连听都没听说过。”

“其实那也不是什么滴剂，”尼克对她说。“那是一种叫水合氯醛的药。有些窑姐儿要打伐木工人口袋里钞票的主意，常在酒里下这种药给他们喝。”

“这么说这种药有点邪门，”妹妹说。“不过我们恐怕还

---

① 含鸦片的复方樟脑酊，作用为止痛、镇咳、止泻。

② 一种泻药。

是应该备一点，以防万一。”

“让我亲亲你，”做哥哥的说。“这也是以防万一。我们下去看他们喝酒去吧。我倒想听听他们坐在我们家里怎样说三道四。”

“你答应我决不发火，也决不干坏事，好吗？”

“好。”

“也不要去伤害马儿。这事跟马儿不相干。”

“不去伤害马儿。”

“我们要是有蒙汗药就好了，”妹妹显示出一片忠诚。

“可我们就是没有，”尼克对她说。“我看在博伊恩城这一边是哪儿也不会有的。”

兄妹俩坐在柴间里，从那儿观察纱窗阳台上据桌而坐的那两个家伙的动静。月亮还没有出来，天色很黑，但是这两个家伙背后是一派湖光，所以人的轮廓看得很清楚。这会儿他们没在说话，却都探出了身子，俯在桌子上。随后尼克听见冰桶里的冰块声。

“姜汁汽水没有了，”其中一个说。

“我说过这点儿不够我们喝的，”那另一个说。“可你却偏说够了够了。”

“去弄点水来吧。厨房里提桶、勺子都有。”

“我可喝够了。我要睡觉去了。”

“你不等那个娃娃了吗？”

“不等了。我要去睡会儿。你守着吧。”

“你看他今儿晚上会回来吗？”

“难说。我要去睡会儿。你觉得困了就来叫醒我。”

“我一夜不睡也没关系，”那个本地的猎监员说。“为了要抓晚上打猎捕鱼的，我守上一个通宵是家常便饭，连眼皮都从来不合一下。”

“我也一样，”那个南边来的人说。“可我现在得去稍稍合会儿眼了。”

尼克兄妹俩看他走进屋门。妈妈对那两个家伙说过，他们要睡的话可以睡在起坐间隔壁的卧室里。尼克他们看见他擦了根火柴。接着窗子里便又是一片漆黑了。再看那另一个猎监员，先还在桌子前坐着，后来也盘起了胳膊，把头扑倒了。一会儿连呼噜声都听见了。

“我们再等他会儿，看他当真睡熟了，再进去取东西，”尼克说。

“你还是在栅栏外等着，”妹妹说。“我在屋里走动没关系。万一他醒来，看见了你就不好了。”

“好吧，”尼克同意。“我来把这里的东西都拿出去。好在东西多半在这里了。”

“黑灯瞎火的，你能都找到吗？”

“没问题。猎枪在哪儿？”

“平搁在后棚顶高处的人字木上。小心别掉下来，也别碰倒了木柴，尼克。”

“放心好了。”

她从屋里出来，来到另一头的栅栏角上，尼克正在那边一棵倒伏的大铁杉后面打他的包。这棵大铁杉上年夏天中了雷击，同年秋天在暴风雨中倒下了。此刻月亮刚刚从远山背后露出脸来，月光透过树隙筛落下一大片，尼克打包尽可看得清清楚楚。妹妹放下手里的口袋，说，“他们睡得就像死猪一样，尼基。”

“那就好。”

“南边来的那个也跟阳台上的这个一样打起呼噜来了。我想我把要的东西都找齐了。”

“真有你的，小妹。”

“我给妈妈写了个条子，告诉她我跟你一块儿去了，也好看着你点，免得你去闯祸，我要她谁也别告诉，还说你会好好照应我的。我把条子塞在她的房门下面。她把房门锁上了。”

“唉，真见鬼，”尼克话一出口，就赶紧说，“对不起，小妹。”

“这也不能怪你，反正我总不能来帮你的倒忙吧。”

“你真厉害。”

“我们这该可以痛快一下了吧？”

“当然。”

“我把威士忌带来了，”她兴冲冲地说。“我在原来的酒瓶里留了点儿。让他们吃不准是不是给对方喝掉的吧。反正他们那儿还有一瓶呢。”

“你自己的毯子带了吗？”

“那还用说。”

“那我们还是走吧。”

“如果我们要朝我心目中的那个地方走，就没问题。别的倒没啥，就是加上了我的毯子，这包更大了。枪我来背吧。”

“好吧。你穿了什么鞋子？”

“穿了鹿皮工作鞋。”

“带上什么书了？”

“《洛纳 · 杜恩》、《诱拐》[1]，还有《呼啸山庄》。”

“除了《诱拐》，另外两本都是大人看的。”

“《洛纳 · 杜恩》才不是呢。”

“我们就朗读好了，”尼克说。“朗读的话一本书可以多读几天。不过，小妹呀，你这一来，事情就有点不好办了，所以我们还是快走。那两个混蛋，别看他们一副蠢样，其实才不会那么蠢呢。蠢事，也许是因为喝了酒才干出来的。”

尼克这时已经打好了包，收紧了背带，于是就往后一靠，把鹿皮鞋穿上。他拿胳膊搂着妹妹。“你真的要去？”

“我非去不可，尼基。都到了这个时候了，别再婆婆妈妈地拿不定主意了。我连条子都留下了。”

“好吧，”尼克说。“我们走吧。枪你先背着，背不动了就交给我。”

“我都好了，只等出发了，”妹妹说。“我来帮你把包背起来。”

“你连眼皮都没合过一下，可我们就得马上赶路，这你想过吗？”

“我知道，那个趴在桌上打呼噜的家伙吹牛说可以一夜不睡，其实我才真可以做到呢。”

“说不定他原先倒也真有那个本事呢，”尼克说。“不过有一点你一定得注意，那就是脚可千万不能出毛病。你的鹿皮鞋挤脚吗？”

“不挤。我一个夏天一直光着脚板走路，脚板都练硬啦。”

---

① 英国作家史蒂文生的一部冒险小说。

“我也有一副铁脚板，”尼克说。“快。我们走吧。”

他们就踩着满地软软的铁杉针叶出发了，这里的树木都长得很高，大树之间没有什么小树丛。他们顺着山坡往上走去，月亮在树梢间露出脸来，照出尼克背着好大一个包，妹妹背着.22口径的长枪。到了小山顶上，他们回过头去，看到了月光下的湖。天色相当晴朗，连那黑糊糊的地岬都看得见，而地岬后边就是对岸高高的山峦了。

“我们还是在这儿向湖告别吧，”尼克·亚当斯说。

“再见了，湖呵，”小妹说。“我也爱着你啊。”

他们下了山冈，越过那片连绵的旷野，穿过果园，翻过一道栅栏，来到一片麦茬累累的地里。穿过麦茬地时，向右边望去，看见了谷地里的屠宰场和大谷仓，还看见了临湖另一块高地上的那座农家老木屋。月光下只见一条钻天杨夹道的长长的路，直通到湖边。

“在这个地上走你的脚痛吗，小妹？”尼克问。

“不痛，”妹妹说。

“我是因为要避开狗才走这条路的，”尼克说。“那些狗只要一看清是我们，马上就会不叫的。可是说不定还会让人听见。”

“我明白，”她说。“人家听见狗叫了几声又马上不叫，就会知道来的是我们。”

向前望去，看得见大路另一边那道黑糊糊的山峦隆起的轮廓。走完了仅有的一片除过了茬的麦田，他们跨过通往水上冷藏所的低洼小溪。然后顺着渐渐高起的地势穿过又一片麦茬累累的田地，面前便又是一道栅栏，栅栏外横着沙土大路，过了大路就都是密密层层的二茬林子了。

"等我爬了过去，再来搀你一把，"尼克说。"我要把这条路好好看一下。"

一到栅栏顶上，那绵延起伏的辽阔土地、那老家旁边黑压压的树林、那月光下亮晶晶的湖面，就尽收眼底了。随后，他才回头察看起大路来。

"他们顺我们的来路追来是不可能的，这大路上沙土厚，我看留下脚印也不大会引起注意，"他对妹妹说。"如果沙子不太硌脚的话，我们就各靠路的一边走吧。"

"尼基，说实在的，我看他们没多少脑子，不会想到要追。你只要看他们就知道死等你回家，晚饭还没吃就已经有几分醉了，后来就更别提了。"

"他们还是到码头去找过我的，"尼克说。"我不是正好在那儿吗。要不是你先告诉了我，他们早就逮住我了。"

"他们听妈妈说你大概钓鱼去了，就不用有多少脑子也会想到你准是在那条大点的小溪上。我走了以后，他们肯定去查过船了，看船一条不缺，当然就会想到你准是在溪上钓鱼。谁不知道你钓鱼的地方一般总是在磨房和榨房[①]的下游一带。他们就是考虑起问题来反应较迟钝而已。"

"好，算你说得对，"尼克说。"可他们判断得还是差不离的。"

妹妹把枪托朝前从栅栏缝里递给了哥哥，然后自己也从横档中间爬了过去。她挨着哥哥一起站在路上，尼克手按着她的头，轻轻抚摸。

"你累坏了吧，小妹？"

---

① 榨苹果汁的作坊。

“不。我很好。我太开心了，一点也不觉得累。”

“你要是还不觉得太累，就沿着这边沙厚的路走，沙上有他们马蹄踩出的窟窿。这沙子又松又干，留下脚印看不出来。那边的路面硬，我走那边。”

“我在那边走也行。”

“不。我不能让你把脚擦破了。”

顺着路向两湖之间的高地走去，一路都是上坡，时而也有短短的几段下坡。路的两边都是密密层层的二茬林子，从路边到林子之间长满了灌木，尽是黑莓紫莓之类。朝前望去，透过树林子，看得见一个个山头，像一排锯齿。这时月亮已快要下山了。

“觉得怎么样，小妹？”尼克问妹妹。

“有劲极了。尼基，你每次离家出走，都这么带劲吗？”

“哪儿呀。总觉得很寂寞。”

“寂寞到什么程度呀？”

“只觉得苦恼，憋闷。真不是滋味。”

“有我在一起，你看你还会觉得寂寞吗？”

“那不会。”

“你这回没有去找特鲁迪[①]，却跟我在一起，是不是不高兴了？”

“你干吗老是要提起她？”

“我没有呀。你大概在想她吧，所以总以为我在说她。”

“你太调皮了，”尼克说。“因为你告诉了我她在哪儿，我才想起她的。而且既然知道了她在哪儿，我就想不知她这会

① 一个印第安姑娘，尼克的恋人。参见海明威的另一篇小说《两代父子》。

儿在干些什么，还有诸如此类的事儿。”

“我看我真不该来。”

“我早就跟你说过你不该来。”

“唉，算了吧，”妹妹说。“难道我们要去学人家的坏样吵架吗？我这就回去。你也不是少了我就不行。”

“住口，”尼克说。

“请你别这样训人，尼基。我回去，还是留下，反正由你决定。你什么时候叫我回去我就回去。可我不想吵架。自家亲人吵架的人家，我们见得还少吗？”

“就是，”尼克说。

“我知道是我逼你带我来的。可我是想方设法不让你闯祸。而且我做到了不让人家逮住你。”

他们已经到了高地上，在这里又望得见湖了，不过从这里看去，湖面似乎变狭了，简直像条大河了。

“到了这儿，我们得抄近路穿田野走了，”尼克说。“然后走上那条伐木古道。如果你要回去，该在这儿转身往回走了。”

他卸下背包，拿到树林子深处一放，妹妹把枪也靠在背包上。

“坐下歇歇吧，小妹，”他说。“大家都累了。”

尼克头枕背包躺了下来，妹妹也在他身边躺下，把脑袋靠在他肩头上。

“我才不回去呢，尼基，除非你叫我走，”她说。“我不过不愿吵架罢了。答应我，我们决不吵架，好吗？”

“好，答应你。”

“我再也不提特鲁迪了。”

“去她的特鲁迪。”

“我要尽量帮着你，做个好伙伴。”

“你是个好伙伴嘛。我有时心里烦躁，加上感到寂寞，因此火气很大，你不会见怪吧？”

“不会。我们要好好相互照应，找些乐子。我们可以过得快快活活的。”

“好吧。从现在起，就快快活活地过。”

“我可一直过得快快活活的。”

“前面有一段路相当难走，接着还有一段路更是难走，过后我们就到了。我们不如等天亮了再走。你睡吧，小妹。身上不觉得冷吗？”

“不冷，尼基。我穿着线衫呢。”

她挨着他蜷起身子，转眼就睡熟了。不一会儿，尼克也睡着了。他睡了两个钟头，曙光一露，就把他弄醒了。

尼克在二茬林子里兜了个圈子，这才带着妹妹踏上伐木古道。

“我们可不能留下离开大路改走古道的足迹，”他对妹妹说。

古道上杂树丛生，他只好一再低头哈腰，免得撞上枝桠。

“真像条隧道，”妹妹说。

“走上一阵就开阔了。”

“这个地方我以前来过吗？”

“没来过。我以前带你打猎，可从来没有到过这么远的地方。”

“从这儿出去，是不是就到那个秘密点了？”

“不，小妹。我们得穿过几段砍伐后留下的乱木地，又长又难走。我们去的地方是没人去过的。”

他们顺着古道一路走去，然后拐上另一条道，那儿草木更芜杂。走出这条道才见一片空地。空地上有些烧荒后长出来的野草灌丛，还有几座伐木营地的旧木屋。这些木屋都非常破旧了，有一些连屋顶都塌陷了。可是道边却有一泓清泉，兄妹俩就去喝了点水。太阳还没有升起，走了一夜，这一大清早就觉得肚子空空、饿得直叫了。

“这儿四外一带原先都是铁杉林子，”尼克说。“当年砍伐这种树，只是为了要剥取树皮，可从来不用树材。”①

“可这条道又怎么啦？”

“他们该是先从远处砍起，把树皮拖来堆在道旁，好拉到林子外头去。这样一路砍过来，最后砍到了这道边上，把树皮堆在这儿，然后拉出去。”

“要过了这一大片乱木地才能到那个秘密点？”

“是的。过了这片乱木地，再走上一程，又是一片乱木地，然后才到原始林。”

“既然这么一大片林子全砍了，怎么又留下那么一片呢？”

“我也不知道。大概那边的林子是有主的，不肯卖吧。人家靠边上偷伐了不少，少不了向林主赔些采伐费。不过林子的绝大部分还没有动过，要进去连条勉强可走的路都没有。”

“可人家为什么不打小溪边走呢？那条小溪总该有个来处吧？”

① 当年印第安人剥下了树皮，卖给博伊恩城的制革厂。

趁这会儿歇着，还没有动身去闯面前那片难闯的乱木地，尼克倒也很想给妹妹讲讲其中的道理。

“是这么回事，小妹。那条小溪穿过了我们刚才走的那条大路以后，要流过一个庄稼人的地。那个庄稼人把地围上了栅栏，作了牧场，把想在小溪里钓鱼的都撵走。所以到了他地界里的那座桥下，人家就再也过不去了。就是有人想在他的屋后穿过牧场，也总得在小溪上过，他就在那边放上一头公牛。这头牛可凶了，确实把来的人都赶跑了。我从没见过这样凶的牛，它就一直守在那儿，总是那么杀气腾腾的，只等有人来好撒野。那庄稼人的地盘到此为止了，可往前又是一片杉林沼泽地，到处都有深水窟窿，地形不熟的根本就过不去。即使是熟悉地形的，走起来也够呛。从那儿再往前就是那个秘密点了。我们要翻山过去，可说是抄偏僻的路走。过了那个秘密点，前面的沼泽地那才真叫沼泽地呢。这沼泽地真糟，谁也别想过得去。好了，我们这就来走面前这段难走的路吧。”

难走的路和更难走的路都已经甩在背后了。尼克一路不知爬过了多少原木堆，高的比他的头还高，低的也要齐他的腰。他总是先接过枪，放在原木堆顶上，然后把妹妹一把拉上来，让她从另一边滑下去，要不就自己先下，接过了枪，再搭把手让妹妹下来。碰到一堆堆树枝乱丛，他们不是从上面踩过，就是打旁边绕过，那乱木地里热烘烘的，各色杂草花粉扬扬，小姑娘头发上沾满了不算，还给呛得直打喷嚏。

“这乱木地真要命，”她对尼克说。他们当时正坐在一根剥去了一圈树皮的大原木上面休息，坐处是在剥皮人落斧砍树的那头。去了皮的地方是灰溜溜的，其实那日益朽烂的原木整个儿都是灰溜溜的，四外满地的高大树干没有不是灰溜溜的，枝枝丛丛也没有不是灰溜溜的，只有野花野草长得一片茂盛。

“这是最后一片乱木地了，”尼克说。

“真讨厌透了，”妹妹说。“还有那要命的野草，看去就像种满了树的墓地没人看管，地上长了花一样。”

“你这该明白我为什么不想摸黑赶路了吧？”

“我们摸黑过不了。”

“就是。不过从这一带过也不用怕会有人追来。到了这儿，前面的路就好走了。”

他们出了烈日炎炎的乱木地，进入绿荫如盖的大树老林。乱木地一直延伸到一道山梁的顶上，过了山梁顶不多远，往前便尽是森林了。他们这时走在森林里的褐色覆被上，脚踩上去有弹性，挺阴凉的。林下没有矮树灌丛，大树长到六十英尺才分出枝椏来。林荫里真是凉快，尼克听得见高高的树梢间渐渐起了微风的声音。一路走去，见不到一丝阳光，尼克知道，不到近中午阳光是绝对透不进那枝椏交错的高高的树梢的。妹妹让他拉住一只手，紧靠着他走。

“我怕倒是不怕，尼基。不过这儿使我觉得很不自在。”

“我也是，”尼克说。“每次都是这样。”

“我从没到过这样的森林。”

“这一带也就只剩下这么一片原始森林了。”

“我们要在这林子里走很久吗？”

“路相当长啊。”

“我要是一个人走非害怕不可。”

“我只觉得不大自在。怕倒一点也不怕。”

“这话我刚才说过了。”

"我知道。恐怕正因为心里害怕，我们嘴上才这么说。"

"不。我因为跟你在一起才一点也不怕。可我知道我要是独自一人就准得害怕。你以前有没有跟别人一起来过这儿？"

"没有。都是一个人来的。"

"那你不怕吗？"

"不怕。不过我总觉得不大自在。就像在教堂里，我该有这样的感觉吧。"

"尼基，我们要去落脚的地方，是不是也这样一派森严？"

"不。你不用担心。那儿是个愉快的地方。你且好好玩味玩味眼下的这种气氛，小妹。这对你可有好处哩。从前的森林就都是这样的。这片森林怕是眼前还留下的最后一方清净地了。这儿是从来没有人来过的。"

"我喜欢从前的日子。可是这样森严的气氛我不大欣赏。"

"也不都是这样一派森严的。不过铁杉林就是这样。"

"在这儿走真有劲。我本来总以为我们家后面的林子里够有劲的了。可哪里比得上这儿哟。尼基，你信上帝吗？你要是不愿意回答，就不一定要回答我。"

"我可说不上。"

"好吧。你不一定要告诉我。可我每天晚上做祷告，你不会反对吧？"

"不会。你要是忘记了，我倒要提醒你呢。"

"谢谢你。因为这样的森林使我觉得心里虔诚得不得了。"

"所以大教堂都造得有这样的气氛。"

“你从没见过大教堂吧？”

“没见过。不过在书里看到过描写，想象得出来。这座森林就是我们这儿最好的一座大教堂。”

“你看我们能有一天去欧洲看看大教堂吗？”

“当然行啦。不过我得先摆脱了眼前的麻烦，学会挣俩钱儿才行。”

“你看你写文章能挣得了钱吗？”

“只要我写得出色。”

“你要是写些轻松愉快的作品，不就有可能成功吗？这不是我的意见。妈妈说你写的东西总是太忧伤。”

“是《圣诞老人》杂志嫌我写的东西太忧伤，”尼克说。“他们话是没这么说。就是不喜欢我的作品。”

“可《圣诞老人》是我们最喜爱的杂志啊。”

“我知道，”尼克说。“可他们就已经嫌我太忧伤了。其实我还根本不好算大人呢。”

“怎么才算大人呢？结了婚就算大人了？”

“不这么算。反正你还不是大人的话，要送便只能送教养院。成了大人，送监狱就够格了。”

“这么说幸亏你还不算大人。”

“他们哪儿也别想送我去，”尼克说。“尽管我的作品写得忧伤，我们可别说忧伤的话了。”

“我可没说你的作品写得忧伤啊。”

“我知道。可人家都这么说呀。”

“我们得快活起来，尼基，”妹妹说。“这片森林使我们变得没有一点笑脸了。”

“我们就快走出森林了，”尼克对她说。“那时你就可以看到我们要去落脚的地方了。你饿了吗，小妹？”

“有点儿。”

“我猜也是，”尼克说。“我们吃两个苹果吧。”

走下一座坡面长长的小山，他们看到前面树干间出现了阳光。如今到了森林的边缘，只见四下都长起了冬青树和一些蔓虎刺，地上变得一派草木茂盛了。从树干之间望去，看到有一片开阔的草地，顺着坡势一直伸展到水边那一行白桦树下。过了草地和那一行白桦树，再往下是绿得发黑的一片杉林沼泽地，沼泽地外的远方是一带深蓝色的山峦。沼泽地和山峦之间伸进来一弯湖水。不过他们在这儿是看不见的。只是觉得中间间隔很大，那儿该有这么一弯湖水。

“这是泉水，”尼克对妹妹说。“这些垒起的石头就是我以前露宿的地方。”

“尼基呀，这儿真是太美了，太美了，”妹妹说。“还能望到湖，是吗？”

“有一个地方能望到。不过作住处还是这儿好。我去捡些柴枝，一起来做早饭。”

“这些耐火石可是好久以前的东西了。”

“这儿住人本来就是好久以前的事了，”尼克说。“这些耐火石还是印第安人的呢。”

“森林里一没有小径，二不见树上有白楂指路[①]，你怎么能把路认得那么准呢？”

---

① 森林中行路，常相隔一定距离在树上削去一块树皮，露出白楂，作为指路标志。

“你不看见那三道山梁上都竖有指路杆吗？”

“没看见呀。”

“以后我指给你看。”

“是你竖起的吗？”

“不。是早就有的。”

“那你为什么早不指给我看？”

“这我倒说不上了，”尼克说。“大概我是只想露一手给你看看吧。”

“尼基，在这儿他们永远也别想找到我们。”

“但愿如此，”尼基说。

大约也就在尼克兄妹踏进第一片乱木地的时候，那个睡在他们家纱窗门廊上的猎监员被阳光刺醒了。住宅坐落在临湖高处的绿树掩映中，太阳从屋后开阔的山坡上探出头来，正好直射在他的脸上。

这个猎监员夜里曾起来喝过水，从厨房回来后就干脆往地上一躺，拿个椅垫来当了枕头。此刻醒来才知道自己竟是睡在地上，于是连忙爬起身来。他原本是向右侧睡的，因为左边腋下挎了只手枪皮袋，里面插着一支.38口径的史密斯-韦森左轮枪。如今清醒了过来，他赶紧摸了摸枪，才觉得阳光刺眼，便避过脸去，然后走进厨房，从切菜桌边的水桶里舀了一勺水喝。女用人正在炉膛里生火，那猎监员就对她说，“弄些早饭来吃，好不好？”

“早饭没有，”女用人说。她是睡在宅后的小屋里的，半个钟头前才来到厨房里。一进来看见猎监员躺在纱窗门廊的地上，桌上的一瓶威士忌已差不多只剩了空瓶，她吓了一跳，心里只觉得反感。随后禁不住忿忿然起来。

“早饭没有，你这是什么意思？”猎监员说，手里的勺子还没有放下。

“就是这句话。”

“为什么？”

“没有东西吃呗。”

“那咖啡呢？”

“没有咖啡。”

“茶呢？”

“没有茶。没有熏肉。没有麦片粥。没有盐。没有胡椒粉。没有咖啡。没有博登牌罐装奶油。没有杰迈玛大婶牌荞麦粉。什么也没有。”

“你在胡扯些什么呀？昨天晚上吃的东西还很多嘛。”

“现在都没啦。准是让‘五道眉儿’[①]给叼走啦。”

南边来的那个猎监员听见他们说话就起来了，这时已经来到了厨房里。

“你早上好？”女用人跟他打了个招呼。

那个猎监员却没有答理，只顾对另一个猎监员说，“怎么回事，埃文斯？”

“那小王八蛋昨天夜里来过了，拿走了好多吃的，足足有一驮。”

“在我的厨房里不准骂人，”女用人说。

“我们到外边去，”那个南边来的猎监员说。两个人一起走到纱窗门廊上，随手关上了厨房门。

① 一种松鼠，即金花鼠。

“这是怎么回事，埃文斯？”南边来的人指指那瓶一夸脱装的“老格林河”，瓶内剩下不到四分之一了。“看你醉成了什么样子！”

“我可没比你多喝呀。我一直打起了精神在桌子跟前坐着……”

“坐在那里干什么？”

“在等亚当斯家的王八兔崽子露面呀。”

“少不了还喝了点酒。”

“我可没喝。后来到四点半左右，我起来到厨房里去喝了点水，回来就在这门前躺下歇会儿。”

“要歇会儿为什么不躺在厨房的门前呢？”

“他要来的话，从这里看去更容易发现。”

“后来呢？”

“他八成儿是扒窗进来的，反正是溜进了厨房，把那么多的东西装走了。”

“胡说！”

“那你倒是在干什么？”这本地的猎监员问。

“跟你一样在睡觉。”

“这不结了。我们何必还要争吵呢。争吵一点没好处。”

“你去叫那女用人到门廊上来。”

女用人来到门廊上，那个南边来的人对她说，“你去对亚当斯太太说，我们有话要跟她讲。”

女用人没有应声，不过还是到里宅去了，随手关上了门。

“你还是把没开的和喝空的酒瓶子都收拾起来吧，”那个南边来的人说。“这个瓶里还剩下一点儿酒，也派不了什么用场了。你要不要喝一口？”

“谢谢，我不喝了。我今天有事情得办。”

“那我来喝一口，”那个南边来的人说。“你已经喝得比我多了。”

“你走了以后我可一口都没喝过，”本地的猎监员还是不肯罢休。

“你怎么老是这么胡说个没完？”

“我这可不是胡说。”

那个南边来的人放下了酒瓶。见女用人开门进来，又随手关上了门，他就冲着她说，“太太怎么说？”

“太太偏头痛又犯了，不能见你们。她说你们有搜查证。她说要搜就请搜，搜完了就请走。”

“她儿子的事她怎么说？”

“她没看到过哥儿，哥儿的事她什么也不知道。”

“别的孩子在哪儿？”

“到夏勒伏瓦做客人去了。”

“去谁家做客人？”

“不知道。太太也不知道。他们是跳舞去的，住在朋友家要过了星期天才回来。”

“昨天在这儿转悠的那个孩子是谁？”

“昨天我没看见有孩子在这儿转悠呀。”

“明明有的。”

“也许是哪个小朋友来找这里的孩子玩儿的。也说不定是哪个外地游客的孩子。是男的还是女的？”

“是个十一二岁的小姑娘。褐色头发，褐色眼睛。一脸雀斑。皮肤晒得黑黑的。穿工装裤、男孩的衬衫。光着脚板。”

“听上去像个一般的孩子，”女用人说。“你说有十一二岁了？”

“呸，算了吧，”那个南边来的人说。“从这种乡巴佬嘴里问得出什么名堂！”

“你说我是乡巴佬，那他算什么？”女用人说着对本地的猎监员瞟了一眼。“埃文斯先生算什么？他的孩子们跟我还是一所学校里念的书呢。”

“那个小姑娘是什么人？”埃文斯问她。“快说，苏珊。反正你不说我也查得出来。”

“我怎么会知道，”这个叫苏珊的女用人说。“眼下上这儿来串门的简直什么样的人都有。我真觉得像是住在个大城市里一样。”

“你该不是要自找麻烦吧，苏珊？”埃文斯说。

“不是，先生。”

“我不跟你说笑话。”

“你呢，该也不是要自找麻烦吧？”苏珊问他。

他们出外到马棚套好了车，那个南边来的人说，“我们的事办得不大顺当，是不是？”

“他这下子可逍遥法外了，”埃文斯说。“吃的都有了，枪一定也拿到手了。不过他还在这一带。我能逮住他。你辨认足迹在行吗？”

“不行。说实在的我不行。你呢？”

“雪地里还行，”那另一个猎监员说得笑了起来。

“不过我们也不必去找他的足迹。我们得研究一下他会去哪儿。”

“他带上了那么多的东西，不会到南边去的。他只要稍微带上些吃的，朝铁路走就有火车可搭了。”

“我说不准那柴间里给拿走了些什么东西。不过他从厨房里拿走了一大包。他出逃有个目的地。我得去调查一下他平日都有哪些习惯，都有哪些朋友，常去什么地方。夏勒伏瓦、佩托斯基、圣伊格纳斯、希博伊根，要堵住他就得到这些地方去堵。你要是他会去哪儿？”

“我会去北半岛。”

“我也一样。而且他以前去过那一带地方。到渡口去抓他最方便了。不过从这儿到希博伊根地域辽阔，在他可是熟门熟路。”

“我们还是去看看帕卡德吧。今天不妨就去查看这一路。”

“有什么能阻止他在东约旦搭去大特拉弗斯湾的车吗？”

“什么也没有，不过那不是他熟悉的地区。他多半会去熟悉的地方。”

他们正打开栅栏门要出去，苏珊从屋里出来了。

“可以搭你们的车子上铺子去吗？我得去买些食品杂货。”

“你怎么看得出我们要上铺子去？”

“你们昨天商量要去找帕卡德先生来着。”

“那你买了东西怎么拿回来呢？”

“我想能在路上找人搭个便车，或者碰上从湖边来的什么人。今天是星期六啊。”

“好吧。上车吧，”本地的猎监员说。

“谢谢你了，埃文斯先生，”苏珊说。

到了杂货铺兼邮局，埃文斯把牲口拴在马槽前，他跟南边来的那个人没有就进店，先站在那里商量了几句。

“我真不想跟这该死的苏珊说一句话。”

“就是。”

“帕卡德倒是个好人。在这一带像他这样人缘好的再找不到第二个了。你千万不要拿这买鳟鱼的事来定他的罪。谁也不该去吓唬他，我们可不能招得他跟我们对立。”

“你看他会跟我们合作吗？”

“你要是态度不好就会坏事。”

“我们去找他吧。”

苏珊早已进了铺子，径直穿过店堂，走过玻璃陈列柜、开了盖的货桶、成排的纸盒、满架的罐头，却什么东西也没看在眼里，什么人也没看在眼里。她一直走到里边的邮局，邮局里有许多专用信箱，有邮件存局候领处和卖邮票的窗口。见窗口关着，她就直往后屋走去。帕卡德先生正用一把铁锹在那里开一箱货。他对她瞧了一眼，微微一笑。

“约翰先生，”女用人的话说得快极了。“有两个猎监员到店里来了，他们要抓尼基。尼基昨儿晚上出走了，他的小妹妹也跟他一起走了。这事你可千万别讲出去。他妈妈也知道了，可是没什么大不了的。她至少该不会说出去吧。”

“他把家里吃的东西都带走了是不是？”

“大半都带走了。”

“你需要些什么只管去挑，开张清单，回头我跟你一样样核对。”

“他们就快要进来啦。”

“你从后门出去，再打正门进来。我去招呼他们。”

苏珊就绕过这长长的木板房，重又登上正门的台阶。这一回她一踏进店门，就什么都看在眼里了。送篮子来的那几个印第安人她认识，站在左边第一排玻璃陈列柜前看柜内钓具的那两个印第安小伙子她也认识。旁边一只玻璃柜里摆的是些什么成药她全有数，还知道常来买药的都是谁。有一年夏天她在这铺子里当过售货员，因此知道那些纸盒上铅笔写的字母代号和数字指的是什么，就是盒子里装的鞋子、冬天用的罩靴、羊毛袜子、手套、便帽、线衫等等。她知道这几个印第安人送来的篮子能卖多少钱，但眼下时令已过，已经卖不出好价钱了。

“你怎么到这个时候才把篮子送来呀，塔贝肖太太？”她问。

“七月四日玩得一开心，就没顾上送来，”那印第安女人笑着说。

“比利好吗？”苏珊问。

“我也不知道呢，苏珊。没见他有四个星期了。”

“你干吗不把篮子拿到旅馆去，想法兜卖给那里的游客呢？”苏珊说。

“那当然也可以，”塔贝肖太太说。“我去过一次了。”

“你应该天天拿去卖。”

“可路远着哪，”塔贝肖太太说。

就在苏珊一边跟熟人说话儿，一边开单子替东家采购货物时，那两个猎监员在店堂后边见到了约翰·帕卡德先生。

约翰先生长着一对青灰色眼睛，黑头发，黑色八字须，看样子总像是这位先生走错了地方，才撞进了一家杂货店似的。他年轻时离开密歇根州北部出外，一去就是十八年，他的模样儿根本不像个店老板，倒像个治安官，或者老实巴交的赌徒。他早年开过几家酒馆，经营得蛮不错。可是等到这一带的林木采伐完了，他就买下农田，依然留在当地。再后来本县行使地方自决权决定禁酒，他买下了这家铺子。当时他已经开了一家旅馆。可是他说，一家旅馆而没有酒吧不成格局，所以他简直从来不去。就由他太太来经管这旅馆。太太的劲头比先生还大，先生说他可不愿在这些顾客身上浪费时间，这些顾客有的是钱，想去哪儿度假就尽可以去，可他们却偏要来住一家没有酒吧的旅馆，在门廊上的摇椅里一坐，一晃一摇地打发光阴。他把这些游客叫做“换茬的”[①]，跟太太一谈起来，就要拿他们挖苦上一顿，好在太太是爱自己先生的，先生再逗她她也从不计较。

“你要叫他们‘换茬的’你就叫吧，”太太一天晚上在枕头边对他说。“我虽说有那么两下子，可世上却就唯独我这个女人你还管教得了，不是吗？”

太太欢迎这些游客，因为游客里有些人带来了文化修养的气息，而先生说，太太爱文化修养就像伐木工爱嚼名牌烟草“无敌牌”一样。其实他对太太的这种爱好是很尊敬的，因为太太自己就说过，她之爱文化修养正好比先生之爱上等陈年威士忌，她还说来着，“帕卡德，你不必多操心什么文化修养。我是不会要求你这样那样的。可我觉得有文化修养就是高。”

先生说，她要欣赏文化修养就尽量去欣赏好了，天塌下来他也不管，只要别叫他去参加肖托夸[②]或什么成人进修班就行。他以前参加过几次野营布道会和一次“奋兴”布道会，可

---

① 原文为 change-of-lifers，一语双关，既有“来换换生活情趣的人”之意，又有“处于更年期（绝经期）的人”之意。

② 流行于美国的一种类似暑期学校的文娱教育活动，常在野外举行，因始创于纽约州的肖托夸而得名。

是从没参加过肖托夸。他说，野营布道会或“奋兴”布道会虽然都无聊得很，可至少还有人当真给鼓动得来了劲，会后会有些男女相悦之事，但不管是野营布道会还是“奋兴”布道会，他可从来没有见过会后有谁肯付参会费的。他曾告诉尼克·亚当斯，他太太每次参加著名传道士“吉卜赛人”史密斯[①]那样的大人物主持的“奋兴”布道大会以后，总要担心上一阵，就怕先生的灵魂不能获救，将来难得永生，不过好在他，帕卡德，长得极像史密斯，所以结果总是一切平安无事。可是肖托夸这玩意儿有点儿怪。文化修养大概总要比宗教信仰强吧，约翰先生想。不过这是个应该冷静对待的议题。人们却对此迷得如痴如狂。他看得出来，这可不仅仅是个赶时髦的问题。

“这玩意儿对人们确实有吸引力，”他对尼克·亚当斯这么说过。“它的性质想必有点近乎‘摇喊’教派[②]，只是表现于思想方面而已。这个问题你以后研究一下，把看法说给我听听。你要当个作家，就该早些去熟悉一下。晚了就跟不上形势了。”

约翰先生喜欢尼克·亚当斯，说是因为他身上带有“原罪”。尼克并不理解这话的意思，不过听了却感到挺自豪的。

“你会干了一些事，将来为此而忏悔，小伙子，”约翰先生对尼克这么说来着。“这真是人世间的一大美事。忏悔不忏悔，反正将来再去思想斗争吧。重要的是，这种事你得先干出来。”

---

① “吉卜赛人”罗德尼·史密斯(1860—1947)，英国的“奋兴派”传道士，吉卜赛人血统，曾多次周游世界到处布道。

② 耶稣教中的一个派别，特点是在做礼拜时以叫喊和乱动来表示虔诚。

"我可不想干坏事，"尼克当下说。

"我也不希望你去干坏事啊，"约翰先生说。"可是人活着总会干出这样那样的事来。做人不可说假话，不可偷盗。可说假话又是人人难免的。不过你得凭眼光认定，对什么人决不说假话。"

"我就认定对你决不说假话。"

"这就对了。你不管碰到什么事，决不要对我说一句假话，我也决不拿假话骗你。"

"我试试看吧，"尼克当时说。

"这话说得不对，"约翰先生说。"必须绝对做到。"

"好吧，"尼克说。"我决不对你说假话。"

"你的女朋友怎么样了？"

"有人说她在北边的苏城[①]工作。"

"这姑娘长得挺美，我一直很喜欢她，"约翰先生还说来着。

"我也一样，"尼克说。

"想开些，不要太难受了。"

"我也由不得自己，"尼克说。"其实这事一点也不能怪她。她生来就是那样的性子。我要是再碰到她，我想还是会跟她搅和在一起的。"

"也许不会了吧。"

"恐怕还是会的。我尽量克制自己就是了。"

---

① 苏城，全名为苏圣马里，位于密歇根州北半岛的东北端，隔着连接苏必利尔湖和休伦湖的圣马里河，和加拿大的同名姐妹城市遥遥相对。

约翰先生心里惦记着尼克，来到店堂后部的柜台里，见那两个人正在那儿等着他。他站在那里把两个人上下一打量，只觉得一个也看不顺眼。他向来对那个本地人埃文斯没有好感，压根儿就看不起，可是他意识到这南边来的家伙是个危险人物。这一点他还来不及研究分析，而是单看这人的脸相：眼神莫测高深，嘴巴抿得好紧，一般嚼烟草的人也不用把嘴抿得这么紧啊。他表链上串着一枚真品的鸵鹿牙。这枚鹿牙确属精品，估计取自一头五岁左右的雄鹿。好漂亮的鹿牙，约翰先生禁不住又看了一眼，然后看到此人上装里鼓出来好大一块，那是他腋下的手枪皮袋。

“这头雄鹿就是用你随身带着的那把大枪打死的吗？”约翰先生问那个南边来的人。

那个南边来的人大不以为然地瞅了瞅约翰先生。

“不，”他说。“那是我用一把温切斯特 45—70 型长枪在怀俄明州的开放区打的。”

“你是专门使长枪的，呃？”约翰先生说。他探头朝柜台下望了望。“一双脚也不小。你出来追捕娃娃们，也用得着这么大的枪？”

“你说娃娃‘们’是什么意思？”那个南边来的人说。他来了个先下手为强。

“我指的就是你要找的那个娃娃。”

“你刚才说娃娃‘们’，”那个南边来的人说。

约翰先生发动反击。不反击是不行的。“埃文斯带上了什么枪去追捕那娃娃呢？他自己的孩子可是叫那娃娃揍过两顿的。你一定带着大家伙吧，埃文斯。小心那娃娃也能揍你一顿呢。”

“你为什么不把他交出来，让我们来试试看呢？”埃文斯说。

“你刚才说娃娃‘们’，杰克逊先生，”那个南边来的人说。“你为什么要这样说？”

“看你这副德性，你这混蛋，”约翰先生说。“你这个八字脚走路的狗杂种。”

“你真要是有种用这种腔调说话，干吗还缩在柜台后边不走出来？”那个南边来的人说。

“你这是在跟合众国的邮政局长说话啊，”约翰先生说。“你说什么话，除了粪团脸埃文斯以外再没有第二个人给你作证啊。你大概也知道人家为什么要叫他粪团脸吧。你去好好想想。你是个吃侦探饭的嘛。”

他现在高兴了。他击退了对方的进攻，打了个平手，心情又像早先那些日子里那样高兴了，哪里像后来，为了谋生得侍候游客吃饭睡觉，让他们坐着粗木摇椅前一摇后一晃的，在旅馆前门廊上望湖景。

“听着，八字脚，我想起你是谁了，全想起来了。你不记得我了，摆八字脚的？”

那个南边来的人直瞅着他，就是记不起来。

“我记得汤姆·霍恩被绞死[①]的那天，你就在夏延[②]，”约翰先生对他直说。“当时大老板答应给好处，就有一帮子人出来诬陷他，那里边就有你。现在想起来了？就在你帮着人家谋

---

① 按汤姆·霍恩实有其人。他本来在骑兵部队当侦察兵，离开军队后给牧场干活，遭人陷害，终至被绞死。1979 年华纳电影公司曾根据据说是他的自传拍成电影《汤姆·霍恩》放映。

② 怀俄明州的首府。

害汤姆的那时候，你可还记得在魔弓河[1]的那家酒馆是谁开的？你人都老了还在干这样的事，是不是根子就在那里呢？你的记性难道真是这么不行？”

“你是什么时候离开西部来这儿的？”

“汤姆的案子结案两年以后。”

“真是活见鬼。”

“你还记得我们带上行李离开灰色公牛镇[2]时，我把那枚鹿牙送给了你吗？”

“记得。听我说，吉姆，这个娃娃我非逮住不可。”

“我的名字叫约翰，”约翰先生说。“叫约翰·帕卡德。来，一起到后面喝一杯去。那一位先生你也得熟悉一下。他叫‘疙瘩脸’埃文斯。原来我们大家叫他‘粪团脸’埃文斯。为了照顾他的脸面我现在给他改了个名。”

“约翰先生，”埃文斯先生说。“你友好一点，跟我们合作，好不好？”

“我把你不好听的名字都改了，不是吗？”约翰先生说。“请问两位老弟要怎么样的合作啊？”

到了后屋，约翰先生从屋角的货架下格取出一瓶酒，交给南边来的那个人。

“放开喉咙喝吧，八字脚，”他说。“看你的样子你用得着。”

等他们每人一杯下了肚，约翰先生又问，“你们为什么要抓这个娃娃？”

---

① 怀俄明州南部一小镇，位于魔弓河畔，在夏延西北。

② 怀俄明州北部一小镇，位于灰色公牛河畔。

"因为他违反了渔猎法，"南边来的那个人说。

"违反了什么具体的法令？"

"上月十二号他打死了一头雄鹿。"

"两个堂堂男子汉带着枪追捕一个小孩子，就因为他上月十二号打死了一头鹿，"约翰先生说。

"还有别的违法行为呢。"

"不过这一件你们掌握了证据。"

"差不离吧。"

"是什么别的违法行为呢？"

"多着哪。"

"可你们都没有掌握证据。"

"我可没这么说，"埃文斯说。"但是这一件铁证如山。"

"日期是十二号？"

"对，"埃文斯说。

"你怎么也不向他提些问题，倒老是回答他的问题？"南边来的那人提醒他的搭档说。约翰先生笑了起来。"别跟他打搅，摆八字脚的，"他说。"我想让他那颗出色的脑袋好好发挥作用。"

"你跟这孩子熟不熟？"南边来的那人问。

"相当熟。"

"跟他有过买卖上的往来吗？"

"他有时到我店里来买点东西。总是现款付清的。"

"你知不知道他可能会去哪儿？"

"他在俄克拉何马有亲戚。"

"你最后一次见到他是什么时候？"埃文斯问。

“得了，埃文斯，”南边来的那人说。“你这是在白白浪费我们的时间。谢谢你的酒，吉姆。”

“是约翰，”约翰先生说。“你的名字呢，摆八字脚的？”

“波特。亨利·杰·波特。”

“摆八字脚的，你可千万不能向那孩子开枪啊。”

“我的任务是去把他逮回来。”

“你可一向是个杀人不眨眼的混蛋。”

“走吧，埃文斯，”南边来的那人说。“在这儿简直是白白浪费时间。”

“记住我的话，千万不能开枪，”约翰先生把声音压得低低地说。

“听见啦，”南边来的那人说。

两个人穿过店堂，出了店门，解下他们的轻便马车，驱车走了。约翰先生目送他们直向大路的那头驰去。埃文斯在赶车，南边来的那人在跟他说什么话。

“亨利·杰·波特，”约翰先生心想。“我只记得他的名字叫‘摆八字脚的’。他的脚大，靴子都得定做。大家都叫他八字脚。后来叫‘摆八字脚的’。内斯特家的那个小伙子被枪杀了，是他在现场附近的泉水边找到了足迹，这才害得汤姆挨了绞。‘摆八字脚的’。‘摆八字脚的’什么呢？也许我压根儿就不知道他姓什么。‘摆八字脚的’八字脚。会不会叫‘摆八字脚的’波特呢？不，肯定不叫波特。”

“对不起，我不能收你这些篮子，塔贝肖太太，”他说。“你送来得太晚，时令已经过了，这又不能留到明年再卖。不过你要是能拿到旅馆去耐着性子兜卖给游客，脱手是没有问题的。”

“你就买下来再拿到旅馆去卖吧，”塔贝肖太太出了个点子。

“不。你直接兜卖给他们好销些，”约翰先生对她说。“你长得讨人喜欢。”

“那可是好久前的事啰，”塔贝肖太太说。

“苏珊，我有话要跟你说，”约翰先生说。

一到后屋，他就说，“告诉我是怎么回事。”

“我不是早告诉你了吗？他们来抓尼基，想等他一回家就把他逮住。他的小妹妹去报信，说他们在等他。尼基趁他们醉得呼呼大睡的时候，拿了些吃的东西悄悄溜走了。他带去的东西吃两个星期是不成问题的，还带上了他的枪，小妹也跟他一起去了。”

“她为什么要去？”

“我也不知道，约翰先生。我看她大概是想照应照应哥哥，不让他干出什么坏事来。尼基的脾气你是知道的。”

“你的老家就在埃文斯家附近。依你看尼克常去哪儿他心里有没有底？”

“能打听的他都打听到了。至于他心里有没有底，我就不知道了。”

“你看他们兄妹俩到哪儿去了？”

“这我就没法儿知道了，约翰先生。尼基去过的地方可多呢。”

“跟埃文斯一起的那个家伙可不是个东西。他是个十足的坏蛋。”

“他不怎么精明。”

“他干的事不怎么样，人可蛮精明。是老酒把他搞垮的。可他实在精明，而且心坏。我早就了解他的。”

“你有什么事要我办的？”

“没什么，苏珊。有什么情况快来告诉我。”

“约翰先生，等我把货款结好了，你来复核一下。”

“你怎么回家呢？”

“我可以搭船到亨利家的码头，再从东家屋里划一条小船出来，到码头上把东西接回去。约翰先生，他们打算拿尼基怎么样？”

“我正为这事担心呢。”

“听他们说，要把他送教养院。”

“他要是没打死那头鹿就好了。”

“他也这么想。他告诉我他刚刚在书里看到，说是打野兽可以让子弹只擦伤点皮，而伤不了命。可以只打昏过去，尼基就很想试试。他说他明知道这是干傻事。可是很想试试。于是他就打了那头鹿，结果把鹿的脖子打断了。他觉得难过极了。他觉得难过，根本就不应该去试试只擦伤点皮。”

“我明白了。”

“他把鹿肉挂在原先的水上冷藏所里，后来一定是让埃文斯给发现了。反正是让人给拿走了。”

“又有谁会去报告埃文斯呢？”

“我想问题就出在埃文斯的那个儿子身上。这小子老是盯尼克的梢。你就是看不见他。很可能连尼克打死那头鹿他都看见了。这小子可不是个东西，约翰先生。不过他盯起什么人的梢来，可真有一手。说不定这会儿他就在这屋里躲着呢。”

“那不可能，”约翰先生说。“不过躲在屋子外边偷听倒是有可能的。”

“我看他准是追赶尼克去了，”那女用人说。

“你听见他们在你东家屋里谈起过他吗？”

“一句话都没有提起过他，”苏珊说。

“埃文斯肯定把他留在家里干活儿了。我看对这小子我们倒暂且不必放在心上，得等那两个家伙回到埃文斯家里才会有动静。”

“我可以今天下午划船过湖回家一趟，派我的一个小孩子去探听一下埃文斯家里有没有雇人来干活。有人的话，就说明他让那小子出去追踪了。”

“那两个家伙年纪大了，干追踪的事是不行了。”

“可那小子厉害得很呢，约翰先生，而且他对尼基的情况了解得太清楚了，知道尼基会去哪儿。他会找到了兄妹俩，再带大人去抓他们。”

“来，到邮局里面去谈，”约翰先生说。

来到了那许多插信格子、专用信箱、挂号登记簿、摆得井井有条的原封大张邮票，以及盖销邮戳、印台等等的后面，领存局候领邮件的窗口一关，苏珊又感受到了当初在铺子里帮工时有职有权的那份自豪。约翰先生开口了，“依你看他们到哪儿去了，苏珊？”

“这我就没法儿知道了，真的。我看不会走得太远的，要不他就不会带小妹去。而且他一定有个极好的去处，要不他也不会带小妹去。钓了鳟鱼给旅馆做菜的事他们也知道了，约翰先生。”

“也是那小子报告的？”

“就是。”

“恐怕我们得想个办法对付这埃文斯家的小子。”

“我真恨不得杀了他。小妹要跟着她哥哥去，我相信也是为了这个缘故。免得尼基把他杀了。”

“你想想办法，我们可不能断了他们的消息啊。”

“好的。可你也得想想办法呀，约翰先生。亚当斯太太已经完全垮了。她偏头痛的老毛病又犯了。给。你最好把这封信拿去。”

“你投在邮筒里，”约翰先生说。“这是向邮局交寄的。”

“昨儿晚上看他们俩睡着了，我真想杀了他们。”

“不能，”约翰先生对她说。“这话可千万说不得，这种念头也千万起不得。”

“你难道就从来不曾有过想杀什么人的念头，约翰先生？”

“也有过。不过这种想法是要不得的，也是行不通的。”

“我爸爸就杀过一个人。”

“这对他不会有什么好处。”

“他实在忍不住了。”

“你得学会沉住气，”约翰先生说。“你该走了，苏珊。”

“我今儿晚上或者明天早上再来看你，”苏珊说。“但愿我还在这儿工作，约翰先生。”

“我也这么想，苏珊。可是帕卡德太太不这样想。”

“我明白，”苏珊说。“天下的事都是这样的。”

尼克兄妹躺在嫩草铺成的地铺上，上面有个斜斜的棚顶，是兄妹俩一同搭起来的，地点就在这铁杉林的边上，俯瞰着山坡下边的杉林沼泽地和再过去的一抹青山。

“要是你觉得不大舒服的话，小妹，我们可以再剥些那铁杉树上的软树脂来垫在下面。今儿晚上很累了，这样就可以了。明天再拾掇一下，搞得好好的。”

“我感到美美的，”妹妹说。“手一摊脚一伸，好好感觉一下，尼基。”

“这地方过夜相当不错，”尼基说。“而且一点也不显眼。我们的火堆只能烧得小些。”

“这里烧个火堆对面山上看得见吗？”

“可能看得见，”尼克说。“夜里火光惹眼，老远都看得见。不过我可以张条毯子把火光挡住。这样就不会让人看见了。”

“尼基，要是我们背后没有追兵，到这儿来只是为了取乐，那该有多好。”

“别过早抱这样的幻想，”尼克说。“我们这还不过是开了个头呢。反正只是为了取乐的话，我们也不会到这儿来。”

“真对不起，尼基。”

“你不用说对不起，”尼克对她说。“我说，小妹，我要到下面去钓几条鳟鱼来做晚饭吃。”

“我一块儿去好吗？”

“别。你还是留在这儿歇息。你这一天也够累了。你就看会儿书，要不就安安静静歇会儿。”

“走那乱木地才累人呢，是不是？我看那才叫不好对付。我干得还可以吧？”

“你干得很了不起，搭棚建营地你也确实有一手。不过现在还是好好休息休息。”

“我们这个营地起了名字没有？”

“就叫一号营地吧，”尼克说。

他顺坡而下，向小溪走去，快到溪边时，停下来砍了一根四英尺来长的柳枝，把枝条修得光光的，皮却并不削去。这里望得见那清澈而湍急的溪流。小溪不宽，却很深，岸边长满了青苔，由此往前，一直流到沼泽地里。清湛湛的深色溪水淌得飞快，急处可见一朵朵水花涌起在水面。尼克并没有走到岸边，因为他知道溪岸的底下也流着溪水，他可不想踩上去惊了鱼。

眼下溪流中央的鱼肯定不会少，他想。时令已经进入残夏了。

他衬衫的左胸袋里带着个烟荷包，他从这荷包里掏出一卷丝质鱼线，大致比照柳枝的长短剪了一段，系在柳枝尖端事先开好的一个浅浅的槽口里。然后从荷包里取出一只钓钩系在鱼线上，然后捏住钓钩，试了试钓线的拉力和柳枝的弯度。他这才搁下钓竿，回到跟溪边杉木林子毗连的那个小白桦林里，那里有一棵已经枯死多年的小白桦树，树身横倒在地上。他翻开枯树，在下面找到几条蚯蚓。蚯蚓不大，却遍体鲜红，扭个不停，他把它们放在一只原先装哥本哈根鼻烟的扁圆听子里，听子盖上特意钻了一些小孔。他撒了些泥土在蚯蚓身上，然后把枯树再翻过来。在这个地方他总能找到鱼饵，这是第三年了，他总是把枯树再翻过来，保持原来找到时的样子。

谁也不知道这条溪流有多大，他想。上游那头还另有一片沼泽地，那才叫厉害呢，沼泽地里大量的水都是通过这条溪流外泄的。他这时朝小溪的两头看了看，抬头望了望山上铁杉林下他们准备宿夜的所在。然后回去拿起钓线和钓钩都已装好的钓竿，在钩子上用心地穿上鱼饵，朝它啐了口唾沫求个吉利。他右手握住装好饵料的钓线和钓竿，放轻脚步，小心翼翼地朝那水面虽窄而流量奇大的小溪岸边走去。

这一段的水面特别窄，他的柳条竿一挥就能把钓线甩到对岸。他快到岸边时，听到湍急的溪流水声汹涌。为了不让自己的身影落在溪水中，他在不到岸边的地方站住了，从烟荷包里取出两颗一边开缝的铅丸，嵌在钓线上距钩子约一英尺处，用牙齿咬紧在钓线上。

鱼钩上穿着两条蜷曲的蚯蚓，他一挥手把鱼钩甩到水面上，轻轻放下，鱼钩在湍急的水流中打了个旋，沉了下去，他把柳条竿的尖头往下，由着水流把钓线和鱼钩连饵料一起拖到了溪岸下的暗水道里。他感到钓线被扯直了，突然被使劲拉紧了。他就把钓竿往上一提，钓竿却在手里弯得直不起腰来。他只觉得扯紧的钓线在那里又抽又拉，他用力往上提，那钓线却就是不松劲。后来终于松动了，那家伙随着钓线一起从水里上来了。只见那窄窄的深深的溪流里一阵狂蹦乱跳，那鳟鱼被拉出了水面，悬空打着扑腾，一荡荡到了尼克的背后，落在后面的溪岸上。尼克见这鱼在阳光中一闪，随后就见它正在凤尾草丛里翻跳打滚。尼克拿在手里，觉得好壮实，沉甸甸的，还有一股诱人的鱼香，只见鱼背的皮色好深，身上的斑点的色彩是那么灿烂，鱼鳍的边缘是那么鲜明。这几道边缘白晃晃的，靠里边镶着一道黑线，到鱼腹部分是一片可爱的金色，宛如晚霞一般。尼克把鱼拿在右手里，勉勉强强一把攥住。

这鱼大了点，平底锅里容不下，他想。可是既然让我伤着了，也只好把它宰了。

他把这鳟鱼的脑袋朝猎刀的刀把上猛砸，然后把鱼靠在一棵白桦树的树干上。

“唉，真可惜，”他说。“这么大小的鱼，给帕卡德太太的旅馆做菜是再合适也没有了。可让我和小妹吃就太大了。”

我还是到上游去，找一个水浅的地方钓两条小些的吧，他想。可也真是的，这鱼让我从钩子上硬拉下来，难道会不觉得有一点痛？人们会尽扯什么逗鱼上钩好玩得很，可是没有把上钩的鱼取下过的人，不会知道鱼的痛苦会给你什么感觉。就算只是那么一刹那的感觉吧。本来风平浪静，逍遥自在，却忽然来了叫你上钩的人，就这么让人从水里提起来，吊起在空中，这时候才叫人难受啊。

这条小溪也真是稀奇，他想。真怪，你反倒要去找小些的鱼来钓。

他捡起刚才撂下的钓竿。鱼钩给扭弯了，他用手扳扳直。然后提起那条大鱼，向上游走去。

小溪出了上游的那片沼泽地不多远，有一处卵石滩，溪水很浅，他想。我可以到那儿去钓上两条小的。这条大鱼小妹兴许不喜欢。她要是想家的话，我就得送她回去。也不知那两个家伙此刻在干些什么？我这个地方，埃文斯家那个混蛋小子估计也不见得会知道。这个狗崽子。我看这里除了印第安人，谁也不会来钓鱼的。做个印第安人该有多好，他想。做个印第安人可以免去许多麻烦。

他就向小溪的上游走去，尽量不靠水边走，可有一回还是踩上了一处下有暗流的空心地。只见呼地一下猛地蹿出一条大鳟鱼，在溪水里划出一道水花。这样大的鳟鱼，在这溪流里要转身怕都转不过来呢。

那鱼逃到上游，又钻进了溪岸下的暗流，尼克冲着鱼儿的后影说，“你是什么时候上这儿来的？好家伙，这么大的鳟鱼！”

在满是卵石的那段浅水滩上，他钓到了两条小鳟鱼。鱼虽小，倒也挺好看，挺结实，他把三条鱼都掏去了内脏，把内脏扔进小溪，然后在冷水中把鱼仔细洗净，从口袋里取出一只褪色的放食糖的小袋包起。

幸亏小姑娘爱吃鱼，他想。要是能采到些浆果就好了。不过我知道哪儿有，好歹总能采到一些。他转身上了山坡，向他们的宿营地走去。太阳已经下山，天气极好。他举目远望，一直望到沼泽地外，看到那边天空中有一只鱼鹰在翱翔，按方位推算，下面该是那一弯湖水。

他悄悄来到棚前，妹妹一点都没听见。她侧身躺着，在看书。为了免得吓她一跳，见了她他把话说得很轻。

“小捣蛋，你干什么了？”

妹妹一回头，对他瞧了瞧，微微一笑，把头摇摇。

“我把头发剪了，”她说。

“怎么剪的？”

“用把剪子呀。你说还能怎么剪？”

“你又没镜子，怎么剪呢？”

“我就一只手拉住头发，一只手剪。这还不容易。看我的样子像不像个小子？”

“像个婆罗洲的蛮小子。”

“我没法剪得像主日学校的学童那样整整齐齐。看上去是不是太野了？”

“不。”

“真有劲啊，”她说。“我现在既是你的妹妹，又是个小子了。你说我能不能就此变成个小子？”

“不能。”

“要能就好了。”

“你疯了，小妹。”

“恐怕是吧。你看我像不像个傻小子？”

“有点像。”

“你来帮我修修齐吧。你可以拿把梳子边看边剪。”

“我总得帮你修得稍微像样些，可也不会修得怎么好。你饿了吗，傻弟弟？”

“我就不能做个不傻的弟弟吗？”

“我就不愿拿你去换个弟弟。”

“你现在不换不行了，尼基，你难道还看不出来？我们不这么办是不行的。按说我该先问一问你，可一想到我们不这么办不行，我就干了，给你一个惊喜。”

“我很喜欢，”尼克说。“怕什么！我太喜欢了。”

“谢谢你，尼基，太谢谢你了。我刚才就照你的嘱咐，躺着好好歇息歇息。可脑子里尽是胡思乱想，总想该为你做些什么。我在想，我要到希博伊根那样的大地方去找一家大酒馆，给你装上一嚼烟听子的蒙汗药。”

“你去问谁要呀？”

尼克这时已经坐了下来，妹妹就坐在他膝头上，拿两条胳臂搂住了他的脖子，一头短发在他脸颊上磨蹭。

“问窑姐儿里的那个女王娘娘要呗，”她说。“你知道那家酒馆叫什么名儿吗？”

“不知道。”

“叫‘皇家十元金币旅馆商场’。”

“你在那儿干什么呢？”

“当窑姐儿的随从。”

“窑姐儿的随从又是干什么的？”

“喏，窑姐儿来来去去，给她在后面提长裙，她要上马车，替她开车门，她该去哪个房间，给她带个路免得走错。大概跟女王身边的侍从女官差不多吧。”

“当随从对窑姐儿怎么说话呢？”

“只要不是失礼的话，想到什么就说什么。”

“怎么样的话呢，弟弟？”

“比如说吧，‘哎呀，小姐，像今儿这样的大热天，哪怕就是做只鸟儿待在描金笼子里，也肯定是累得够受的。’就是这一类的话。”

“那窑姐儿怎么说呢？”

“她会说，‘话是不错。不过那也自有一种乐趣。’因为我给她当随从的这个窑姐儿，她的出身是很卑微的。”

“那你是什么出身呢？”

“我是一位忧伤的作家的妹妹，不，是弟弟，我有良好的教养。所以我很受那女王娘娘的欢迎，那帮窑姐儿也都很欢迎我。”

“蒙汗药你弄到了没有呢？”

“当然弄到啦。她说，‘小甜甜，这灵丹妙药你就拿去吧。’我还说了‘谢谢’呢！她还说，‘请代我向你那位忧伤的哥哥问好，他什么时候到希博伊根来，请他上我们的商场里来看看哟。’”

“你给我下来吧，”尼克说。

“那商场里的人说起话来就是这个腔调的，”小妹说。

“我得做晚饭了。难道你不饿？”

“晚饭我来做。”

“不，”尼克说。“你管你说下去。”

“你看我们会过得愉快吗，尼基？”

“我们这不就过得挺愉快吗？”

“我为你做的事还有一件呢，要不要说给你听听？”

“你是说在你决心干点实际的事情、剪掉头发以前干的？”

“这件事也是挺实际的。你听我一说就明白了。你做晚饭的时候我亲亲你不碍事吧？”

“我待会儿再告诉你。你当初还想为我干什么事？”

“唉，我昨儿晚上偷了威士忌，因此担心我这是道德堕落了。你看能不能光干了这么一件事就变得道德堕落？”

“不能。反正那瓶酒是已经开了的。”

“这话也是。可我把空了的小酒瓶连同有酒的大酒瓶一起拿到厨房里，把小酒瓶灌满了，手上不小心溅到了一点儿，我用舌头把酒舔了，当时我就想这一舔八成儿使我道德堕落了。”

“你觉得酒的味道怎么样？”

“凶透啦，而且怪得很，还有点叫人恶心。”

“这样不会使你道德堕落。”

“哎，那可好，因为我要是道德堕落了，怎么能对你起得了有益的作用呢？”

“这我也说不来，”尼克说。“你到底还要为我做什么呢？”

他已经把火生好，平底锅也已搁在火堆上，熏肉片正一片片往锅子里放。妹妹双手合拢抱住了膝头，在一边看着，尼克看她松开了双手，一条胳膊往下伸去，撑在地上，两条腿直伸出去。她正在学着做个小子呢。

“我还得学这两只手该怎么放。”

“只要别去拢头发什么的就行。”

“这我知道。要是有个跟我同样年纪的男孩子能让我照式模仿，那就好办多了。”

“模仿我好了。”

“这当然再合适不过，是不是？可你不会笑话我吧？”

“那可说不定。”

“哎呀，但愿我别在路上一不留神露出姑娘家的样子来。”

“别担心。”

“我们的肩膀长得一个样，腿也长得差不多。”

“你当初另外还想为我干什么事呀？”

尼克这时在煎鳟鱼了。他们是从倒地的枯树上现砍了一块木头当柴烧的，熏肉片已经熬得焦黄卷起，熬出的肉油煎着鳟鱼，他们都闻到了一股香味。尼克拿油往鱼身上淋，然后把鱼翻了个身，再继续拿油去淋。天色渐渐黑下来，小小的火堆背后早已张起了一方帆布，免得让人看见火光。

“你当初还想为我干什么？”他又问。小妹身子往前一探，冲着火堆啐了口唾沫。

“我啐得像不像样？”

“反正没啐中锅子嘛。”

“哎呀，我那一手可厉害着哪。那是我从《圣经》里学来的[①]。我要拿上三颗大铁钉，叫那两个老家伙加上那个坏小子每人挨一颗，我要趁他们睡熟的时候，把大铁钉敲进他们的太阳穴。”

“这钉子你打算用什么来敲呢？”

“无声锤子。”

“这锤子你怎么使它不出声呢？”

“我自有办法管包它不出声。”

“这敲钉子的事可不大好办哪。”

“得，《圣经》里的那个女人就是这么干的。既然我曾看到带枪的大男人喝得醉倒了，并且趁着黑夜在他们中间转了一圈，偷走了他们的威士忌，为什么就不能索性干个彻底呢？何况我这是从《圣经》里学来的。”

“《圣经》里可没有无声锤子。”

“我大概把它跟无声船桨搅混了。”

“也许吧。不过我们可不想杀人啊。所以你才陪我一块儿来的呀。”

“我知道。不过你和我的脾性儿是很容易犯罪的，尼基。我们跟人家不一样。所以我当时想既然道德堕落了，那就索性一不做二不休了。”

“你疯了，小妹，”他说。“我问你，你喝了茶会不会睡不着觉？”

“我不知道。我晚上从来不喝茶。至多只喝薄荷茶。”

---

① 此处所说系指《圣经·士师记》第4章第21节：“西西拉疲乏沉睡。希百的妻雅亿取了帐篷的橛子，手里拿着锤子，轻悄悄地到他旁边，将橛子从他鬓边钉进去，钉入地里，西西拉就死了。”

“我把茶煮得淡些，加上罐头炼乳。”

“要是我们带得不多，尼基，我就别喝了吧。”

“这样不过让牛奶更好喝点罢了。”

他们这时在吃晚饭了。尼克给自己和妹妹各切了两片黑面包，先一人一片在锅内的肉油里浸一下。吃油浸面包的时候就一边吃煎得恰到好处、外脆而内里极嫩的鳟鱼。吃完后把鱼骨投在火里，再拿另一片面包夹熏肉片吃，然后小妹喝了加炼乳的淡茶，尼克呢，找了两块小木片，把炼乳罐头上打下的洞眼塞住。

“你吃够了吗？”

“尽够了。这鳟鱼真好吃，熏肉也不赖。家里居然还有黑面包，你说我们走运不走运？”

“再吃个苹果吧，”他说。“明天我们也许就有好吃的了。也许我该把这顿晚饭弄得丰盛些，小妹。”

“不用了。我吃得尽够了。”

“你真的不饿了？”

“不饿。肚子吃得饱着呢。我还带着些巧克力，你要不要来一点。”

“你哪儿弄来的？”

“我的藏宝袋里有。”

“你说哪儿？”

“我的藏宝袋。我积攒的东西都藏在那儿。”

“噢。”

“这块是新鲜的。这些是从厨房里拿的硬巧克力[1]。我们

---

① 指用作糖果点心原料的不加牛奶和糖的纯巧克力。

先吃这个，把另一种留着等特殊的日子再吃。你瞧，我这藏宝袋袋口上有根绳子可以收紧，跟烟荷包那样。我们可以用来装天然的金块什么的。尼基，你说我们这次往外跑，能不能索性跑到西部去？”

“我还没有想好呢。”

“我真希望我这藏宝袋能装满了天然的金块，那可要值到十六块钱一盎司哩。”

尼克把平底锅洗干净，把背包拿进棚里，放在靠头的一边。一条毯子铺在嫩草上，做地铺用，另一条毯子他拿来盖在上面，在小妹那一边折了一道边在底下塞好。他把刚才煮茶用的小铁皮桶淘洗干净，去泉水边打了满满一桶冷水。打了水回来，看见妹妹已经在地铺上睡熟了，把蓝色牛仔裤裹着鹿皮鞋当了枕头。他亲了她一下，她却没有醒，他就把那件穿旧的麦基诺厚呢上装往身上一披，在背包里掏摸了一阵，终于把那一小瓶威士忌找到了。

他打开瓶盖闻了闻，酒味好香。他从小铁皮桶里把刚打来的泉水舀了半杯，倒上一点威士忌。然后坐在那儿慢慢地喝，每一口都要在舌头底下含上好一会儿，才慢慢倒腾到舌头上来咽下。

他注视着那一小堆木炭火儿被轻轻的晚风吹得亮堂起来，嘴里品着掺冷水的威士忌，眼睛望着炭火，思量起来。后来他喝完了杯里的酒，再舀了点冷水，喝完了才睡。枪放在左腿下，鹿皮鞋裹上裤子作了枕头，脑袋搁上去硬邦邦的倒也不错，他把这一头的毯子边紧紧裹住了自己的身子，做完祷告就睡着了。

半夜里他觉得冷，就把厚呢上装盖在妹妹身上，自己转过身来把背朝她那边挪过些，好把这一头的毯子多匀些出来压在身下。他伸手去摸枪，拿来又在左腿下放好。夜晚的空气冷得刺鼻，他闻到新砍的铁杉味儿和松枝上的树脂味儿。他直到给冻醒了过来，才体会到自己竟是这样筋疲力尽。他这时又舒服地躺着，背上暖烘烘的是妹妹的身子，不禁心想：我一定要把她照顾好，让她过得快快活活，并且平平安安送她回家。听着她透气的声音，听着这夜的静谧，一会儿就又睡着了。

他醒来的时候，天才蒙蒙亮，沼泽地外的远山还只勉强看得清。他躺在那儿不出一声，把僵硬的身子舒展舒展。过了会儿才坐起身来，套上卡其长裤，穿上鹿皮鞋。他看妹妹睡得很熟，暖和的厚呢上装领子的一角给垫在下巴底下，高高的颧骨和雀斑点点的脸皮在黝黑中透出淡淡的玫瑰红，剪得短短的头发显露出那头颅的美好轮廓，衬托出她挺直的鼻梁和紧贴在脑瓜上的耳朵。他心想，要是能把她这时的脸容画下来该有多好，那长长的睫毛垂在腮帮上是那样好看，引得他直瞅。

看她这样子真像一头小野兽，他想，而且她的睡相也正像一头小野兽。那么你说她这一头短发又像什么，他想。依我看，最贴近的比喻该说是好像有人把她的头发在砧板上用斧子乱砍了一通。看上去似乎有一种雕像般的感觉。他是挺爱妹妹的，妹妹爱他却似乎过了头。不过，他想，这种事情我看总会向好的方面发展的。至少我希望是这样。

把人叫醒可不好，他想。连我都这样筋疲力尽，她肯定是也累坏了。我们在这儿能平安无事，那就说明我们这样做是做对了：躲得远远的，等待事态平息，等待南边来的那个猎监员自己滚蛋。不过我还是该让小妹吃得好些。遗憾的是，真正像样的东西我可拿不出来。

不过我们还是有好多东西的。那背包就装得够重。不过今天我们实在应该去采些浆果。打得到的话最好能打上一两只松鸡。还可以去采些鲜美的蘑菇。熏肉当然得节省点儿用，不过也不至于就不够用，因为我们还有起酥油。昨儿晚上我恐怕给她吃得太少了。而且她惯常要喝很多牛奶，还爱吃甜食。不过也不用发愁。我们自有好东西吃。好在她挺喜欢吃鳟鱼。昨天那几条实在好吃。所以用不到为她发愁。她会吃得满意的。可尼克老弟啊，你昨儿晚上肯定没有让她吃饱喝够。现在还是别去叫醒她，就由她去睡吧。眼前的活儿就有得你干的。

他小心在意地从背包里取出些东西来，这时妹妹却在睡梦中微微一笑。这一笑，颧骨上黑黝黝的脸皮就绷紧了，显出了原来的底色。她并没有醒，他就管自去准备做早饭，把火生起来。砍好的柴还有不少，他却只生了一堆小小的火，先煮茶，等会儿再做早饭。他喝的是清茶，还吃了三颗杏子干，拿起《洛纳·杜恩》，想看上一段。可是这本书他早已看过，已经没有一点吸引力，他想，此次外出，这倒是个损失。

昨天傍晚建好营地后，他把几个李子干放在一只白铁皮桶里浸泡，这会儿就把泡透了的李子干放在火上炖。他看到背包里有精荞麦粉，就把麦粉连同一只搪瓷锅和一只白铁杯子一起拿出来，把麦粉和上水，调成糊状。那听植物油做的起酥油已经取出，他从一只空面粉袋口上剪下一块，裹在一根砍下的枝条上，用一段鱼线紧紧扎住。小妹带来了四只旧面粉袋，能有这样一个妹妹他真感到自豪。

调好了面糊，把平底锅放到火上，就用这蒙着块布的枝条在锅内抹上一层起酥油。平底锅里先是泛起一层乌光，继而嗤嗤有声，还毕剥作响，他又抹了一次油，然后把面糊倒下去摊平，看着面饼起泡，不一会儿周边渐渐生出硬皮。他看着面饼膨发起来，生出纹理，成了灰白色。他用一块新削的干净木片把饼从锅底上铲松，把锅一抖，翻了个个儿，接住，让煎得金黄脆亮的一面在上，另一面还在嗤嗤作响。明明看到这面饼在锅内一个劲儿往上膨胀，但分量还是挺沉。

“早上好，”妹妹说。“我睡了个大懒觉，是不是？”

“没有的事，小鬼。”

她站起身来，衬衫下摆挂下来罩住了黑黝黝的大腿。

“你把活儿全都干好了。”

“没有。我刚开始在煎饼。”

“这块饼味儿真香极了，是不是？我到泉水边去洗个脸再回来帮你干。”

“别在泉水里洗脸。”

“我可不是白种人[1]，”她说完，就在棚子后边消失了。

“你把肥皂放在哪儿啦？”她说。

“就在泉水边。那儿还有只空的猪油桶。把里边的黄油给我拿来可好。放在泉水里凉着的就是。”

“我一会儿就回来。”

黄油足有半磅，她连空桶一起拿了回来，里面的黄油用油纸包着。

他们拿黄油和“木屋”牌糖浆涂在荞麦饼上吃。“木屋”牌糖浆是白铁罐头原装的，罐头顶上有个烟囱状的口子，旋开盖子就可以从烟囱里倒出糖浆来。兄妹俩都饿极了，黄油一涂到饼上就化，跟糖浆一起淌到切开的地方，味道好极了。他们

① 她皮肤黝黑，自以为是个小蛮子。

吃了盛在白铁杯子里的李子，喝下了汁。吃完了用原杯盛茶喝。

“这样好吃的李子只有在过节的时候才吃得到，”小妹说。“你想想看。你晚上睡得好吗，尼基？”

“好。”

“谢谢你给我盖了件上装。不过这一夜还是过得挺愉快的，是不是？”

“是啊。你睡得一夜没醒吧？”

“我现在还没醒透呢。尼基，我们就一辈子待在这儿，行吗？”

“我看不行。你得长大，还得嫁人呢。”

“我反正就嫁给你得了。我就跟你同居算你的妻子好了。我在报上看到过有这种事。”

“是在一篇讲不成文法的文章里看到的吧。”

“对。我就根据不成文法跟你同居算你的妻子。行吧，尼基？”

“不行。”

“我就是要这么办。我就是要瞒着你去办。只要过上一段时间的夫妻生活就行。我要叫他们就从现在算起。这和根据宅地法建立家园是一样的。”

“我不让你去提出申请。”

“那可由不得你做主了。这就叫不成文法。我琢磨来琢磨去，也不知琢磨过多少回了。我要去印些名片，上面这样写：尼克·亚当斯太太，住密歇根州十字村——目前尚在同居阶段。我要把这样的名片每年公开向人散发一批，直到规定期满。”

"我看你这办法行不通。"

"我还另外有一套方案呢。我要趁我还未成年，先给你生几个娃娃。这样你就不能不根据不成文法跟我结婚了。"

"那就不是不成文法了。"

"我也都搞糊涂了。"

"这种事行得通行不通，反正现在谁也说不准。"

"肯定行得通，"她说。"索先生[①]就指望着这一招哪。"

"索先生也许弄错了呢。"

"怎么会呢，尼基，这不成文法的玩意儿实际上就是索先生想出来的。"

"我还以为是他的律师呢。"

"哎，反正这场官司总是索先生打的。"

"我可不喜欢索先生，"尼克·亚当斯说。

"好呀。索先生有些地方我也不喜欢。不过他这么一来，报纸就有看头多了，是吧？"

"他这么一来，人家对他就更反感了。"

"人家对斯坦福·怀特先生也很反感。"

"我看人家是妒忌他们俩。"

"我相信事情就是这样，尼基。就像人家妒忌我们

① 这里和下文提到的索先生和斯坦福·怀特先生，牵涉到二十世纪初美国一件轰动一时的凶杀案。斯坦福·怀特(1853—1906)是美国著名建筑设计师，是个有钱、有地位的人物。他追求一个美丽风骚的歌舞女演员内斯比特(1885—1969)，而内斯比特后来却嫁给了铁路巨头哈里·索(1871—1947)。婚后过了一年多，索得知内斯比特婚前与怀特有恋情，于 1906 年 6 月 25 日枪杀了怀特。索声称他此举是为了保卫他妻子的名誉。这个案子闹得举国哗然。第一次审理时因陪审团意见不一致而未作出裁定，第二次审理时以被告精神不正常为由，将索开释。

一样。”

“你看现在还有没有谁妒忌我们？”

“这会儿大概不会有了。妈妈会以为我们是逃避法律制裁的亡命之徒，浑身都是罪孽。幸亏她不知道我还给你拿了那瓶威士忌。”

“我昨儿晚上尝过了。这酒好极了。”

“啊，那就好。我这辈子还是第一次偷威士忌。偷到的居然是好酒，你说妙不妙？我还以为跟那两个家伙沾了边的就不会有好东西呢。”

“我老是想到那两个家伙，想得太多了。我们不要再提他们了，”尼克说。

“好吧。我们今天干什么呢？”

“你喜欢干什么？”

“我想上约翰先生的铺子去，把我们还缺少的东西统统买来。”

“这我们做不到。”

“我知道。那你到底有些什么打算？”

“我们该去采些浆果，我再去打一只松鸡，能多打几只更好。鳟鱼倒是不愁钓不到的。可我不想叫你老吃鳟鱼，吃得都腻了。”

“你吃鳟鱼吃腻过？”

“没有。不过听说有人多吃就腻了。”

“鳟鱼我是吃不腻的，”小妹说。“不比狗鱼，一吃就腻。鳟鱼，还有鲈鱼，那是再吃也吃不腻的。这我有数，尼基。不骗你的。”

“还有大眼狮鲈也是吃不腻的，”尼克说。“只有铲鲟不行。乖乖，这种鱼管保你吃多了就腻。”

“我不爱吃‘草耙骨’，”妹妹说。“这种鱼一吃就倒胃口。”

“我们来把这儿打扫一下，我再去找个地方把弹药藏好，然后我们一起去采浆果，设法打上几只野禽。”

“我带上两只猪油桶，再带上两个面粉袋，”妹妹说。

“小妹，”尼克说。“请别忘了‘上厕所’，好吧？”

“当然不会忘。”

“这可是马虎不得的。”

“我知道。你自己也别忘了。”

“我忘不了。”

尼克回到森林里，把一盒.22口径的步枪长弹和几盒散装的.22口径步枪短弹埋在一棵大铁杉树根边褐色的松针下。他把刚才用小刀掘开的结了块的松针照旧盖上，然后高高地伸起手来，在这铁杉厚厚的树皮上削下一小块。他把树的方位记清楚了，这才出了树林来到山坡上，顺坡而下走到棚前。

如今已是一派灿烂的晨光了。天空是高高的，一片清澈的蓝，云还没有一点踪影。尼克跟妹妹在一起，觉得愉快，于是他想，不管这事将来是怎样的结果，眼前我们还是该愉愉快快地过。他已经明白了一个道理：做人只能过一天算一天，只有当天才能作数。只要天还没黑，就还是今天，到了明天，就是又一个今天了。这辈子来他懂得的道理，就数这一条最重要了。

今天是个好日子，他背着枪来到营地，心里一片高兴，尽管这罩在他们头上的烦恼事儿就像口袋里藏着只鱼钩，一路上不时还会把他扎痛。他们把背包留在棚里。大白天估计不大可能有狗熊来掏包里的东西，因为就是有狗熊的话，也只会在山下沼泽地一带找浆果吃。不过尼克还是把那瓶威士忌在泉水后边埋了起来。小妹还没有回来，尼克便在那棵倒伏的枯树上一坐，把枪检查一下，他们烧火用的木柴就都是从这棵枯树上砍的。他们准备去打松鸡，因此他抽出枪里的弹盒，把里面的长弹倒在手里，放进一只麂皮袋，然后在弹盒里装上.22口径的短弹。短弹打起来没有那么响，即使不能命中松鸡的头部，也不至于会把肉打烂。

他一切都已准备停当，打算出发了。这丫头到底上哪儿去啦，他想。可是再一想，别冒火嘛。你叫她悠着点儿的嘛。你急什么呢。可是他心里在发急，为此生起自己的气来。

"来了来了，"妹妹说。"对不起，我去了那么久。我大概走得太远了。"

"没什么，"尼克说。"我们走吧。猪油桶你带上了？"

"嗯，连盖子都带上了。"

他们顺着山坡向下走去，来到小溪边。尼克朝溪流上游仔细看了一下，然后把山坡上下一打量。妹妹只顾瞧着他。她把桶子都放在一个面粉袋里，拿另一只面粉袋一系，搭在肩上。

"你不带一根钓竿吗，尼基？"她问他。

"不带。要钓鱼的话我就现砍一根。"

他手里提着枪，走在妹妹的前头，跟小溪始终保持着一段小小的距离。他摆出了在打猎的架势。

"这条小溪真怪，"妹妹说。

"我见到过的小溪就数这一条最大，"尼克对她说。

"说是小溪，却这样深得吓人。"

"这条小溪不断有新的水源，"尼克说。"而且还通着岸下，通得可深哩。水也怪冷的，小妹。你碰一碰试试。”

“咦，可不，”她说。冷得指头直发麻。

“太阳一照才暖一点，”尼克说。“可也暖不了多少。我们就慢慢儿一路走着找东西打吧。再往下走有一片浆果地。”

他们沿着小溪走去。尼克一路端详着溪岸。他看到了一只水貂的足迹，指给妹妹看了，他们还看见几只小小的红冠戴菊莺在杉树林里捕食昆虫，一纵一跳，敏捷轻巧，见兄妹俩走过去也不躲开。他们看到雪松太平鸟是那么文静娴雅、气度高贵，行走的姿势是那么优美动人，翅膀上和尾巴上覆羽处那火漆般的星星点点更是迷人，于是小妹见了说，“这种鸟儿真是美到极点了，尼基。这世界上不可能有更美的鸟儿了。”

“长得就跟你的相貌一个样，”他说。

“得了吧，尼基。别开玩笑了。我看到雪松太平鸟，心里只觉得又激动、又高兴，连眼泪都流出来了。”

“这种鸟儿打个盘旋，轻轻落下，走上几步，那个姿态真是又气派，又文雅，又友好，”尼克说。

他们继续往前走，突然尼克把枪一举，妹妹还来不及看清哥哥的目标是什么，枪声已经响了。她随即听见一只大飞禽掉在地上拍着翅膀乱扑腾的声音。她看见尼克接连按动枪机，又打出两发子弹，每次枪响之后总能听见柳林里又是一阵翅膀乱扑的响动。紧接着只听见哄的一下子，柳林里突然蹿起一群褐色的大飞禽，其中有一只飞出了才不多远，就在柳树上落下，歪起那有羽冠的脑袋，弯下脖子上的那一圈羽毛，瞧着这边地上那两个还在折腾的同伴。在红柳树上居高下望的那只飞禽长得美丽、丰满而笨重，正朝下探出了脑袋，一副呆头呆脑的样子，见尼克慢慢举起枪来，妹妹悄声说，“得了，尼基。请别打了。我们已经够多了。”

“好吧，”尼克说。“这一只你想打吗？”

“不，尼基。我不想打。”

尼克朝前走进柳林，捡起那三只松鸡，把它们的脑袋朝枪托上一一砸过，分摊在青苔上。妹妹用手摸了摸，还挺暖和的，只只都是胸脯丰满、羽毛美丽。

“等着吃松鸡肉吧，”尼克说。他心里快活极了。

“我现在倒为它们觉得难过呢，”妹妹说。“它们本来也跟我们一样，早上过得快快活活的。”

她仰头看看还歇在柳树上的那只松鸡。

“它还在往下直瞪眼，看上去的确有点傻乎乎的，”她说。

“印第安人管每年这个季节的松鸡叫笨鸡。它们要尝过了挨打的滋味，才会学得乖一点。这种松鸡其实还不算真的笨鸡。有的松鸡就怎么也学不乖。那叫柳树松鸡①。眼前的这种松鸡叫披肩松鸡。”

“但愿我们也能学得乖，”妹妹说。“你去把它赶走吧，尼基。”

“你来赶。”

“走吧，松鸡。”

那松鸡一动也不动。

尼基举起枪来，那松鸡对着他瞧。尼克知道要是把这松鸡打死了，妹妹免不了要难过，因此就舌头一弹，尖起了嘴唇一呼啸，发出个松鸡从暗处一蹿而出的声音，弄得这鸟儿竟着了

① 学名叫雷鸟。

迷似的对着他直瞧。

“我们还是别去招惹它了，”尼克说。

“真对不起，尼基，”妹妹说。“它果然笨透了。”

“等着吃松鸡肉吧，”尼克对她说。“你就会明白我们为什么要打松鸡了。”

“眼下松鸡也是不准打的吗？”

“当然。不过它们长得正壮，这样的松鸡除了我们是没人打的。被我打死的大角鸮可多了，而大角鸮只要捉得到松鸡，每天都要吃一只。它们老是捕鸟吃，好鸟都给它们吃光了。”

“大角鸮要吃这只笨松鸡还不容易，”妹妹说。“我不再觉得难受了。你要不要拿个面粉袋装起来？”

“让我掏去了内脏，包上些凤尾草再装进袋里。从这儿到浆果地没多少路了。”

他们背靠一棵杉树坐下，尼克把松鸡开了膛，掏出尚未冷却的内脏，托在右手里觉得热乎乎的，他找出可吃的肫肝之类，摘下了拿到溪流里去洗干净。把松鸡拾掇干净以后，他理了理鸡毛，拿凤尾草一包，放进面粉袋。他把面粉袋的袋口和两角用一段钓丝扎好，往肩上一搭，回到小溪边，把不能吃的下脚扔在水里，特意扔下几个鲜红的松鸡肺，看鳟鱼在又急又猛的水流中浮上水面来。

“这些东西作鱼饵挺好，可惜我们现在用不着了，”他说。“我们要的鳟鱼都在这小溪里，需要的话再随时来钓吧。”

“这条小溪要是就在我们家附近的话，我们可以靠它发财了，”妹妹说。

“那样的话鱼早就会给捕完了。像这样真正的原始小溪，也只剩下这么一条了，除非过了湖湾，那儿还有，只是那个地方太难去了。我从没带人到这儿来钓过鱼。”

“有谁到这小溪来钓过鱼啊？”

“我知道一个也没有。”

“那么这是条原封未动的小溪啰？”

“不。印第安人来打过鱼。不过自从他们不再剥铁杉皮以来，那些营地都给抛弃了。”

“埃文斯家那小子知道吗？”

“他不会知道，”尼克说。可是他再一想，心里不安起来。埃文斯家那小子恍惚就在眼前。

“你在想什么，尼基？”

“我没想什么。”

“你明明在想什么。告诉我嘛。我们可是伙伴呀。”

“他说不定会知道，”尼克说。“真要命。他说不定会知道。”

“可你也吃不准他一定知道？”

“吃不准！问题就在这儿。要是吃准了我就到别处去了。”

“说不定他这会儿已经摸到我们的营地上去了，”妹妹说。

“别说这样的晦气话。你真想把他招来吗？”

“哪儿的话，”她说。“真对不起，尼基，我不该提起这个话头。”

“我倒不这么想，”尼克说。“我很感激你。反正这事我是早就知道的。只是一时忘了，就没有去想。今后我得多用脑子想想，一辈子也别忘记。”

“你的脑子老是在想事。”

“就是没有想到这样的事。”

“得了，我们下山去采浆果吧，”小妹说。“现在就是要补救也已经没办法了，不是吗？”

“是啊，”尼克说。“我们采了浆果就回营地。”

不过尼克现在总觉得这事不能不防，他一路都在想这个问题该怎么解决。他千万不能因而惊慌失措。情况一点也没变。现在这个局面还是跟他决定来这儿避风头的时候完全一样。埃文斯家那小子可能以前跟踪他到这儿来过。但是可能性不大。有一次他穿过霍奇斯家院落从那条路到这儿来，倒有可能被这小子盯过梢，但是想来却也未必。这条小溪里根本没有人来钓过鱼。这一点他完全可以肯定。不过埃文斯家那小子可是不喜欢钓鱼的。

“这杂种就爱盯我的梢，”他说。

“这我知道，尼基。”

“他找我的麻烦这是第三次了。”

“这我知道，尼基。可你千万别杀死他呀。”

她就是为了这个才跟我一块儿来的，尼克想。她就是为了这个才到这地方来的。有她在身边，这种事我不能干。

“我知道我不能杀死他，”他说。“现在反正也没法可想了。我们就别谈这事了吧。”

“只要你不杀死他，”妹妹说。“我们就没有解不开的难题，没有避不过的风头。”

“我们回营地去吧，”尼克说。

“不采浆果了？”

“改天再去采吧。”

“你不放心了，尼基？”

“是的。真对不起。”

“可回营地去又能怎么样？”

“有没有情况可以早些知道。”

“还照原来的打算走下去不行吗？”

“今天就算了吧。我不是害怕，小妹。你也不用害怕。可有些事使我不放心。”

尼克早已急忙忙离了小溪，走到树林边缘，两人在荫头里走。这样他们可以从山上往营地走去。

他们从树林子里小心翼翼向营地走去。尼克提着枪走在前头。营地上显然没有人来过。

“你留在这儿，”尼克对妹妹说。“我走远些去看看。”他把装松鸡的面粉袋和打算装浆果的桶子都交给了小妹，自己向小溪上游走了好长一段路。一出妹妹的视线，他就把枪里的．22口径短弹换上了长弹。我不想打死他，尼克想，可这子弹好歹还是该换的。他在田野里仔细搜索了一遍。看不到有什么人迹，就下山到小溪边，然后朝下游走了一程，才上坡回到营地。

“对不起，小妹，我神经过敏了，”他说。“我们还是午饭饱饱地吃一顿吧，免得晚上做饭提心吊胆，生怕露出了火光。”

“我现在倒也在担心了，”她说。

“你千万别担心。情况完全跟过去一个样嘛。”

“可这小子连人都没来，就已经吓得我们不敢去采浆果了。”

“我知道。可这小子没有来过啊。他也许从来就没到过这小溪一带。说不定我们这辈子也不会再见到他了。”

“尼基，他不在比在还叫我害怕。”

“我知道。可害怕也不是个办法呀。”

“我们怎么办呢？”

“唔，我们还是等天黑了再做饭吧。”

“你怎么改变主意啦？”

“他晚上不会到这一带地方来。他没法摸黑穿过沼泽地上这儿来。我们在大清早、黄昏，还有深夜是不用担心他来的。我们得学着鹿的样子，只有在这些时间里出来活动。白天呢，睡大觉。”

“很可能他根本就不会来。”

“是啊。很可能。”

“那我可以留下了，不是吗？”

“我该送你回家。”

“别。求求你，尼基。我不在的话，你要杀他还有谁能来拦着你呀？”

“听着，小妹，别再提这个杀字了，并且记住，我从没说过要杀谁。没有什么杀人的事儿，也永远不会有。”

“当真？”

“当真。”

“我真是太高兴了。”

“连高兴都不必。根本谁也没说过要杀人。”

“好吧。我就算从没想过杀人，也从没说过。”

“我也一样。”

“那当然。”

“我根本连想都没有想过。”

不，他想。你根本连想都没有想过。其实你从早到晚无时不在想。只是在她面前你千万不能想，因为你一想她就能觉察，她可毕竟是你的妹妹，并且相亲相爱。

“你饿了吗，小妹？”

“还好。”

“啃一点硬巧克力吧，我去打些清凉的泉水来。”

“我不吃什么也不要紧。”

他们眺望对面沼泽地外的青山上空，十一点钟照例起了风。空中渐渐涌起大朵大朵的白云。天空是一片高远澄澈的蓝，涌起的云都是朵朵纯白，随着风力渐渐强劲，云都从山后腾空而起，升入高高的中天，云影掠过沼泽地，也掠过了山坡。这时树林子里也来了风，他们躺在树荫里，觉得凉风习习。白铁桶里打来的泉水清凉爽口，巧克力并不很苦，却是够硬，嚼起来嘎吱嘎吱直响。

“这水跟我们昨天第一次尝到的那一处泉水一样好，”妹妹说。“吃了巧克力再喝，越发觉得这水可口了。”

“你饿了的话，我们就做饭吧。”

“你不饿我也不饿。”

“我就老是要闹肚子饿。我真傻，没有继续朝前走去采浆果。”

“不。你是要回来查看查看。”

“听着，小妹。我知道我们走过的乱木地附近有个好地方，那儿有浆果可采。等我把东西都藏好了，我们就一路穿树林子上那儿去，采上满满的两桶，这样连明天吃的都有了。这一趟的路不难走。”

“好吧。我没事儿。”

“你不是饿着吗？”

“不饿。吃了巧克力，一点也不饿了。我倒很想就留在这儿看书。我们打松鸡那会儿，走得蛮够劲啊。”

“也好，”尼克说。“你昨儿走了那么多路，现在还累吗？”

“恐怕还有点儿。”

“我们就歇会儿吧。我来念《呼啸山庄》。”

“我都这么大了，还你念我听？”

“说得不对。”

“那你就念，好吧？”

“好。”

蔡 慧 译

过密西西比河

开往堪萨斯城的列车停在一条岔道上，正好在密西西比河东岸，尼克往外瞧着那条积了半英尺厚尘土的大路。眼前除了这条大路和三两棵蒙着尘土变成灰色的树木之外，什么也没有。一辆大车晃晃悠悠，顺着车辙走过，赶车的给弹簧坐垫颠得垂头歪脑，听任缰绳松弛地搭落在马背上。

尼克瞧着大车，心想不知它要上哪儿，究竟这赶车的是不是就住在密西西比河边，是不是曾经钓过鱼。大车晃晃悠悠，在路上走得不见踪影了，尼克不由想起在纽约举行的职业棒球"世界大赛"①。他想起在白短袜队那公园②观看过的首场比赛中，"快乐"费尔施那回本垒打③，当时"瘦子"索利把杆一抡，身子冲出老远，膝盖差点挨到地面，那白如流星的球对准中外场的绿色护栏远远飞去，费尔施正低着头，朝一垒那白色的方软垫拼命跑去，随着球落在露天看台一小堆争来夺去的球迷当中，观众发出一阵欢呼。

列车启动时，蒙着尘土的树木和褐色的路面开始后退，叫卖书报的从车厢正中过道上摇摇摆摆走过来。

“有什么大赛的消息？”尼克问他。

“决赛中白短袜队获胜了，”卖书报的答道，在特等客车的过道上一路走去，腿儿习惯于摇晃，像水手一般。他的回答使尼克感到一阵欣慰。白短袜队打败他们了。真令人精神大振。尼克打开《星期六晚邮报》，开始阅读，偶尔往窗外瞧瞧，想瞧一眼密西西比河。过密西西比河可是件大事，他想，倒要分秒必争看个痛快。

窗外景色像流水一晃而过，只见一溜公路、电线杆，偶有几栋屋子，还有平展的褐色田野。尼克原以为看得见密西西比河畔的峭壁，谁知好容易等一条似乎望不到头的长沼流过窗下，只看得见窗外那机车头蜿蜒而出，开上一座长桥，桥面俯临一大片褐色的泥浆水。这时尼克只看得见远处是一片荒山野岭，近处是一溜平展的泥泞河堤。大河似乎在浑然一体地往下游移动，不是流动，而是像一个浑然一体的湖泊在移动，碰到桥墩突出处才稍稍打旋。尼克眺望着这一片缓缓移动的平展的褐色水面，脑海里一下子涌现出马克·吐温、哈克·芬、汤姆·索耶[④]和拉萨尔[⑤]这些名字。他欣然暗想，反正我见识过密西西比河了。

陈良廷　译

---

① “世界大赛”为美国职业棒球两大联赛，美国联赛和全国联赛每年冠军的总决赛。

② 白短袜队是芝加哥的强队，以科米斯基公园为基地。

③ 本垒打，棒球手在打出一球后，安全地从一垒跑一圈，回到本垒。这样可得到一分。

④ 哈克·芬和汤姆·索耶是马克·吐温著名小说《哈克贝里·芬历险记》和《汤姆·索耶历险记》的主人公。

⑤ 罗贝尔·卡韦利埃·拉萨尔（1643—1687），法国探险家，曾沿密西西比河而下，直达出海口，并声称整个流域为法国领土。

第三部　战　争

登陆前夕

尼克在一片漆黑的甲板上散步，走过坐在一排甲板躺椅上的那些波兰军官。有人在弹曼陀林。里昂·霍奇亚诺维奇把脚在黑暗中伸出来。

“嗨，尼克，”他说，“哪儿去？”

“不去哪儿。只是走走。”

“这儿坐。有张椅子。”

尼克在空椅上坐下，趁着海上的夜色，望着人来人往。六月夜，天好热。尼克倒身靠着椅子背上。

“明天我们就进港了，”里昂说。“我听无线电报务员说的。”

“我是听理发师说的，”尼克说。

里昂哈哈笑了，用波兰语跟身边躺椅上的那人说话。他探身过去，对尼克一笑。

“他说不来英语，”里昂说。“他说是听盖比说的。”

“盖比在哪儿？”

“跟什么人在上面救生艇里吧。”

“加林斯基在哪儿？”

“不定跟盖比在一起。”

“不，”尼克说。“她跟我说过她受不了他。”

盖比是船上唯一的姑娘。她长着一头金发，总是披散着，笑声爽朗，身材健美，只是有股什么臭味。她有个姑妈正送她回巴黎投亲，开船以来，她姑妈就没离开过房舱。她父亲同法国航运公司有点儿关系，所以她同船长共餐。

“她干吗不喜欢加林斯基？”里昂问。

“她说他看上去像只海豚。”

里昂又笑了。“快，”他说，“我们去找他，跟他说说。”

他们站起身，走到栏杆边。那些救生艇在头顶上空晃荡着，准备给放下。船身倾斜，甲板歪向一边，救生艇也歪吊着，拼命晃荡。海水轻柔地悄悄溜过，大片大片磷光闪闪的海藻在翻滚、吮吸，从水下冒出泡来。

“船走得很快，”尼克俯视着水面说。

“我们在比斯开湾[①]里，”里昂说。“明天该见到陆地了。”

他们在甲板上转悠，走下舷梯，到船尾去看看磷光闪闪的船后尾波，放眼望去，正像一道弯弯的犁起的地。他们上面是那炮台，有两名水手在炮边走来走去，衬着海水蒙蒙的泛光，黑糊糊的。

“船正在曲折行进，”里昂望着尾波说。

“一整天了。”

---

① 比斯开湾，西班牙北部海岸和法国西部布列塔尼亚半岛之间的一个宽广的大海湾。

“据说这些船运送德国邮件，所以从来没被打沉过。”

“也许吧，”尼克说。“我可不信。”

“我也不信。不过这想法不错。我们去找加林斯基吧。”

他们发现加林斯基在他的舱里，正拿着瓶干邑白兰地。他用漱口杯在喝着。

“嗨，安东。”

“嗨，尼克。嗨，里昂。来一口吧。”

“你跟他说，尼克。”

“听着，安东。我们替一位美人儿捎个信给你。”

“我知道你们这位美人儿是谁。你们带了这美人儿，上烟囱去跟她鬼混吧。”

他仰躺着，伸出双脚顶住上铺的弹簧床垫，往上使劲。

“牢骚鬼！”他大声喊道。“嗨，牢骚鬼！醒醒，起来喝酒吧。”

上铺边上露出一张脸。那是张圆滚滚的脸，戴了副钢边眼镜。

“我醉了，可别叫我喝酒啦。”

“下来喝吧，”加林斯基吼道。

“不，”上铺的人说。“把酒递上来给我。”

他又转身面对着墙了。

“他醉了两星期啦，”加林斯基说。

“对不起，”上铺的人说。“我才认识你十天，你这么说并不正确。”

“难道你不是醉了两星期吗，牢骚鬼？”尼克说。

“那当然，”牢骚鬼面对墙壁说话。“可是加林斯基没权利这么说。”

加林斯基用双脚顶得他上下晃动起来。

“我把话收回，牢骚鬼，”他说。“我看你没有醉。”

“别说胡话啦，”牢骚鬼有气无力地说。

“你在干什么，安东？”里昂问。

“想我那个在尼亚加拉瀑布的女朋友呗。”

“得了，尼克，”里昂说。“我们别管这只海豚了。”

“她跟你们说过我是只海豚吗？”加林斯基问。“她对我说我是只海豚。你们知道我用法语怎么跟她说来着？‘盖比小姐，你身上没一点儿叫我动心的。’喝一口吧，尼克。”

他递过酒瓶，尼克喝了几口白兰地。

“里昂？”

“不，走吧，尼克。我们别管他。”

“我半夜里跟大伙儿值班，”加林斯基说。

“别喝醉了，”尼克说。

“我从来没喝醉过。”

牢骚鬼在上铺嘀咕着什么。

“你说什么，牢骚鬼？”

“我在请求上帝用雷电击他呢。”

“我从来没喝醉过，”加林斯基又说了一遍，斟了半杯干邑白兰地。

“快，上帝啊，”牢骚鬼说。“用雷电击他。”

“我从来没喝醉过。我从来没跟女人睡过觉。”

“来吧。干你的工作吧，上帝。用雷电击他啊。”

“来吧，尼克。我们走。”

加林斯基把酒瓶递给尼克。他喝了一口就跟这高个子波兰佬出去了。

他们在门外听见加林斯基在叫，“我从来没喝醉过。我从来没跟女人睡过觉。我从来没说过谎。”

“用雷电击他啊，”传来牢骚鬼的细嗓门。“别信他这套鬼话，上帝。用雷电击他啊。”

“他们真是一对活宝，”尼克说。

“这个牢骚鬼怎么啦？他打哪儿调来的？”

“他在救护车队里干过两年。人家打发他回国去。他给大学开除了，现在又回来了。”

“他喝得太多了。”

“他不顺心啊。”

“我们去弄瓶葡萄酒，到救生艇里睡去。”

“走吧。”

他们在吸烟室的吧台前歇脚，尼克买了一瓶红葡萄酒。里昂站在吧台边，一身法国军装，更见身材高大。吸烟室里有两场大牌局在进行。要不是这是在船上的最后一夜，尼克会高兴参加的。大家都在打牌。舷窗全都紧闭，还拉上了百叶窗，弄得烟雾腾腾，热浪滚滚。尼克瞧瞧里昂。“想打牌吗？”

“不。我们还是边喝边聊吧。”

“那就要两瓶吧。”

他们拿着两瓶酒，从热烘烘的吸烟室里出来，踏上甲板。要爬上一条救生艇倒也不难，尽管爬到吊艇架上时，尼克吓得不敢往下看水面了。他们爬进了艇里，系上救生带，仰天躺在坐板上，倒也逍遥自在。有一种置身于海天之间的感觉。不像乘在大船里那么感到阵阵震动。

“这儿挺不错，”尼克说。

“我每夜都睡在其中一条救生艇里。”

“我就怕发梦游症，”尼克说。他正在拔出瓶塞。“我睡在甲板上。”

他把酒瓶递给里昂。“这瓶你留着，替我打开那一瓶，”波兰佬说。

“你拿着，”尼克说。他拔出第二瓶的瓶塞，摸黑跟里昂碰碰酒瓶。两人喝酒。

“在法国你能喝到比这更好的酒，”里昂说。

“我可不会留在法国。”

“我忘了。真希望我们能一起当兵。”

“我一点也不中用了，”尼克说。他打小艇舷边往下瞧着漆黑的水面。刚才他爬到船外吊艇架上时已经吓坏了。

“不知我会不会害怕，”他说。

“不会，”里昂说。“我想不会。”

“看看所有那些飞机这一类玩意儿一定很好玩。”

“是啊，”里昂说。“我只要能调动，马上就去开飞机。”

“我可不行。”

“为什么？”

“我不知道。”

“你千万别想心里在害怕。”

“我没。我真的没。这我倒决不担心。因为刚才爬上救生艇时觉得不对劲儿，我才这么想。”

里昂侧卧着，酒瓶竖直放在脑袋旁。

“我们不必老想着心里害怕，”他说。“我们不是那种人。”

"那牢骚鬼害怕了，"尼克说。

"是啊。加林斯基跟我说过。"

"所以他才被遣送回去。所以才一直喝得醉醺醺的。"

"他可不像我们，"里昂说。"听着，尼克。你我都是有点儿胆量的。"

"我知道。我也那样想。别人可能送命，可我不会。这一点我绝对相信。"

"对极了。我们就是有那么股劲儿。"

"我早想加入加拿大部队，可是人家不肯收我。"

"我知道。你跟我说过。"

他们都喝着酒。尼克仰天躺着，瞧着烟囱里冒出的烟被天空衬托得像朵云。天色亮起来了。不定月亮快出来了。

"你有过女朋友吗，里昂？"

"没。"

"一个也没有？"

"对。"

"我有一个，"尼克说。

"你跟她同居？"

"我们订了婚。"

"我从没跟女人睡过觉。"

"我在窑子里跟女人睡过。"

里昂喝了一口。衬着天色，只见黑糊糊的酒瓶在他嘴边斜着移动。

"我说的不是这个意思。我也嫖过。我不喜欢。我意思是说，要跟你心爱的人整夜睡在一起。"

"我女朋友本来就愿意跟我睡的。"

“可不。她爱你的话就会跟你睡。”

“我们就快结婚了。”

陈良廷　译

“尼克背靠墙坐着……”

尼克背靠教堂的墙坐着，那是人家把他拖到这里来避开街上的机枪火力的。两腿别扭地伸出着。他脊椎中了弹。满脸是汗，脏兮兮的。太阳直照着他的脸。天气热得很。里纳尔迪，脸朝下仆倒在墙根，背部宽阔，身上的装备撒了一地。尼克直望着前方，眼睛也耀花了。对面屋子那堵粉红色的墙脱离屋顶，塌了下来，一张铁床给扭歪了，冲着街心倒挂着。两个奥地利人的尸体躺在屋荫下的瓦砾堆里。那边街头还有些死尸。城里的情况有所进展。进行得很顺利。担架手随时可到。尼克小心地掉过头来，瞧着里纳尔迪。“听着，里纳尔迪。听着。你我两个，我们单独讲和[①]了。”里纳尔迪躺在太阳下一动不动，呼吸困难。“爱国者[②]不讲和。”尼克小心地掉过头去，脸上带着汗笑笑。里纳尔迪是个叫人扫兴的说话对象。

陈良廷　译

① 作者后来把这个跟敌人“单独讲和”的想法写进了《永别了，武器》。可见尼克正是作者的化身。这一段也是从在意大利北部参加第一次世界大战的亲身体验中生发出来的。

② 尼克是美国志愿者，里纳尔迪是意大利军人，所以他这样说。

我躺下*

那天夜间，我们躺在房中的地板上，我听着蚕在吃桑叶。蚕吃着一层层搁板上的桑叶，整夜你都听得见它们在吃，还有蚕粪掉在桑叶间的声音。我本人并不想入睡，因为长期来我一直怀着这个想法：如果我在黑暗中闭上眼，忘乎所以，我的灵魂就会出窍。自从夜间挨了炸以来，我这样已经有好久了，只感到灵魂出了窍，飞走了再回来。我尽量不去想这事，可是从此每到夜间，就在我快要睡着那时刻，灵魂就开始出窍，我得花好大的心力才制止得了。尽管如今我相当有把握灵魂不会真的出窍，然而那年夏天，我是不愿做这试验的。

我躺着睡不着的时候自有种种消遣的方法。我会想到小时候一直去钓鳟鱼的一条小溪，会在心里想象仔仔细细地沿河一路钓鱼的情景；凡是那些原木的下面，凡是河畔的每个转弯处、深潭和清澈的浅滩，我都一一钓个明白，有时钓到鳟鱼，有时钓不到。晌午我停手不钓，吃午饭；有时在横搁在小溪上的一根原木上吃；有时在高坡上一棵树下吃，而我一向吃得很慢，边吃边看着身子下面的溪水。我的鱼饵往往用光，因为我出发时只在一只烟草罐里带上十条蚯蚓。每当我用光了，就得再找些蚯蚓，但在雪松遮住太阳的河坡上有时很难挖，因为坡上没有草，只有光秃秃的湿土，我常常找不到蚯蚓。虽然我总是能找到些什么来当鱼饵，可是有一回在沼泽地里就是找不到，只好把钓到的一条鳟鱼切碎了来当鱼饵。

有时我在沼泽草地里、草丛间、羊齿植物下找到些虫子，就用来当鱼饵。其中有甲虫、有腿如草茎的虫子、有躲在腐烂原木里的金龟子幼虫；白色金龟子幼虫长着棕色尖脑袋，钓钩上挂不住，一到凉水里就不见影儿了，还有藏在原木下的扁虱，有时在那里能找到蚯蚓，可一掀起原木，蚯蚓就溜进地里去了。有一回我用过一根旧原木下的一条蝾螈当鱼饵。这条蝾螈很小，轻巧灵活，颜色可爱。那些纤小的脚竭力紧紧抓住钓钩，打这一回以后，我虽常找到蝾螈，但再也没用过。我也不用蟋蟀，就因为蟋蟀在钓钩上乱蹦跶。

有时小溪流经一片开阔的草地，我在干燥的草丛里逮蚱蜢来当鱼饵，有时逮到了蚱蜢，把它们扔进水里，看它们随波逐流，一会儿在水里游，一会儿在水面上打转，待到一条鳟鱼跃起才不见影踪。有时在夜间，我会在四五条小溪上钓鱼；先尽量从源头开始钓，然后一路顺流钓下去。碰到钓得太快，时间还没过完，我就会在那条小溪上再钓一遍，从它流入大湖处开始，再溯流而上，想法把顺流时漏钓的鳟鱼一一钓上。有几个晚上，我还在脑子里编造一些小溪，有几条非常带劲儿，就像醒着在做梦一般。有几条小溪我至今还记得，自以为曾在那里

---

* 引自《圣经 · 诗篇》第 3 篇第 5 节《晨祷》，全句为："我躺下酣睡，我睡醒起来，主都在扶持我。"

钓过鱼，却是跟我真正熟悉的那些搅混了。我给它们一一起了名字，有时乘火车到那儿去，有时徒步走上好几英里路到那儿去呢。

不过有几天夜间我没法钓鱼，在那几天夜间我完全清醒，便反反复复地祈祷，竭力为我所有认识的人祈祷。这样的祈祷要花好多时间，因为，如果你尽量回想你所有认识的人，一直回溯到你记忆中最早的往事——对我来说，那是在我出世的那幢住房的顶楼，从一根椽子上吊下的一个铁皮匣里放着我父母的结婚蛋糕，在这顶楼里，还有我父亲小时候收集的一瓶瓶蛇和其他动物的标本，浸泡在酒精里，而酒精在瓶里蒸发了一部分，有些蛇和动物的背部露了出来，发了白——如果你回想得这么远，自然会想起一大批人来。如果你为他们每个人祈祷，为每个人念上一篇《圣母经》和一篇《天主经》，就得花上好长时间，到头来都天亮了，那时如果你是在一个白天能入睡的地方，就能睡上一觉了。

在那些夜晚，我总尽量回想自已经历过的事，从我去打仗的前不久开始，一件件事情回想起来。我发现最早只能回想到我祖父住房的那个顶楼。于是我再从那里开始照此思路想下去，想到我打仗为止。

我记得，我们在祖父死后搬出那幢住房，搬进我母亲设计建造的新住房。有许多搬不走的东西都在后院里烧掉了，我记得顶楼上的那些瓶子给扔进火堆里，如何受了热爆裂开来，酒精使火焰往上蹿。还记得那些蛇标本在后院火堆里焚烧。不过后院里没人，只有东西。我连烧东西的是什么人都不记得了，就这么一直想下去，想到了什么人才不想，并为他们祈祷。

关于那新住房，我记得母亲如何经常搞大扫除，把屋子收拾得干干净净。有一回父亲出门去打猎了，她把地下室来个彻底的大扫除，把凡是不该留在那里的东西统统烧掉。等父亲回到家，下了轻便马车，拴上马，那堆火还在屋外的路上烧着。我出去迎接他。他把猎枪递给我，瞧着火堆。“这是怎么回事？”他问。

“亲爱的，我在地下室里大扫除呢，”母亲在门廊上说。她站在那儿，对他笑脸相迎。父亲瞧着火堆，对着什么东西踢了一脚。接着弯下腰，从灰堆里捡出什么东西。“尼克，拿把耙子来，”他跟我说。我到地下室拿来了一把耙子，父亲就仔仔细细地在灰堆里扒。他扒出了一些石斧、剥兽皮的石刀和做箭头的工具，还有一些陶片和不少箭头。这些东西全给烧焦了，残缺了。父亲仔仔细细地把这些东西全扒出来，摊在路边草地上。他那把装在皮套里的猎枪和狩猎袋都在草地上，那是刚才下马车时扔在那儿的。

“把枪和袋子拿到屋里去，尼克，给我拿张纸来，”他说。这时母亲早已进了屋。我拿了猎枪，枪太沉，在我腿上碰碰撞撞，还拿起那两个狩猎袋，就朝屋里走。“一回拿一件，”父亲说。“别想一口气就拿得那么多。”我放下狩猎袋，把猎枪拿进屋，从父亲诊所里那堆报纸上拿了一份。父亲就把所有烧焦和烧残的石器摊在报纸上，然后包起来。“最好的箭头全都粉碎了，”他说。他拿了纸包走进屋去，我留在屋外草地上守着那两个狩猎袋。过了一会儿，我才把它们拿进屋去。想起这件事，只想起这两个人，所以我要为他们俩祈祷。

可是有几天夜间，我连祷文都记不起来了。我只能念到

"在地上如同行在天上"[①]，于是只好再从头念起，但念到这里绝对没法再念下去了。我只得承认自己记不得了，那晚便放弃做祈祷，试试想些别的事。所以有几天夜间我就尽量回想世上所有走兽的名称，然后回想飞禽的名称，然后是鱼类，然后是国家和城市，然后是各种各样食品以及我所记得的芝加哥的街名，等到我根本什么都想不起来了，我就光是听着。我不记得有哪一夜我会听不到什么声音。如果我能够有亮光就不怕入睡了，因为我知道只有在黑暗中我的灵魂才会出窍。所以，好多天夜间我当然都躺在有亮光的地方，这样才入睡，因为我几乎老是觉得累，经常很困。我相信也有好多回我是不知不觉地入睡的——但是我有知有觉时从没入睡过，而在这一夜，我听着蚕在吃桑叶。在夜间，蚕吃桑叶你能听得一清二楚，我就睁着眼睛躺着，听蚕吃桑叶。

屋里另外还有一个人，他也醒着。我听到他没睡着有好一会儿了。他不能像我这样安安静静地躺着，因为他也许没有那么多睡不着的经验。我们正躺在铺在稻草上面的毯子上，他一动稻草就窸窣作响，不过蚕倒并不被我们弄出的声音所惊动，照样吃着。屋外，离前线七公里的后方有些夜间的声响，但是跟屋里暗处的细小声响不同。屋里另外那个人尽量安安静静地躺着。后来他又动了。我也动了一下，这样让他知道我也醒着。他在芝加哥待了十年。一九一四年他回家探亲时，人家把他征去当了兵，把他拨给我做勤务兵，因为他会讲英语。我听

---

① 据《圣经 · 路加福音》旧译本第 11 章第 2 节，主训人的祷告全句为"我们在天上的父，愿人都尊你的名为圣。愿你的国降临。愿你的旨意行在地上如同行在天上"。而现行《圣经》英译本、中译本都无"愿你的旨意……"此句。

见他在听，就在毯子上又动了一下。

“你睡不着吗，中尉先生？”他问。

“是啊。”

“我也睡不着。”

“怎么回事啊？”

“我不知道。我睡不着。”

“你身体舒服吗？”

“当然。我感觉蛮好。就是睡不着。”

“想要聊一会儿吗？”我问。

“好哇。可在这鬼地方有什么好谈的。”

“这地方挺不错嘛，”我说。

“当然，”他说。“真是没说的。”

“跟我谈谈芝加哥的事吧，”我说。

“啊呀，”他说，“我都跟你谈过一回了。”

“跟我谈谈你结婚的经过吧。”

“这事我跟你谈过了。”

“星期一你收到的信是——是她的吗？”

“当然。她一直给我写信。她那地方可赚大钱呢。”

“那你回去倒有个好去处了。”

“当然。她经营得不错。她在赚大钱呢。”

“你看我们谈话会把大家吵醒吗？”我问。

“不会。他们听不见。反正他们睡得像猪。我就不同，”他说。“我神经紧张。”

“悄声说吧，”我说。“要抽口烟吗？”

我们熟练地在黑暗中抽烟。

“你烟抽得不多，中尉先生。”

“不多。我快要戒掉了。”

“说起来，”他说，“烟对你可没一点好处，而且我看你戒了也不会想着抽了。你有没有听说过瞎子不抽烟是因为他看不见香烟在冒烟？”

“我不信。”

“我本人也觉得这全是扯淡，”他说。“我只是从别处听来的。你也知道，听说总是听说。”

我们俩都默不作声了，我听着蚕在吃桑叶。

“你听见那些该死的蚕吗？”他问。“你听得见它们在咀嚼。”

“真怪，”我说。

“我说，中尉先生，真有什么心事让你睡不着吗？我从没见你睡着过。自从我跟了你以来，你夜里就没睡过。”

“我不知道，约翰，”我说。“今年开春以来，我健康状况就一直不妙，一到夜里就让我心烦。”

“就跟我一样，”他说。“我本来就不该卷入这场战争。我神经太紧张了。”

“也许会好转的。”

“我说，中尉先生，你究竟干吗卷进这场战争啊？”

“我不知道，约翰。当时，我就想参加。”

“想参加，”他说。“这理由太不像话了。”

“我们不该大声说话，”我说。

“他们睡得像猪，”他说。“反正他们也听不懂英语。他们屁也不懂。等仗打完了，我们回到美国，你打算干什么？”

“我要在报馆里找份工作。”

“在芝加哥？”

"没准。"

"你可曾看过布里斯班[1]这家伙写的东西？我妻子把它剪下来寄给我了。"

"当然看过。"

"你跟他相识吗？"

"不，可我看见过他。"

"我倒想结识这家伙。他是个好作家。我妻子看不懂英语报纸，可她还像我在家时那样照旧订报，并把社论和体育版剪下来寄给我。"

"你的孩子怎么样？"

"孩子们都很好。有个女孩儿现在念四年级了。不瞒你说，中尉先生，要是我没孩子现在也不会当你的勤务兵了。他们就会把我一直留在前线了。"

"很高兴你有孩子。"

"我也很高兴。都是好孩子，可我要个男孩。三个女儿，没有儿子。这可是最最要紧的啊。"

"你干吗不想法睡一觉？"

"不行，我现在睡不着。我现在毫无睡意，中尉先生。我说，我倒担心你不睡觉。"

"没事儿，约翰。"

"想想看，你这么个小伙子倒睡不着。"

"我会睡的。过一会儿就行。"

"你一定要睡。一个人不睡觉挺不住啊。你犯什么愁吧？

① 阿瑟·布里斯班(1864—1936)，美国记者、报纸编辑，曾在赫斯特报系的报刊上发表专栏"今天"及"本周"，赢得几百万读者。

你有什么心事吗？”

“没有，约翰，我想我没有。”

“你应当结婚，中尉先生。结了婚就不会犯愁了。”

“我不知道。”

“你应当结婚。干吗不挑个有很多钱的意大利好姑娘呢？你要挑谁都能弄到手嘛。你又年轻，又得过几枚勋章，人又长得帅。你还挂过两三次彩呢。”

“我的意大利话说得不够好。”

“你说得不错嘛。真见鬼，要说得来这种话干什么？你用不着跟她们说话。是跟她们结婚啊。”

“我会考虑的。”

“你认识些姑娘，是吧？”

“当然认识。”

“那好，你就娶最有钱的那一个。在这里，凭她们受的教养，都可以做你的好妻子的。”

“我会考虑的。”

“不要考虑了，中尉先生。干吧。”

“行啊。”

“男人应当结婚。你决不会后悔的。人人都应当结婚。”

“行啊，”我说。“我们想法睡一会儿吧。”

“行啊，中尉先生。我再试试看。可你别忘了我说的话。”

“我不会忘记的，”我说。“现在我们睡一会儿吧，约翰。”

“行啊，”他说。“希望你也睡，中尉先生。”

我听见他在稻草垫上的毯子上翻身，后来就声息全无了，我倾听他均匀地呼吸着。接着他打起呼噜来了。我听他打了好一阵子呼噜才不再听下去，便一心听蚕吃桑叶了。它们不停地吃着，蚕粪掉在桑叶间。我有一件新鲜事好想了，就躺在黑暗中睁大了眼睛，回想我平生认识的所有姑娘，她们会做什么类型的妻子。这件事想想很有味儿，一时间勾销了钓鳟鱼的事，干扰了祈祷。然而到头来我还是回到钓鳟鱼的事上，因为我发现我能记住所有的溪流，而且这些溪流总有些新鲜事好想想，可是姑娘呢，想了她们两三回以后就印象模糊了，脑子里记不起来了，终于都变得模糊，都变成差不多一个样子，我索性几乎统统不去想她们了。不过祈祷我还是不断在做，夜间我常常为约翰做祈祷，在十月攻势前，跟他同年入伍的士兵都调离了现役。很高兴他不在我身边了，因为他会成为我的一大心事。几个月后，他到米兰的医院来探望我，知道我依然没结婚，觉得大失所望，而我也知道他要是知道我至今还没结婚会很难受。他即将回美国去，对结婚深信不疑，相信一结了婚就万事大吉了。

陈良廷　译

你们决不会这样

进攻部队穿过了田野，曾遭到从低洼的大路和那一带农舍发出的机枪火力的阻击，进了镇子可没有再遇到抵抗，一直攻到了河边。尼古拉斯·亚当斯骑了辆自行车顺着大路一路过来，碰到路面实在坎坷难行的地方，只好下车推着走，他根据地上遗尸的位置，揣摩出战斗的经过情景[①]。

尸体有单个的，也有成堆的，茂密的野草里有，沿路也有，口袋都给兜底翻了出来，身上叮满了苍蝇，无论单个的还是成堆的，尸体的四周总是纸片狼藉。

路旁的野草和庄稼地里还丢着许多物资，有的地方连大路上都狼藉满地：有一台行军灶，那准是仗打得顺利的时候从后方运上来的；还有许多有小牛皮盖的挎包、手榴弹、钢盔、步枪，有时还看到有支步枪枪托朝天，刺刀插在泥土里，看来他们最后还在这里掘过好些壕沟；除了手榴弹、钢盔、步枪，还有挖壕沟用的家伙、弹药箱、信号枪、散落一地的信号弹、药品箱、防毒面具、装防毒面具用的空筒，一挺三脚架架得低低的机枪，机枪下一大堆空弹壳，子弹箱里还撅出些夹得满满的子弹带，装冷却水的空桶侧卧在地，枪闩不见了，机枪组的成员们东歪西倒地躺着，而前后左右的野草里，照例又是纸片狼藉。

乱纸堆里有弥撒祷文册；有印着合影照的明信片，上面正是这个机枪组的成员们，都红光满面，高高兴兴地站好了队，就像供大学年刊用的一张足球队合影那样，如今他们都歪歪扭扭地倒在野草里，浑身肿胀；还有印着宣传画的明信片，画的是一个穿奥地利军装的士兵正把一个女人按倒在床上，人物画得有印象派的味道，描绘得蛮动人，只是和强奸的实际情况完全不符，那时妇女的裙子会被掀起来蒙住她的头，使她喊不出声来，有时候还有个同伙骑在她的头上。这种教唆性的画片为数不少，显然都是在发动进攻前不久发下的。如今就跟那些印有淫秽照片的明信片一起散得到处都是；还有乡下照相馆里拍的乡下姑娘的小相片，偶尔还有些儿童照，还有就是家信，家信之外还是家信。总之，有尸体的地方就一定有大量乱纸，这次进攻留下的遗迹也不例外。

这些阵亡者才死未久，所以除了腰包以外，还无人过问。尼克一路注意到，我方的阵亡将士(至少在他心目中认为是我方的阵亡将士)倒是少得出乎意料。他们的外套也给解开了，口袋也给兜底翻过来了，根据他们的位置，还可以看出这次进攻采用什么方式和什么战术。炎热的天气弄得他们浑身肿胀，不管是什么国籍，全都一个样。

镇上的奥军最后显然就是沿着这条低洼的大路设防死守的，退下来的可说绝无仅有。街上总共只见三具尸体，看来都

---

① 这故事的背景是第一次世界大战后期(1918)，地点在意奥前线。

是在逃跑的时候给打死的。镇上的房屋都给炮火打坏了，街上尽是一堆堆灰泥砂浆的碎块，还有断梁、碎瓦以及许多弹坑，有的弹坑给芥子气熏得边上都发了黄。地上弹片累累，瓦砾堆里到处可见开花弹的弹丸。镇上根本没有半个人影。

尼克·亚当斯自从离开福尔纳契以来，还没看到过一个人，不过沿着公路一路驶来，穿过树木茂盛的地带，他曾看到大路左侧密密匝匝的桑叶后面隐藏着大炮，由于太阳把炮筒晒得发烫，桑叶顶上腾起一股股热浪，才使他注意到的。如今看见镇上竟空无一人，他感到意外，于是就穿镇而过，来到紧靠河边、低于堤岸的那一段大路上。镇口有一片光秃秃的空地，大路就从这里顺坡而下，他能看到平静的河面、对岸的弧形矮堤，还有奥军挖战壕时垒起的泥土，给日头晒得发白了。多时未见，这一带已是那么郁郁葱葱，绿得刺眼，尽管如今已成了个历史性的地点，而这一段下游的河流可没有什么变化。

部队部署在河的左岸。堤岸顶上有一排坑，坑里有些士兵。尼克看到有的地方架着机枪，信号火箭放在架子上。堤坡上的坑里的士兵都在睡大觉。谁也没来向他查问口令。他只管往前走，刚随着土堤拐了个弯，冷不防闪出一个胡子拉碴、眼皮红肿、满眼都是血丝的年轻少尉，拿手枪对住了他。

“你是什么人？”

尼克告诉了他。

“有什么证明？”

尼克出示了通行证，证件上有他的照片和姓名身份，还盖上了第三军的大印。少尉一把抓在手里。

“放在我这儿吧。”

“这可不行，”尼克说。“把证件还给我，收起手枪。好啦。放进枪套。”

“我怎么知道你是什么人呢？”

“证件上写明了。”

“万一证件是假的呢？这证件得交给我。”

“别胡闹啦，”尼克乐呵呵地说。“快带我去见你们连长吧。”

“我得送你到营部去。”

“行啊，”尼克说。“听着，你认识帕拉维契尼上尉吗？就是那个留小胡子的高个子，以前当过建筑师，会说英国话的。”

“你认识他？”

“有点认识。”

“他指挥几连？”

“二连。”

“现在他指挥一个营了。”

“这可好，”尼克说。听说帕拉[1]安然无恙，他心里觉得一宽。“我们到营部去吧。”

刚才尼克出镇口的时候，右边一所破房子的上空爆炸过三颗开花弹，此后就一直没有打过炮。可是这军官的脸色却老像在挨排炮一样。不但脸色那样紧张，连声音听起来都不大自然。他的手枪使尼克很不自在。

“快把枪收起来，”他说。“敌人跟你还隔着这么大一条河呢。”

“我要真当你奸细的话，会这就一枪毙了你，”少尉说。

① 意大利姓氏有的较长，熟人之间习惯用简称。

“得啦，”尼克说。“我们到营部去吧。”这个军官弄得他非常不自在。

营部设在一个掩蔽部里，代营长帕拉维契尼上尉坐在桌子后边，比从前更消瘦了，那英国气派也更足了。尼克一个敬礼，他马上从桌子后边站了起来。

“好哇，”他说。“乍一看，简直认不出你了。你穿了这身军装在干什么？”

“是人家叫我穿的。”

“见到你太高兴了，尼科洛[1]。”

“是啊。你气色不错。仗打得怎么样啊？”

“我们这场进攻战打得漂亮极了。真的。漂亮极了。我给你讲讲。你来看。”

他就在地图上比划着，讲了进攻的过程。

“我是从福尔纳契来的，”尼克说。“一路上也看得出是怎么样的一回事。的确打得很不错。”

“了不起。实在了不起。你现在关系挂在团部？”

“不。我的任务就是到处走走，让大家看看我这一身军装。”

“有这样的怪事。”

“要是看到有这么一个身穿美军制服的人，大家就会相信美国军队快要大批开到了。”

“可怎么让他们知道这是美国军队的制服呢？”

“你来告诉他们嘛。”

“啊，是啊，我明白了。那我就派一名班长给你带路，陪

---

① 尼科洛为尼克的意大利文对应词。

你到火线上去转一转。”

“像个臭政客似的，”尼克说。

“你要是穿了便服，那就要引人注目多了。在这儿穿了便服才真叫万众瞩目呢。”

“还要戴一顶卷边洪堡呢帽，”尼克说。

“或者戴一顶毛茸茸的费陀拉[①]也行。”

“照规矩呢，我口袋里应该装满了香烟啦、明信片啦这一类的东西，”尼克说。“还应该背上一满袋巧克力。逢人分发，捎带着慰问几句，还要拍拍背脊。可现在一没有香烟、明信片，二没有巧克力。所以他们叫我随便走上一圈就行。”

“我相信你这样露露面对部队总是个很大的鼓励。”

“但愿你别这么想，”尼克说。“现在这样，我心里已经够难受了。按我的一贯宗旨，倒巴不得给你带一瓶白兰地来。”

“按你的一贯宗旨，”帕拉说着，这才第一次笑了笑，露出一口发黄的牙齿。“这话真说得妙极了。你要不要喝点酒渣白兰地？”

“不喝了，谢谢，”尼克说。

“酒里没有一点儿乙醚的。”

“我至今还觉得嘴里有这味儿呢。”尼克一下子全想起来了。

“你知道，要不是那次一起坐卡车回来，在路上听你胡说一气，我还根本不知道你喝醉了呢。”

---

① 费陀拉，一种软呢浅顶帽，首次出现在法国戏剧家萨尔杜(1831—1908)的戏剧《费陀拉》(1882)中，故名。

“我每次进攻前都要灌个醉，”尼克说。

“我就受不了，”帕拉说。“我第一次打仗尝过这个滋味，那是我生平打的第一仗，结果只弄得我难过死了，到后来渴得要命。”

“你用不到靠酒来帮忙。”

“可你打起仗来比我勇敢多了。”

“哪里，”尼克说。“我有自知之明，晓得还是喝醉为好。我可并不觉得难为情。”

“我从没看见你喝醉过。”

“没见过？”尼克说。“从没见过？你难道不记得了，那天晚上我们从梅斯特雷乘卡车到波托格朗台，路上我想要睡觉，把自行车当作了毯子，打算拉过来齐胸盖好？”

“那可不是在火线上。”

“我这个人是好是孬，我们也别谈了，”尼克说。“这个问题我自己心里太清楚了，我都不愿意再去想了。”

“那你还是先在这儿待会儿吧，”帕拉维契尼说。“要打盹只管请便。人家打炮时没把这个坑怎么样。现在出去天还太热。”

“我看反正也不忙。”

“你的身体究竟怎么样？”

“蛮好。完全正常。”

“不。要实事求是说。”

“是完全正常。不过没有个灯睡不着觉。就是还有这么点小毛病。”

“我早说过你应该动个开颅手术。我不是医生，可我明白。”

“不过，医生认为还是让它自己吸收的好，我就这么着了。怎么啦？难道你看我的神经不正常？”

“你看起来身体一级棒。”

“只要一旦医生给你下了个精神失常的诊断，那就够你受的了，”尼克说。“从此就再也没有人信任你了。”

“我说还是打个盹好，尼科洛，”帕拉维契尼说。“这个地方跟我们以前见惯的营部可不一样了。我们就等着撤退呢。这会儿天气还热，你不要出去——别犯傻了。在那只铺上躺下吧。”

“那我就躺一会儿吧，”尼克说。

尼克躺在铺位上。他感到这么不对劲，很是伤心，可都叫帕拉维契尼上尉一眼看出来了，便越发感到伤心了。这个掩蔽部不及从前的那一个大，当初那一个排，都是1899年出生的士兵，刚上前线，碰上进攻前的炮轰，在掩蔽部里吓得发起歇斯底里来，帕拉便命令他带他们每两人一批，出洞去走走，好叫他们明白不会有什么危险，他呢，拿钢盔的皮带紧紧扣在自己的嘴下，不让嘴唇动一动。心里明知道他们一挨到炮轰就止不住要发作。明知道这种办法根本是胡闹——那人要是哭闹个没完，那就揍他个鼻子开花，看他还有心思哭闹。我倒想枪毙一个，可现在来不及了。怕他们会愈闹愈凶。还是揍他个鼻子开花吧。进攻的时间提前到五点二十分。我们只剩下四分钟了。把另一个窝囊废揍个鼻子开花，加上屁股上一脚，把他踢出去。你看这一来他们会出发了吗？要是再不肯出发，就枪毙两个，把余下的人好歹都一起轰出去。班长，你要在后面押队哪。你自己走在头里，后面没有一个人跟上来，那有屁用。你自己出发了，要把他们也带出去啊。真是胡闹一气。好吧。这就对了。于是他看了看表，才以平静的口气，那种极有分量的平静口气，说了声："真是萨伏依人。"他没有酒喝也只好去了，来不及弄酒喝了，等地洞倒塌，洞子的一头整个儿坍了，他找不到自己的酒，这一点使大家都动起来了；他没喝酒就上了那山坡，就只这一回他没有喝醉就去了。大家回来后，看来那登山索道站就着了火，过了四天，有些伤员从山下给撤下来了，也有一些没有，可我们还是攻上去又退回来，退到了山下——总是退到了山下。嘀，盖蓓·台里斯来了，说来也怪，怎么满身都是羽毛啊；一年前你还叫我好宝贝呢嗒哒哒你还说认识我多美呢嗒哒哒有羽毛也好，没羽毛也好，那是我了不起的盖蓓，而我叫哈利·皮尔塞，我们俩上山一逢陡坡，总要从队伍的那一头走出来，而他每天晚上总会梦见这座山，梦见山上的圣心堂[1]，像个吹制成的白色肥皂泡。他的女朋友有时跟他在一起，有时却跟别人做伴，他不明白是什么道理，反正逢到她不在的夜晚，河水一定涨得异样的辽阔，水面异样的平静，而福萨尔塔[2]城外有一所黄漆矮屋，四周柳树环绕，还有一间矮矮的马棚和一条运河，这个地方他到过千儿八百次了，可从没见过有那么一所屋子，但是现在每天一到夜里，这所矮屋就会像那座山一样清清楚楚出现在眼前，只是见了这屋子他就害怕。那所屋子好像比什么都重要，他每天晚上都会见到。他倒也巴不得每天能看一看，只是见了就害怕，特别是有时见到屋前柳下运河岸边还静静地停着一条船，那就怕得更厉害

① 圣心堂，位于巴黎市北部蒙马特区高地的顶点，为一白色建筑，为该区的标识。

② 福萨尔塔，意大利中部一城市。

了，不过那运河的河岸跟这里的河岸不一样。运河的河岸更加低平，倒跟波托格朗台那一带差不多，记得当初他们就是在波托格朗台看到那一批人，高高地举着步枪，在被洪水淹没的地区艰难地蹚水而来，最后却连人带枪纷纷倒在水里。那个命令是谁下的？要不是脑子里乱得像一锅粥，他本来是可以想得起来的。正因为如此，他才凡事总要看个周详，弄个清楚，心里有了准谱，明白自己的处境，可是偏偏这脑子会无缘无故就糊涂起来，就像现在这样，他正躺在营部的一张铺上，帕拉指挥着一个营，他呢，却穿着一套倒霉的美军制服。他仰起身来四下望望；只见大家都瞅着他。帕拉出去了。他就又躺下来。

巴黎那一段经历论时间还要早些，对这一段事他倒并不害怕，除了她跟着别人走了的那段时期，还有就是担心他们还会碰上早先照过面的车夫。他所害怕的无非就是这些。对前线的事倒是一点也不怕。他眼下不再梦见前线了，使他心惊胆战而怎么也摆脱不开的倒是那所长长的黄漆矮屋，以及那变得辽阔的河面。他今天又回到了这河边，也去过了那个镇上，却看到并没有那么一所屋子。看到这里的河也并非如梦中那样。那么他每天晚上去的是什么地方，又有什么危险呢？为什么他醒过来时遍体冷汗，为了一所屋子、一间长长的马棚和一条运河，竟会比受到炮轰还吓得厉害呢？

他坐起身来，小心地把双腿从铺上放下；这双腿伸直的时间一长，就要发僵；看到副官、信号兵和门口的两名传令兵都盯着他，他也回盯了他们一眼，然后把他那顶蒙着布罩的钢盔戴上。

“很抱歉，没有巧克力、明信片和香烟，”他说。“不过我还是穿着这身军装来了。”

“营长马上就回来，”那副官说。在他们部队里，副官不是委任军官。

“这身军装不完全符合规格，”尼克对他们说。“不过也可以让大家心里有个数。几百万美国大军不久就到。”

“你是说美国人会派到我们这儿来？”副官问。

“可不。美国人个儿都有我两个那么大，身体健壮，心地纯洁，晚上睡得着觉，从来没有受过伤、挨过炸，也从来没有碰上过地洞倒塌，从来不知道害怕，也不爱喝酒，对家乡的姑娘不会变心，多数从来没有长过虱子，都是些出色的小伙子。你们就会看到的。”

“你是意大利人？”副官问。

“不，美国人。瞧这身军装。是斯帕尼奥利尼服装公司裁制的，不过还不完全合乎规格。”

“北美，还是南美人[①]？”

“北美，”尼克说。他觉得那股气又上来了。他得沉住点气。

“可你会说意大利话。”

“那又有什么？难道我说意大利话你有意见？难道我没有说意大利话的权利吗？”

“你得了意大利勋章呢。”

“不过拿到了些勋表和证书罢了。勋章是后来补发的。不知是托人保管、人家走了呢，还是连同行李一起丢失了。你在米兰可以买到另外那两种。重要的是那证书。你们不该为了这个觉得不高兴。在前线待久了，你们也会得到几个勋章的。”

---

① 上文中所说的美国人(American)也可理解为“美洲人”，故有此问。

“我是厄立特里亚[①]战役的老兵，”副官口气生硬地说。“我在的黎波里[②]打过仗。”

“这真是幸会了，”尼克伸出手去。“那些日子一定挺难熬吧。我刚才就注意到你的勋表了。你也许还去过卡索[③]吧？”

“我是最近才应征入伍参加这次战争的。本来论年纪我已经超龄了。”

“我原先倒是适龄的，”尼克说。“可现在也退役了。”

“那你今天还来干吗？”

“我是来展览这一身美军制服的，”尼克说。“挺有意思的，可不是？领口是稍微紧了点，不过不消多久你们就可以看到有不计其数的穿这种军装的要来，像蝗虫那样一大片。你们要知道，蚱蜢，我们美国人平日所说的蚱蜢，其实也就是蝗虫一类。真正的蚱蜢身个小，皮色绿，劲头也没有那么大。不过你们千万不要把蝗虫和蝉或知了[④]弄混了。蝉会连续不断地发出一种独特的叫声，可惜那种声音我现在一时记不起来了。怎么想也想不起来了。刚刚要想起来，一下子又逃得无影无踪了。对不起，请让我歇一口气。”

“去把营长找来，”副官对一名传令兵说。“你受过伤了，我看得出来，”他回头对尼克说。

“受过好几处伤呢，”尼克说。“要是你们对伤疤有兴

---

① 厄立特里亚位于非洲东北部，濒红海，1890 年沦为意大利殖民地，于 1993 年 4 月 7 日独立。

② 的黎波里，今利比亚西北部地中海沿岸城市，1911—1912 年的意土战争中，意大利从土耳其人手中侵占。

③ 卡索，即喀斯特，是意大利东北伊斯的利亚半岛东北部一高地。1917 年意奥在此发生过激战。

④ 在英文中，蝗虫(locust)也可指蝉(cicada)。

趣，我倒有几个非常有趣的伤疤可以给你们看看，不过我情愿谈谈蚱蜢。就是我们所说的蚱蜢；其实也就是蝗虫一类。这种昆虫在我的生命史上曾经起过不小的作用。你们也许会感兴趣，你们不妨一边听我说，一边看我的军装。”

副官对另一名传令兵做了个手势，那传令兵也出去了。

“把眼睛盯着这套军装。要知道，这是斯帕尼奥利尼服装公司裁制的。你们也请来看一看吧，”这句话尼克是冲着那几个信号兵说的。“我确实没有军衔。我们是归美国领事管的。只管请看，不要有什么不好意思。睁大了眼睛看也不要紧。我来给你们讲讲美国的蝗虫吧。我们一向偏爱一种叫做‘中褐色’的。它们浸在水里不容易泡烂，鱼也最喜欢吃。还有一种个儿大些的，飞起来会发出一种有点像响尾蛇甩响尾巴时的声音，单调得很，翅膀的色彩很鲜艳，有一色鲜红的，有黄底黑条的，但是它们的翅膀着水就糊，做鱼饵太糟糕，而‘中褐色’的肉头肥，汁水足，又结实，假如我可以冒昧推荐一下各位也许永远也不会碰到的玩意儿的话，这倒是非常值得向各位推荐的。不过我该着重说一下，就是这种虫子你要是凭空手去捉，或者拿个网拍去扑，那是捉上一辈子也不够你做一天鱼饵的。那种捉法简直是胡闹，是白白的浪费时间。我再说一遍，各位，那种捉法是绝对行不通的。正确的办法，是使用捕鱼用的围网，或者拿普通的蚊帐纱做一张网。假如我可以发表点意见的话，而且说不定有一天我真会提个建议呢，我认为军校里上轻武器课时，应该把这个办法也都教给每个青年军官。两个军官把这样长短的一张网子对角拉好，或者也可以一人拿一头，躬着身子，一手捏住网的下端，一手捏住网的上端，就这样逆着风快跑。蚱蜢顺风飞来，一头扎在这一截网上，就都给网络兜住了。这样根本不用什么花招就可以捕到好大一堆，所以依我说，每个军官都该随身带上一大块蚊帐纱，需要时就可以做上这么一张捕蚱蜢的围网。希望各位都听清楚了我的意思。有什么问题吗？如果对这一课还有什么不明了的地方，请提出来。大胆地讲出来吧。没有问题吗？那么我想附带讲个意见来作结束。我要借用那位伟大的军人兼绅士亨利·威尔逊爵士[①]的一句话：各位，你们不做统治者，那就得被统治。让我再说一遍。各位，有一句话我想请你们记住。希望你们走出本讲堂的时候都能牢牢地记在心上。各位，你们不做统治者——那就得被统治。我的话完了，各位。再见。”

他脱下那蒙着布罩的钢盔，随即重新戴上，一弯腰从掩蔽部的矮门里走了出去。帕拉由那两名传令兵陪伴着，正从低洼的大路上远远地走来。阳光下热极了，尼克把钢盔脱下了。

“这里真该有个把这劳什子用水冲冲的冷却设备，”他说。“我把这个到河里去浸浸吧。”他举步往堤岸上走去。

“尼科洛，”帕拉维契尼喊道。“尼科洛。你到哪儿去呀？”

“其实我也不必去。”尼克捧着钢盔，从坡上走下来。“干也罢，湿也罢，反正戴着总是个该死的累赘。你每时每刻都戴着钢盔吗？”

“从来不脱，”帕拉说。“戴得都快成秃顶啦。快进去吧。”

---

① 亨利·休士·威尔逊爵士(1864—1922)，英国陆军将领，曾在海外殖民军队中任要职。后任陆军参谋学院院长。第一次世界大战时任西线的英国派遣军参谋长。1918 年任英军总参谋长。

一到里边，帕拉就让他坐下。

“你也知道，这玩意儿根本没屁用，”尼克说。“我记得我们刚拿到手的时候，戴在头上倒叫人安心，可后来里头脑浆四溢的情况也见得多了。”

“尼科洛，”帕拉说。“我看你应该回去。依我看，你要是没有什么慰劳品的话，那就不要到前线来的好。在这里你也干不了什么事。就算你有些东西值得发发吧，你要是到前边去一走，弟兄们势必要拥到一块儿，那不招来炮弹才怪呢。这可不行。”

“我也知道这是胡闹，”尼克说。“这本来也不是我的主意。我听说旅部在这儿，就想趁此来看看你，看看我的一些老相识。不然的话，我就到增宗或者圣唐娜去了。我真想再到圣唐娜去看看那座桥呢。”

“我不能让你毫无目的地在这里转悠，”帕拉维契尼上尉说。

“好吧，”尼克说。他觉得那股气又上来了。

“你理解吧？”

“当然，”尼克说。他极力想把气按下去。

“这一类的活动应当在晚间进行。”

“是啊，”尼克说。他觉得无法按捺下去了。

“你知道，我现在在指挥这个营，”帕拉说。

“这有什么不该的呢？”尼克说。这一下可全爆发了。“你不是能读书、会写字吗？”

“对，”帕拉的口气挺温和。

“可惜你手下的这个营人马少得也真可怜。等将来一旦兵员补足了，他们会叫你回去当你的连长的。他们为什么不把那些尸体埋一埋呢？我刚才算是领教过了。我实在不想再看了。他们要不忙埋那是他们的事，跟我没什么相干，不过早些埋掉对你们可有好处。再这样下去你们都会害病的。”

“你把自行车停在哪儿啦？”

“在末了一幢房子里。”

“你看停在那儿妥当吗？”

“别担心，”尼克说。“我一会儿就去。”

“还是躺一会儿吧，尼科洛。”

“好吧。”

他合上了眼，出现在他眼前的，并不是那个蓄着胡子的男人，正从步枪的瞄准器上望着他，沉住了气才扣动枪机，只见一道白光，恍惚一下闷棍打在身上，他双膝跪下，一股又热又甜的东西堵住在喉咙口，呛得他吐在石头上，这时部队在他身旁拥过——不，出现在他眼前的是一所黄墙长屋，旁边有一间矮马棚，屋前的河阔得异样，也平静得异样。“天哪，”他说，“我还是走吧。”

他站起来。

“我要走了，帕拉，”他说。“我要趁天还不晚骑车回去。要是有什么慰劳品到了，我今儿晚上就给你们送来。要是没有，等哪天有了什么，我天黑以后送来。”

“这会儿还太热，骑车不行吧，”帕拉维契尼上尉说。

“你不用担心，”尼克说。“我这一阵子已经好多了。刚才发作过，不过并不厉害。现在就是发作起来也比以前轻多了。我自己有数，只要说话一唠叨，那就要发作了。”

“我派个传令兵送你。”

“我宁愿你不用这样。我认识路。”

“那么你就回来，好吧？”

“一定。”

“我还是派——”

“别派了，”尼克说。“算是表示对我的信任吧。”

“好吧，那就再见了。”

“再见，”尼克说。他就回身顺着低洼的大路向他放自行车的地方走去。到了下午，只要一过运河，大路上就是一派浓荫。再过去，两边的树木一点也没有受到炮火的破坏。正是在那一段路上，他们有一次行军路过，正好遇上第三萨伏依骑兵团，举着长矛，踏雪奔驰而过。在凛冽的空气里战马喷出的鼻息宛如一缕缕白烟。不，不是在那儿遇到的吧。那么是在哪儿呢？

“还是赶快去找我那辆鬼车子吧，”尼克对自己说。“可别迷了路，到不了福尔纳契啊。”

蔡 慧 译

在异乡

秋天，大战还在进行着，但我们再也不去打仗了。米兰的秋天冷飕飕的，天黑得很早。转眼间华灯初上，沿街看看橱窗很惬意。店门外挂着许多野味，雪花洒在狐狸的皮毛上，寒风吹动它们的尾巴。掏空内脏的僵硬的鹿沉甸甸地给吊着，一串串小鸟在风中飘摇，风儿吹动它们的羽毛。这是个很冷的秋天，风从山冈上朝南吹来。

每天下午，我们都上医院去，在暮色中穿过市区，有三条不同的路通往医院。其中有两条沿着运河，可是路太长。然而人们总得跨过一条运河的一座桥，才能走进医院。有三座桥可供挑选。其中一座上有个卖炒栗子的女人。站在她的炭火前觉得很暖和，等炒栗子放进你的口袋，好一会都是热乎乎的。医院很古老，也很美，你进得院门，穿过一片院落，从另一端一扇院门出去就到。经常有葬礼仪式从院落里开始。这老医院对面有几幢新造的砖砌分科小病房，我们每天下午在那里相聚，坐在将使我们大为好转的理疗椅里，大家彬彬有礼，互相关心地问是什么病。

医生走到我坐的理疗椅旁说："你在战前最喜欢干什么？你搞过体育活动吗？"

我说："不错，踢足球。"

"好，"他说。"你将能重新踢足球，比以前踢得更好。"

我的膝关节弯不动，大腿从膝盖直削到踝节，没有腿肚子，要由这理疗器来使膝关节能弯曲。像蹬三轮自行车那样灵活。可是眼下还不能弯，而那理疗器触及膝关节时便会往一边倾斜。医生说："一切都会顺利的。小伙子，你是个幸运儿。你将能重新踢足球，像个锦标选手。"

旁边那台理疗椅上坐着一位少校。他的一只手小得像个娃娃的手。由两条上下翻动的牵引带夹着那只小手，拍打着那些僵硬的手指，轮到医生来检查时，少校对我眨眨眼，说："我也能重新踢足球吗，上尉大夫？"他曾是非常高超的击剑手，是意大利战前最优秀的一个。

医生回到后面的诊所里，拿来一张照片，拍的是一只曾经萎缩的手，几乎同少校的一样小，显示整形之前和经过治疗后大了一点的形象。少校用那只好手拿着照片，十分仔细地瞧着。"是枪伤吗？"他问。

"是工伤，"医生回答。

"很有意思，很有意思，"少校说，把照片递还给医生。

"你该有信心了吧？"

"不，"少校答道。

每天，还有三个同我年龄相仿的小伙子到医院来。他们都是米兰人，一个想当律师，一个要做画家，另一个立志当兵，等我们结束了治疗，有时一起步行回去，到斯卡拉歌剧院隔壁的柯伐咖啡馆去。因为四人结伴同行，就敢于抄近路，穿过共产党人聚居区。那里的人恨我们，因为我们是军官，我们走过时，一家酒店里有人喊叫：“A basso gli ufficiali！”[1]另外有个年轻人，有时跟我们同路，凑成五个伙伴，他脸上蒙着一块黑丝绢，因为他当时没有鼻子，有待于整形。他从军校直接上了前线，第一次上火线，一小时内便负了伤。大夫们给他整了形，可是他出身于一个非常古老的世家，医生怎么也没法把他的鼻子弄端正。他到过南美洲，在一家银行里工作。这可是很久以前的事了，再说，我们谁都不知道战争结束后会怎么样。我们当时只知道仗一直在打，但我们再也不用上前线了。

我们都佩着同样的勋章，除了脸上包着黑丝绢的小伙子，他在前线还待得不够长，没法得到勋章。那个想当律师、脸色苍白的高个子得了三枚勋章，而那种勋章我们各自只有一枚，因为他是意大利突击队上尉。他在前线待过好久，九死一生，故而有些超然物外。其实我们都有些超脱，除了每天下午在医院里相遇外，没什么更深的交情了。然而，每当我们穿过城里那个棘手的地区到柯伐咖啡馆去，在黑夜中走着，酒店里灯光闪烁、歌声不绝，或者有时人行道上男男女女熙来攘往，我们不得不推开众人，才能在大街上前行，感到被某种类似的遭遇团结在一起，这是那些讨厌我们的人无法理解的。

我们几个都很熟悉柯伐咖啡馆，那儿富丽，温暖，灯光不太炫目，每天总有一段时间人声鼎沸，烟雾弥漫，并且总是有些姑娘坐在桌边，壁架上摆着几份有插图的报纸。柯伐的姑娘们非常爱国，我发现，在意大利最最爱国的正是这些咖啡馆的

---

[1] 意大利语，“打倒军官！”

姑娘——而且我相信她们现在还是爱国的。

起初，因为我佩着勋章，那些伙伴对我颇有礼貌，问我是怎样获得勋章的。我便拿出奖状给他们看，上面尽是些冠冕堂皇的词句，满是 fratellanza 和 abnegazione[①] 等字眼，但是，去掉了那些形容词儿，真正的含义是我的受奖仅仅由于我是个美国人。打那以后，他们对我的态度有点变了。尽管跟外人相比，我还好算是他们的朋友。我是他们的朋友，然而自从看过奖状上的评语后，他们不再把我当知心人了，因为经历不同，他们是历尽艰险才得到勋章的。诚然，我负了伤；可大伙儿都明白，战时负伤只是偶然不幸而已。不过，我从未感到受奖有愧，有时，下午喝鸡尾酒的时间一过，我会想像自己也经历过伙伴们为得到勋章而干的一切；可是，在晚上的寒风中，路边的店门都关上了，我在空荡荡的街上走回家去，尽量挨着街灯走，我明白自己决不可能冒那种险，我当时是多么怕死，于是我时常夜间独自躺在床上，想到死就害怕，担心重返前线后的光景如何。

那三个佩勋章的人像三只勇猛的猎鹰；我却不是，尽管从未打过猎的人可能把我也看作兀鹰；这一点，他们仨很清楚，于是我们分手了。不过我跟那个在前线第一天就挂彩的小伙子仍是好朋友，因为他现在根本无法知道自己会变成一个怎么样的人了；所以他也决不会被他们看作知己，而我喜欢他，因为我想或许他也不会变成兀鹰了。

那位少校，杰出的击剑手，可不相信人的勇气，每当我们坐在理疗椅中，他总要不厌其烦地纠正我的意大利语法。他曾

① 意大利语，意为“友爱”和“克己”。

夸奖我的意大利口语很流畅，我们便轻松自如地聊起来。有一天，我对他说，意大利语在我看来太容易了，我不太有兴趣了；实在太容易讲了。“嗯，不错，”少校说。“那你为什么不研究一下语法呢？”于是我们研究起语法来，不久，我就感到意大利文实在太难了，以致我脑子里没弄清语法结构时，不敢同他交谈了。

少校总是按时上医院来。我记得他从不错过一天，尽管我可以肯定他并不相信这理疗椅。有一段时期，我们谁都不信这玩艺儿，有一天，少校甚至说，这东西全是胡闹。那时，那种理疗椅刚问世，我们正好去做试验品。这真是白痴想出的花样，他说，“纸上谈兵，跟任何理论一样。”我没学好意大利语法，他说我是个不可救药、丢人现眼的笨蛋，而他自己也是个傻瓜，竟煞费心思来教我。他长得矮小，却笔挺地坐在理疗椅中，右手伸进机器，让牵引带夹着手指上下翻动，眼睛直盯着墙壁。

“等战争结束了，要是真有那么一天的话，你打算干什么？”他问我。“注意，语法要正确！”

“我要回美国。”

“你结婚了吗？”

“没有，但很想。”

“你真是太蠢了，”他说。他看上去很恼火。“男人决不能结婚。”

“为什么，少校先生？”

“别叫我少校先生。”

“为什么男人不该结婚？”

“不该，就是不该，”他怒气冲冲地说。“即便一个男人注定要失去一切，也不该使自己落到要失掉那一切的地步。他不该使自己陷入那种境地。他应当去找些无法丧失的东西。”

他讲得非常愤慨、尖刻，眼睛直瞪着前面。

“可为什么一定会失掉呢？”

“肯定会失掉，”少校说。他正望着墙壁。然后他低头看着这理疗机，使劲把小手从牵引带里拔出来，朝大腿上狠狠拍打。“肯定会失掉，”他几乎大吼了。“别跟我争辩！”接着他叫唤那操作理疗机的护理员。“来，把这该死的东西关掉！”

他回到另一间诊室去接受光疗和按摩。一会儿，我听见他向医生请求借用电话，便把门关上。等他重新回到这间房间，我正坐在另一只理疗椅中。他披着斗篷，戴着便帽，径直朝我坐的地方走来，把一条胳膊搁在我的肩上。

“真对不起，”他说，一面用那只好手拍拍我的肩膀。“我不会这样粗暴了。我妻子刚去世。你务必原谅我。”

“噢……”我说，为他感到惋惜。“非常遗憾。”

他站在那儿，咬着下嘴唇。“真是太难了，”他说。“我实在想不开。”

他的目光越过我，直望着窗外。接着他哭起来了。“我实在没法想开啊，”他说着哽咽起来。然后他失声痛哭，抬起头，视而不见地呆望着，泪水从两颊上淌下，嘴唇紧咬，挺起腰板，带着军人的姿态，迈过一排排理疗椅，走出门去。

医生告诉我，少校的妻子非常年轻，死于肺炎，而少校是直到受了伤残不能再打仗后，才同她结婚的。她只病了几天。谁也没料到她会死去。少校有三天没来医院。之后，他按时来了，军服的袖子上围上一道黑纱。他回来时，只见医院的四面墙上挂满了镶着镜框的大照片，显示各种伤病由理疗机治疗前后的对比。在少校坐的理疗椅的对面墙上，挂着三张类似他的伤手的照片，但已完全治疗好了。我不知道医生打哪儿弄来了这些照片。我一向以为，我们这些人是第一批试用这种理疗椅的。但这些照片对少校没有起多大作用，因为他只顾向窗外眺望着。

宗　白　译

第四部　退伍军人之家

大双心河*

第一部

火车顺着轨道继续驶去，绕过树木被烧的小丘中的一座，失去了踪影。尼克在行李员从行李车门内扔出的那捆帐篷和铺盖上坐下来。这里已没有镇子，什么也没有，只有铁轨和被火烧过的土地。沿着塞内镇[①]唯一的街道曾有十三家酒馆，现在已经没有留下一丝痕迹。广厦旅馆的屋基撅出在地面上。基石被火烧得破碎迸裂了。塞内镇就剩下这些了。连土地的表层也给烧毁了。

尼克望着被火烧毁的那截山坡，原指望能看到该镇的那些房屋散布在上面，他然后顺着铁路轨道走到河上的桥边。河还在那里。河水在桥墩的原木桩上激起旋涡。尼克俯视着由于河底有卵石而呈褐色的清澈的河水，观看鳟鱼抖动着鳍在激流中稳住身子。他看着看着，它们倏地拐弯，变换了位置，结果又在急水中稳定下来。尼克对它们看了好半晌。

他看它们把鼻子探进激流，稳定了身子，这许多在飞速流动的深水中的鳟鱼显得稍微有些变形，因为他是透过水潭那凸透镜般的水面一直望到深处的，而水潭表面的流水拍打在阻住去路的原木桩组成的桥墩上，滑溜地激起波浪。② 水潭底部藏着大鳟鱼。尼克起初没有看到它们。后来他才看见它们在潭底，这些大鳟鱼指望在潭底的砾石层上稳住身子，正处在流水激起的一股股像游移不定的迷雾般的砾石和沙子中。

尼克从桥上俯视水潭。这是个大热天。一只翠鸟朝上游飞去。尼克好久没有观望过小溪，没有见过鳟鱼了。它们叫人非常满意。随着那翠鸟在水面上的影子朝上游掠去，一条大鳟鱼朝上游窜去，构成一道长长的弧线，不过仅仅是它在水中的影子勾勒出了这道弧线而已，跟着它跃出水面，被阳光照上，这就失去了影子，跟着，它穿过水面回进溪水，它的影子仿佛随着水流一路漂去，毫无阻碍地直漂到它在桥底下常待的地方，在那里绷紧着身子，脸冲着流水。

---

* 这是海明威于 1924 年初重访巴黎后写的九个短篇小说中的末篇，也是最长的一篇，写尼克在参加大战后，身心交瘁，回到密歇根州北部少年时代常去的钓鱼之地。通篇详细描述宿营及垂钓的经过，没有提到战争创伤。作者是有意这样写的。后来在回忆录《不固定的圣节》中“饥饿是有益的磨练”一节中写道：“该故事写的是战后还乡的事，但全篇中没有一字提到战争。”

① 塞内镇位于美国密歇根州北部东西向的大半岛的中部，就在注入北边的苏必利尔湖的大双心河以南。

② 海明威写本篇时沉浸在得心应手的创作热情中。在《不固定的圣节》那一节中同样的地方，他写道：“我坐在(丁香园咖啡馆的)一角，午后的阳光越过我的肩头照进来；我在笔记本上写着。……等我停了笔，我还是不想离开那条河，在那里我能看到水潭里的鳟鱼，水潭表面的流水拍打在阻住去路的原木桩组成的桥墩上，滑溜地激起波浪。……到了明天早晨，这条河还会出现，我必须写它和那一带地方和一切行将发生的事。日子还长，每天都可以这样写作。别的事都无关紧要。”

随着鳟鱼的动作，尼克的心抽紧了。过去的感受全部兜上心头。

他转身朝下游望去。河流一路伸展开去，卵石打底，有些浅滩和大漂石，在它流到一处峭壁脚下拐弯的地方，有个深水潭。

尼克踩着一根根枕木回头走，走到铁轨边一堆灰烬前，那儿放着他的包裹。他很愉快。他把包裹上的挽带绕绕好，抽抽紧背带，把包裹挎上背去，两臂穿进背带圈，前额顶在宽阔的背物带上，减少一些把肩膀朝后拉的分量。然而包裹还是太沉。沉得厉害。他一手拿着皮制钓竿袋，身子朝前冲，使包裹的分量压在肩膀的上部，就撇下那处在热空气中的已焚毁的镇子，顺着和铁轨平行的大路走，然后在两旁各有一座被火烧焦的高山的小丘边拐弯，走上直通内地的大路。他顺着这条路走，感到沉重的包裹把肩膀勒得很痛。大路不断地上坡。登山真是艰苦的事儿。尼克肌肉发痛，天气又热，但他感到愉快。他感到已把一切都抛在脑后了，不需要思索，不需要写作，不需要干其他的事了。全都抛在脑后了。

自从他下了火车，行李员把他的包裹从敞开的车门内扔出以来，情况就不同了。塞内镇被焚毁了，那一带土地被烧遍了，换了模样，可是这没有关系。不可能什么都被烧毁的。他明白这一点。他顺着大路步行，在阳光里冒着汗，一路爬坡，准备翻过那道把铁路和一片松树覆盖的平原分隔开的山脉。

大路一直往前，偶尔有段下坡路，但始终是在向高处攀登。尼克继续朝上走。大路和那被火烧过的山坡平行伸展了一程，终于到了山顶。尼克倒身靠在一截树桩上，从背带圈中溜出身子。他面前，极目所见，就是那片松树覆盖的平原。被焚烧的土地到左面的山脉前尽止了。前面，平原上撅起一个个小岛似的黝黑的松林。左面远方是那道河流。尼克用目光顺着它望去，看见河水在阳光中闪烁。

他前面只有这片松树覆盖的平原了，直到远方的那抹青山，它标志着苏必利尔湖①边的高地。他简直看不大清楚这抹青山，隔着平原上的一片热浪，它显得又模糊又遥远。如果他过分地定睛望着，它就不见了。可若是随便一望，这抹高地上的远山就明明在那儿。

尼克背靠着烧焦的树桩坐下，抽起香烟来。他的包裹平搁在这树桩上，随时可以套上背脊，它的正面有一个被他的背部压出的凹处。尼克坐着抽烟，眺望着山野。他用不着把地图掏出来。他根据河流的位置，知道自己正在什么地方。

他抽着烟，两腿伸展在前面，看到一只蚱蜢正沿着地面爬，爬上他的羊毛短袜。这只蚱蜢是黑色的。他刚才顺着大路走，一路登山，曾惊动了尘土里的不少蚱蜢。它们全是黑色的。它们不是那种大蚱蜢，起飞时会从黑色的翅鞘中伸出黄黑两色或红黑两色的翅膀来呼呼地振动。这些仅仅是一般的蚱蜢，不过颜色都是烟灰般黑的。尼克一路走时，曾经对它们感到纳闷，但并没有好好地思考过。此刻，他打量着这只正在用它那分成四爿的嘴唇啃着他羊毛袜上的毛线的黑蚱蜢，认识到它们是因为生活在这片被烧遍的土地上才全都变成黑色的。他看出这场火灾该是在上一年发生的，但是这些蚱蜢如今已都变成黑色的了。他想，不知道它们能保持这样子多久。

① 美国东北部的密歇根州处于美国和加拿大交界处的五大湖地带。该州北部的东西向大半岛，北面以苏必利尔湖与加拿大为界，南面为密歇根湖及休伦湖。

他小心地伸下手去，抓住了这只蚱蜢的翅膀。他把它翻过身来，让它所有的腿儿在空中划动，看它的有环节的肚皮。看啊，这肚皮也是黑色的，而它的背脊和脑袋却是灰扑扑的，闪着虹彩。

“继续飞吧，蚱蜢，”尼克说，第一次出声说话了。“飞到别处去吧。”

他把蚱蜢抛向空中，看它直飞到大路对面一个已烧成炭的树桩上。

尼克站起身来。他倒身靠在竖放在树桩上的包裹上，把两臂穿进背带圈。他挎着包裹站在这小山顶上，目光越过山野，眺望远方的河流，然后撇开大路，走下山坡。脚下的坡地很好走。下坡两百码的地方，火烧的范围到此为止了。接着得穿过一片高齐脚踝的香蕨木，还有一簇簇短叶松；好长一片时常有起有伏的山野，脚下是沙地，四下又是一片生气了。

尼克凭太阳定他的方向。他知道要走到河边的什么地方，就继续穿过这松树覆盖的平原走，登上小山包，一看前面还有其他小山包，而有时候，从一个小山包顶上望得见右方或左方有一大片密密层层的松树。他折下几小枝石楠似的香蕨木，插在包裹的带子下。它们被磨碎了，他一路走一路闻着这香味。

他跨过这高低不平、没有树荫的松树平原，感到疲乏，很热。他知道随时都可以朝左手拐弯，走到河边。至多一英里地吧。可是他只顾朝北走，要在一天的步行中尽可能到达河的更上游。

尼克走着走着，有一段时间望得见一座耸立在他正在跨越的丘陵地上的大松林。他走下坡去，随后慢慢地上坡走到桥头，转身朝松林走去。

在这片松林中没有矮灌木丛。树身一直朝上长，或者彼此倾斜。树身笔直，呈棕褐色，没有枝丫。枝丫都在高高的树顶。有些交缠在一起，在褐色的林地上投射下浓密的阴影。树林四周有一道空地。它是褐色的，尼克踩在上面，觉得软绵绵的。这是松针累积而成的，一直伸展到树顶那些枝丫的宽度以外。树长高了，枝丫移到了高处，把这道它们曾用影子遮盖过的空地让给阳光来普照了。在这道林地延长地带的边缘，香蕨木地带线条分明地开始了。

尼克卸下包裹，在树荫中躺下。他朝天躺着，抬眼望着松树的高处。他伸展在地上，脖子、背脊和腰部都觉得舒坦。背部贴在地上，感到很惬意。他抬眼穿过枝丫，望望天空，然后闭上眼睛。他张开眼睛，又抬眼望着。在高处的枝丫间刮着风。他又闭上眼睛，就此入睡了。

尼克醒过来，觉得身子僵硬、麻痹。太阳差不多下山了。他的包裹很沉，背在背上，带子勒得很痛。他背着包裹弯下身子，拎起皮钓竿袋，从松林出发，跨过香蕨木洼地，朝河走去。他知道路程不会超过一英里。

他走下一道布满树桩的山坡，走上一片草场。草场边流着那条河。尼克很高兴走到了河边。他穿过草场朝上游走去。他走着走着，裤腿被露水弄得湿透了。炎热的白天一过，露水就很快凝成，很浓很浓。河流没有一丝声响。它流得太急太平稳了。尼克走到草场尽头，并不就登上一片他打算在上面宿营的高地，先朝下游望去，看鳟鱼从水中浮起。它们在浮起，要捕食日落后河道对面沼地上飞来的虫子。鳟鱼跳出水面捕捉它们。尼克穿过水边这一小段草场时，鳟鱼就在高高地跃出水面了。他此刻朝下游望去时，虫子大概都栖息在水面上了，因为一路朝下游过去都有鳟鱼在一个劲地捕食。他一直望到这一长截河道的尽头，只见鳟鱼都在跳跃，在水面上弄出不少圆形水纹，好像在开始下雨了。

地势越来越高了，上有树木，下有沙地，直到高得可以俯瞰草场、那截河道和沼地。尼克放下包裹和钓竿袋，寻找一块平坦的地方。他饿得慌，但是要先搭了帐篷才做饭。在两棵短叶松之间，土地很平坦。他从包裹里拿出斧子，砍掉两个撅出的根条。这一来弄平了一块大得可供睡觉的地方。他伸手摩平沙地，把所有的香蕨木连根拔掉。他的双手被香蕨木弄得很好闻。他摩平拔掉了香蕨木的泥土。他不希望铺上毯子后底下有什么隆起的东西。等他摩平了泥土，他打开三条毯子。他把一条对折起来，铺在地上。另外两条摊在上面。

他用斧子从一个树桩上劈下一爿闪亮的松木，把它劈成些用来固定帐篷的木钉。他要做得又长又坚实，可以牢牢地敲进地面。帐篷从包裹里取出并摊在地上，使这靠在一棵短叶松上的包裹看来小得多了。尼克把那根权作帐篷横梁的绳子的一端系在一棵松树的树身上，握着另一端把帐篷从地上拉起来，系在另一棵松树上。帐篷从这绳子上挂下来，像晒衣绳上晾着的大帆布片儿。尼克把他砍下的一根树干撑起这块帆布的后部，然后把四边用木钉固定在地上，搭成一座帐篷。他用木钉把四边绷得紧紧的，用斧子平坦的一面把它们深深地敲进地面，直到绳圈被埋进泥里，帆布帐篷绷得像铜鼓一般紧。

在帐篷的开口处，尼克安上一块薄纱来挡蚊子。他拿了包裹中的一些东西，从这挡蚊布下爬进帐篷，把东西放在帆布帐篷斜面下的床头。在帐篷里，天光通过棕色帆布渗透进来。有一股好闻的帆布气味。已经带有一些神秘而像家的气氛了。尼克爬进帐篷时，心里很快活。这一整天，他也并不是始终不快的。然而这下子情况不同了。现在事情办好了。这是要办的事。现在办好了。这次旅行很辛苦。他十分疲乏。这事情办好了。他搭好了野营。他安顿了下来。什么东西都没法侵犯他了。这是个扎营的好地方。他就在这儿，在这个好地方。他正在自己搭起的家里。眼下他饿了。

他从纱布下爬出来。外面相当黑了。帐篷里倒亮些。

尼克走到包裹前，用手指从包裹底部一纸包钉子中掏出一枚长钉。他紧紧捏住了，用斧子平坦的一面把它轻轻地敲进一棵松树。他把包裹挂在这钉子上。他带的用品全在这包裹里。它们现在离开了地面，受到保护了。

尼克觉得饿。他认为自己从来没有这样饿过。他开了一听黄豆猪肉和一听意大利实心面，倒在平底煎锅内。

"既然我愿意把这牢什子带来，我就有权利来吃它，"尼克说。他的声音在这越来越黑的林子里听上去很怪。他不再说话了。

他用斧子从一个树桩上砍下几大片松木，生起一堆火。在火上，他安上一个铁丝烤架，用皮靴跟把它的四条腿踩进地面。尼克把煎锅搁在烤架上，就在火焰的上面。他更饿了。豆子和面条热了。尼克把它们搅和在一起。它们开始沸腾了，使一些小气泡困难地冒到面上来。有一股好闻的味儿。尼克拿出一瓶番茄酱，切了四片面包。这会儿小气泡冒得快些了。尼克在火边坐下来，从火上端起煎锅。他把锅中大约一半的食物倒在白铁盘子里。食物在盘子里慢慢地扩散。尼克知道还太烫。他倒了些番茄酱在上面。他知道豆子和面条还是太烫。他望望火，然后望望帐篷，他可不想烫坏了舌头，把这番享受全破坏掉。多少年来，他从没好好享受过煎香蕉，因为始终等不及让它冷却了才吃。他的舌头非常敏感。他饿得慌。他看见河对面的沼地在几乎断黑的夜色中升起一片薄雾。他再望了一眼帐篷。一切都好。他从盘子里吃了满满一匙。

“基督啊，”尼克说。“耶稣基督啊，”他高兴地说。

他把一盘东西吃完了才想起面包。尼克把第二盘和面包一起吃了，把盘子抹得亮光光的。自从在圣伊格纳斯[1]一家车站食堂喝了杯咖啡、吃了客火腿三明治以来，他还没吃过东西。这是段非常美好的经历。他曾经这样饿过，但当时没法满足食欲。他原可以随他高兴，几小时前就扎营的。这条河边多的是宿营的好地点。不过这样才美啊。

尼克在烤架下面塞进两大片松木。火头蹿上来了。他刚才忘了舀煮咖啡用的水。他从包裹里取出一只折叠式帆布提桶，一路下山，跨过草场的边缘，来到河边。对岸给蒙在一片白雾中。他在岸边跪下，把帆布提桶浸在河里，觉得草又湿又冷。提桶鼓起来，被流水着力地拖动着。水冷得像冰。尼克把提桶漂洗了一下，装满了水拎到宿营地。离开了河流，水不那么冷了。

尼克又敲进一枚大钉，把装满水的提桶挂在上面。他把咖啡壶舀了半壶水，又加了一些木片在烤架下的火上，然后放上咖啡壶。他不记得自己是用什么方法煮咖啡的了。他只记得曾为此跟霍普金斯争辩过，但是不记得自己到底赞成用哪种方法了。他决定让咖啡煮沸。他想起来了，这正是霍普金斯的办法。他过去跟霍普金斯什么事情都要争论。他等咖啡煮沸的当

① 位于密歇根州北部那大半岛的东南端，处于密歇根湖和休伦湖之间的狭窄水道的北面。

儿，开了一小听糖水杏子。他喜欢开听子。他把听中的杏子全倒在一只白铁杯里。他注视着火上的咖啡，喝着杏子的甜汁，起先小心地喝，免得溢出杯来，然后若有所思地喝着，吮吸着杏子，然后咽下肚去。它们比新鲜杏子好吃。

他望着望着，咖啡煮开了。壶盖被顶起来，咖啡和渣子从壶边淌下来。尼克把壶从烤架上取下。这是霍普金斯的胜利。他把糖放在刚才吃杏子用的空杯子里，倒了一点咖啡在里面，让它冷却。咖啡壶太烫，不好倒，他就用他的帽子来包住咖啡壶的壶柄。他根本不想让帽子浸在壶里。反正倒第一杯时不能这样。应该一直到底采用霍普金斯的办法。霍普[1]应该得到尊重。他是个十分认真的咖啡爱好者。他是尼克认识的最最认真的人。不是庄重，是认真。这是好久以前的事。霍普金斯讲起话来嘴唇不动。他当年打马球来着。他在得克萨斯州赚到了几百万元。他当初借了车钱上芝加哥，那时电报来了，说他的第一口大油井出油了。他原可以拍电报去要求汇钱的。但这样就太慢了。他们管霍普的女朋友叫金发维纳斯。霍普不在意，因为她并不真正是他的女朋友。霍普金斯十分自负地说过，谁也不能拿他的真正的女朋友开玩笑。他是有理的。电报来到时，霍普金斯已经走了。他在黑河边。过了八天，电报才送到他手里。霍普金斯把他的.22口径的科尔特牌自动手枪送给了尼克。他把照相机送给比尔。这是作为对他的永久纪念的。他们打算下一个夏天再一起去钓鱼。这个吸毒鬼[2]发了财。他要买

① 霍普金斯的简称。

② 原文为Hop Head，按hophead为美国俚语，意为“吸毒鬼”，作者故意把它分开写成两个字，并把首字母大写，看上去像是霍普的姓名。

一条游艇，大家一起沿着苏必利尔湖的北岸航行。他容易冲动，但很认真。他们彼此说了再见，大家都感到不是滋味。这次旅行给打消了。他们没有再见过霍普金斯。这是好久以前在黑河边发生的事。

尼克喝了咖啡，这按照霍普金斯的方式煮的咖啡。这咖啡很苦。尼克笑了。这样来结束这篇小说倒很好。他的思想活动起来了。他知道可以把这思路掐断，因为他相当累了。他泼掉壶中的咖啡，把壶抖抖，让咖啡渣掉在火里。他点上一支香烟，走进帐篷。他脱下鞋子和长裤，坐在毯子上，把鞋子卷在长裤中当枕头，便钻进毯子下。

穿过帐篷的开口处，他注视着火堆的光，这时夜风正朝火堆在吹。夜很宁静。沼地寂静无声。尼克在毯子下舒适地伸展身子。一只蚊子在他耳边嗡嗡作响。尼克坐起身，划了一根火柴。蚊子躲在他头顶的帆布帐篷上。尼克把火柴刷地朝上伸到它身上。蚊子在火中发出嘶的一声，叫人听来满意。火柴熄了。尼克又盖上毯子躺下来。他翻身侧睡，闭上眼睛。他昏昏欲睡。他觉得睡意来了。他在毯子下蜷起身子，就入睡了。

第二部

早上，太阳出来了，帐篷里开始热起来。尼克从张在帐篷开口处的挡蚊纱下爬出来，观看晨光。他爬出来时，双手摸到小草湿漉漉的。他手里拿着长裤和鞋子。太阳刚从小山后爬上来。面前是草场、河流和沼地。河对面沼地边的绿草地上长着些白桦树。

河水在清晨显得清澈，滑溜地飞速流着。下游约莫两百码的地方，有三根原木横搁在流水上，从这岸一直到彼岸。它们使被拦住在后面的河水又平又深。尼克看着的当儿，有只水貂从原木上跨过河去，钻进沼地。尼克很兴奋。他被这清晨和河流弄得很兴奋。他心情实在太慌忙，不想吃早饭，但他知道必须吃。他生了一小堆火，放上咖啡壶。

水在壶中煮着，他拿了一只空瓶，一路下坡，跨过高地边缘，走到草场上。草场被露水弄湿了，尼克想趁太阳尚未把草晒干前捉些蚱蜢当鱼饵。他找到了许许多多好蚱蜢。它们躲在草茎下面。有时候它们依附在草茎上。它们很冷，被露水弄湿了，要等太阳晒热了身子才能蹦跳。尼克专门挑中等大小的褐色蚱蜢，把它们捡起，放在瓶子里。他把一根原木翻过来，就在它一边的底下有几百只蚱蜢。那是个蚱蜢的寓所。尼克把约莫五十只中等大小的褐色蚱蜢放进瓶子。他一只只捡起时，其他的蚱蜢给阳光晒热了，开始跳走。它们边跳边飞。它们先飞了一段路，就栖息下来，保持了僵直的姿势，仿佛死去了。

尼克知道，等他吃罢早饭，它们就会和平时一般活跃了。如果草上没有露水，他得花上一整天工夫才能抓到一满瓶好蚱蜢，而且用他的帽子猛扑上去，免不了会压死好多。他在河里洗了手。跑近河边使他兴奋。然后他走到帐篷前。蚱蜢已经在草丛间僵直地蹦跳了。瓶子给阳光晒热了，它们在里面一起蹦着。尼克塞上一截松枝，当作瓶塞。它正好塞住了瓶口，这样蚱蜢没法跳出来，却能有足够的空气流通。

他曾把那原木翻回原处，知道每天早晨可以在那儿抓到蚱蜢。

尼克把满满一瓶蹦跳着的蚱蜢靠在一棵松树的树身上。他迅速地用水和了一些荞麦面，搅得很均匀，用量是一杯面加一杯水。他放了一把咖啡在壶里，从罐子里舀出一块牛油，轻轻放在滚烫的平底煎锅里，弄得毕剥作响。他把荞麦糊滑溜地倒进这冒烟的煎锅。它像岩浆般扩散开来，牛油清脆地卜卜发响。荞麦饼的四周变得硬起来，然后发黄，然后发脆。表面上慢慢起泡，出现气孔。尼克拿一片刚砍下的松木插进这饼子被烤成棕色的底面。他把煎锅朝横里一甩，饼子就脱离了锅面。我不想甩动煎锅使它翻身，他想。他把这干净木片直插在整个饼子的下面，把它翻了一个身。它在锅面上毕剥作响。

烤好了饼，尼克在煎锅上重新涂上牛油。他把剩下的面糊全倒上去。又做成了一块大煎饼和一块小一点儿的。

尼克吃了一块大煎饼和那块小一点儿的，上面涂了苹果酱。他把第三块饼也涂上了苹果酱，对折了两次，用油纸包好，塞在衬衫口袋里。他把那瓶苹果酱放回在包裹内，切了做两块三明治的面包。

他从包裹里找出一只大球葱。他把它一切为二，剥去有光泽的外皮。然后他把半只切成一片片，做成了球葱三明治。他把它们用油纸包好，放进卡其衬衫的另一只口袋，扣上纽扣。他把煎锅翻转，搁在烤架上，把加了炼乳而变得甜和黄褐色的咖啡喝了，然后收拾起宿营的家什。这是个很好的宿营地。

尼克从皮钓竿袋中取出他的假蝇钓竿，把一节节连接起来，把钓竿袋塞进帐篷。他装上卷轴，把钓丝穿过系线环。在穿的时候，他不得不用两手轮流地握住钓丝，要不然它会靠自身的重量往回溜去。这是根很粗的双股钓丝。尼克好久前花八块钱买来的。它做得很粗，为了可以在空中朝后甩，再笔直而有分量地朝前甩，这样才能把简直没有分量的蝇饵甩进水里。

尼克打开放接钩绳的铝匣。接钩绳卷起了嵌在湿漉漉的法兰绒衬垫之间。尼克是在朝圣伊格内斯开的火车上，用饮用水冷却器里的水把衬垫弄湿的。这些嵌在湿衬垫之间的羊肠接钩绳变得柔软了，尼克解开一根，用一圈细线把它扎在粗钓丝的末梢上。他在接钩绳的另一端安上一个钓钩。这是个小钓钩，很细，富有弹性。

尼克是把钓竿横在膝上坐着，从钓钩匣中取出这个钓钩的。他把钩丝拉紧，试试那个结打得牢不牢，试试钓竿的弹性。他感到很惬意。他小心从事，不让钓钩钩住他的手指。

他拔脚朝小河走去，握着钓竿，脖子上挂着那瓶蚱蜢，那是用一根皮带打了个活结系在瓶颈上的。他的抄网挂在腰带的一个钩子上。他肩上搭着只很长的面粉袋，每只角上挽了个结。用绳子挂在肩上。面粉袋拍击着他的大腿。

身上挂着这么些家什，尼克感到走路有些不便，但是像个行家，感到乐滋滋的。那瓶蚱蜢在他胸前晃荡着。他衬衫口袋里塞满了午餐的吃食和放假蝇的小匣，饱鼓鼓地顶在他身上。

他跨进小河。他打了一个冷战。他的裤腿紧贴在两腿上。他感到鞋底踩在砂砾上。冷水使他连连打冷战。

河水奔流，吮吸着他的两腿。他跨进去的地方，水没到膝盖以上。他顺着流水蹚水而行。砂砾在他鞋底擦过。他低头看看在每条腿下打旋的流水，倒转玻璃瓶，打算捉一只蚱蜢。

第一只蚱蜢从瓶口一跃，跳到水里。它被在尼克右腿边打旋的水吸了下去，在下游过去一点儿的地方冒出水面。它飞快地漂去，腿儿踢动着。它倏地转了一圈，弄破了平滑的水面，就不见了。一条鳟鱼把它吞下了。

另一只蚱蜢从瓶口探出头来。它的触须抖动着。它正把两只前脚伸出瓶来，准备跳跃。尼克一把抓住它的头，捏着它，把细钓钩穿过它的下巴，一直刺透咽喉直到它肚子最下部的那几个环节。蚱蜢用前脚攥住了钓钩，朝它吐烟油般的唾液。尼克把它抛进水里。

右手握着钓竿，他顺着蚱蜢在流水中的拉力放出钓丝。他用左手从卷轴上解开钓丝，让它没阻挡地溜出去。他还看得见那蚱蜢在流水的细小波浪中。后来就不见了。

钓丝抽动了一下。尼克把这绷紧的钓丝往回拉。这是第一次上钩的东西。他把这时正在弹跳的钓竿横在流水上，用左手回收钓丝。钓竿被急速地一次次拉弯，那条鳟鱼逆着水流冲击着。尼克知道这是条小东西。他把钓竿一直朝上拉到空中。鱼拉得钓竿朝前弯曲。

他看见这鳟鱼在水中用头和身子猛烈地抽动着，来对抗河水中那钓丝不断甩动的拉力。

尼克用左手握住钓丝，把正在疲乏地逆着流水撞击的鳟鱼拉到水面上。它的背部斑斑驳驳，颜色像透过清澈的水望见的水底砂砾，它的胁腹在阳光中闪亮。尼克用右臂挟住了钓竿，弯下身子，把右手伸进流水。他用湿漉漉的右手抓住了始终在扭动的鳟鱼，解下它嘴里的倒钩，然后把它抛回河里。

它摇晃不定地停在流水中，然后下沉到河底一块石头边。尼克伸下手去摸它，胳臂一直浸到齐手拐儿。鳟鱼一动不动地待在流动的河水中，躺在河底砂砾上的一块石头边。尼克的手指一碰到它，感到它在水下又滑又凉，它就溜走了，溜到了河底另一边的阴影里。

它没问题，尼克想。它不过是疲乏罢了。

他刚才先弄湿了手才去摸那鳟鱼，这样才不致抹掉那一薄层覆盖在鱼身上的黏液。如果用干手去摸鳟鱼，那摊被弄掉黏液的地方就会被一种白色真菌所感染。好多年前，尼克曾到挤满了人的小溪边钓鱼，前前后后都是用假蝇钓鱼的人，他曾一再看到身上长满毛茸茸的白色真菌的死鳟鱼，被水冲到石头边，或者肚子朝天，浮在水潭里。尼克不喜欢跟别人在河边一起钓鱼。除非同你自己是一伙中的，他们总使人扫兴。

他朝下游涉水前进，流水没过他的膝盖，他穿过河上那几根原木上游的五十码浅水。他没有在钓钩上重新安上鱼饵，只是一边蹚水，一边把钓钩握在手里。他明知道在浅水里可以钓到小鳟鱼，但他不想要。一天的这个时候，浅水里根本没有大鳟鱼。

这时冷冷的河水陡然深得没上了他的大腿。前面就是被原木拦住的平坦的水面。水又平坦又乌黑；左面是那片草场的下缘；右面是沼地。

尼克在流水中把身子向后仰，从瓶里取出一只蚱蜢。他把蚱蜢穿上钓钩，为了求得好运，朝它唾了一口。跟着他从卷轴上拉出几码钓丝，把蚱蜢抛在面前湍急、乌黑的水面上。蚱蜢朝原木漂去，接着钓丝的分量把这钓饵拉到了水面下。尼克右手握住钓竿，从手指间放出钓丝。

钓丝给拉出了一大截。尼克猛拉了一下钓丝，钓竿动荡起来，出现了险象，几乎弯成了九十度，钓丝绷紧了，从水里露出来，绷紧了，给沉重、危险而持续地扯紧了。如果拉力越来越大，接钩绳就会断裂，尼克感到这时刻快来到，就放松了钓丝。

钓丝飞速地朝外溜，卷轴上的棘轮吱吱地响。太快了。尼克没法控制这钓丝，它飞速地往外溜，随着钓丝朝外滑去，卷轴的声音越发尖利了。

卷轴的轴心露出来了，尼克紧张得心跳都快停止了，在没上大腿的冰冷的水里朝后仰起身子，用左手的拇指使劲卡住卷轴。把大拇指伸进这卷轴的外壳，真不对劲儿。

随着他用力一揿，钓丝陡然给拉得硬邦邦的，于是在原木的另一边，一条大鳟鱼高高地跳出水来。等它一跳起来，尼克就把钓竿的末梢朝下一沉。随着他放低末梢来减少紧张程度，他感到拉力过大的时刻来到了；绷得太紧啦。当然，那段接钩绳断了。当钓丝完全失去了弹性，离开了水面，变得硬邦邦的时候，这种感觉是错不了的。跟着它变得松弛了。

尼克嘴里发干，情绪消沉，把钓丝收绕在卷轴上。他从没见过这样大的鳟鱼。它分量很沉，力气大得拉不住，再说，它跳起来时露出的个头多大啊。它看上去像鲑鱼般宽阔。

尼克的手发着抖。他慢慢地收绕着钓丝。刺激性实在太大了。他依稀感到有点恶心，看来还是坐下来的好。

接钩绳在系钓钩的地方断了。尼克把它握在手里。他想到那条鳟鱼在河底某处地方，正在砂砾上稳住了身子，在天光达不到的深处，那些原木的下面，嘴里叼着钓钩。尼克知道这鳟鱼的牙齿会咬断钓钩上的那段系线。钓钩本身会嵌进它的颚部。他可以打赌，这鳟鱼一定气昏了。凡是这样大小的鱼都会气昏。这是条鳟鱼啊。它曾给牢牢地钓住。像石头般不可动摇。它在脱逃以前，拉上去就像在拉一块石头。上帝啊，它是条大鱼。上帝啊，它是我听说过的最大的鱼了。

尼克攀登到草场上，站住了，水从他裤腿上淌下，还从鞋子里溢出来，他的鞋子咯喳咯喳地响。他走到原木边坐下来。他绝对不想急于思考眼下的感受。

他把脚趾在鞋中的水里扭动着，从胸前口袋里掏出一支烟。他点上了烟，把火柴扔在原木下湍急的流水中。火柴在急流中旋转着，一条小鳟鱼冒出水面来啄它。尼克哈哈大笑。他要抽完这支烟再说。

他坐在原木上，抽着烟，在阳光里晒干裤腿，太阳晒得他背脊很暖和，前面的河边浅滩钻进树林，弯弯曲曲地进入树林，望着这些浅滩、闪闪发亮的阳光、被水冲得很光滑的大石块、河边的雪松和白桦树、被阳光晒暖的原木，光滑可坐，没有树皮，摸上去很古老；失望的感觉慢慢儿从他心头消失了。这种失望之感是在使他肩膀发痛的刺激袭来之后猛地出现的，现在慢慢儿消失了。眼下没问题了。他的钓竿平搁在原木上，尼克在接钩绳上重新系上一个钓钩，把那截羊肠抽紧，使它缩成一个硬结。

他穿上钓饵，然后捡起钓竿，走到原木的另一端，准备跨进水中，那儿水并不太深。原木的下面和另一面是一个深水潭。尼克绕过沼地附近的浅滩，一直走到浅水河床上。

左面，草场尽头、树林开始的地方，有棵给连根拔了起来的大榆树。它在一场暴风雨中倒下，顶部倒在树林中，树根上凝结着泥土，根株之间长着草，像是河边的一小段坚实的岸。河水直冲刷到这棵给拔起的树边。尼克从站着的地方，可以看见流水在浅水河床上冲出的一道道深槽，就像车辙一样。他站着的地方有卵石，再过去一点的地方也有卵石，还多的是漂石；河流在树根边拐弯的地方，河床是泥灰岩的，而在深水下那一道道槽之间，有绿色的水藻在流水中摇摆。

尼克把钓竿甩到肩后，再朝前甩，钓丝就朝前一弯，把蚱蜢投在一道深槽的水藻间。一条鳟鱼咬住了饵，尼克把它钓住了。

尼克把钓竿远远地伸向那棵被拔起的树，在流水里泼溅着朝后退，那鳟鱼上下颠簸着，钓竿灵活地一次次朝下弯，他一步步地把鳟鱼从水藻间安全地拉到开阔的湖面上。握住了逆着流水上下灵活晃动的钓竿，尼克把鳟鱼往回拉。他心急慌忙地拉着，不过总是有成效，这有弹性的钓竿顺从着这一次次的猛拉，有时候在水里弹跳着，但是始终在把鱼往回拉。尼克一面猛拉，一面轻巧地朝下游走。他把钓竿举到头顶上，让鳟鱼悬在抄网上面，然后抬起网来。

鳟鱼沉甸甸地竖在抄网中，网眼间露出斑驳的背部和银色的胁腹。尼克把它从钓钩上解下来；厚实的胁腹很容易握得住，大下颌突出着，他让这喘息着的鱼滑落到从他肩上直垂到水里的长布袋中。

尼克逆着水流张开布袋，它灌满了水，很沉。他把它提起来，让底部留在流水中，于是水从布袋的两边流出来。在它的底部，那条大鳟鱼在水里活动着。

尼克朝下游走去。挂在他面前的布袋沉甸甸地浸在水里，拉扯着他的肩膀。

天气越来越热了，太阳热辣辣地晒在他的脖颈上。

尼克钓到了一条好鳟鱼。他可不想钓到很多鳟鱼。这里的河道又浅又宽。两岸都长着树木。在午前的阳光中，左岸的树木在流水上投射下很短的阴影。尼克知道每摊阴影中都有鳟鱼。等到下午，太阳朝群山移去后，鳟鱼会待在河道另一边的荫凉的阴影中。

最最大的鱼会待在靠近河岸的地方。在黑河上你是总能钓到大鱼的。太阳下了山，它们全都会游到外面激流中去。太阳下山前使河水射出一片耀眼的反光，就在此时，你可能在激流中的任何地方使一条大鳟鱼上钩。但是那时简直没法钓鱼，水面耀眼得就像阳光下的一面镜子。当然啦，你可以到上游去钓，可是在黑河或这条河那样的河道上，你不得不逆水吃力地走，而在水深的地方，水会朝你身上直涌。这样大的激流，到上游去钓鱼可并不有趣。

尼克穿过这片浅滩一路朝前走，留意着沿岸可有深水潭。紧靠河边长着一棵山毛榉，所以它的枝椏直垂到河水里。河水回流到树叶下面。这种地方总是有鳟鱼的。

尼克不大想在那个水潭中垂钓。他肯定知道钓钩会让枝椏钩住。

水潭看来相当深。他投下蚱蜢，所以流水便把它送到水下，朝后直送到伸出在水面上的树枝下。钓丝绷紧了，尼克猛地一拉。鳟鱼着力地折腾着，在树叶和枝椏之间半露出在水面上。钓丝给钩住了。尼克使劲一拉，鳟鱼脱钩了。他把钓钩卷收回来，握在手里，朝河的下游走去。

前面，紧靠着左岸，有一根大原木。尼克看出它是空心的；它朝着上游，流水滑溜地灌进去，仅仅在它的两端有一小片涟漪。水越来越深了。空心原木的顶面是灰色和干燥的。它部分处在阴影里。

尼克拔出装蚱蜢的瓶子的瓶塞，有一只蚱蜢附着在上面。他把它捡起，穿在钓钩上，然后甩出去。他把钓竿远远地伸出去，这一来，这只在水面上的蚱蜢就漂到流进空心原木的那股水流中去了。尼克把钓竿放低，蚱蜢漂进去了。钓钩给重重地咬住了。尼克甩动钓竿来对抗这股拉力。他感到好像钩住了原木本身，不同的只是钓竿上有些在弹跳的感觉。

他竭力强迫这鱼进入外面的水流中。它顺从了，动作滞重。

钓丝松弛下来，尼克以为这鳟鱼逃掉了。随后他看见了它，很近，正在水流中，摇晃着脑袋，想甩掉钓钩。它的嘴给钳住了。它正在清澈的水流中使劲挣脱钓钩。

尼克用左手把钓丝绕成一圈圈往回收，挥起钓竿使钓丝绷紧，想法把鳟鱼朝抄网拉，可是它好像跑了，看不见了，钓丝却在抖动着。尼克逆着流水跟它搏斗，让它随着钓竿的弹跳在水中砰砰地撞击着。他把钓竿移到左手，朝上游缓缓地拉那鳟鱼，把它提起在空中，让它在钓竿下挣扎着，然后把它朝下放进抄网。他从水里提起抄网，鱼沉重地待在滴着水的网里，弯成个半圆形，他把它从钓钩上解下来，轻轻放进布袋。

他张开袋口，低头看这两条大鳟鱼鲜龙活跳地待在袋中的水里。

尼克穿过越来越深的河水，蹚水走到那根空心原木前。他从头上褪下布袋，把底部从水里提上来，鳟鱼拍打着，他接着把布袋挂在身上，让鳟鱼深深地待在水里。然后他爬上原木，坐下，水从他裤腿和皮靴上淌到河里。他搁下钓竿，把身子移到原木背阴的那一端，从口袋里拿出三明治。他把三明治浸在冷水内。流水把一些面包屑带走了。他吃了三明治，拿帽子舀满了水来喝，水从他喝的地方的前边溢出来。

坐在阴影里的原木上，很是凉快。他掏出一支香烟，划了一根火柴来点。火柴掉在灰色的原木上，烧出一小道凹痕。尼克探身到原木的一边，找到一块坚硬的地方，划着了火柴。他坐着抽烟，注视着河流。

前面的河道变得窄了，伸进一片沼地。河水变得又平又深，沼地里长着雪松，看上去很严实，它们的树干靠拢在一起，枝桠密密层层。要步行穿过这样一片沼地是不可能的。枝桠长得真低啊。你简直得平伏在地上才能挪动身子。你没法在树枝之间硬冲过去。这该是为什么住在沼地里的动物都生来就在地上爬行的原因吧，尼克想。

他想，但愿自己带了些书报来。他想阅读。他不想继续向前走进沼地。他朝河的下游望去。一棵大雪松斜跨着河面，从这岸一直到彼岸。再过去，河道流进了沼地。

尼克不想眼下就走进沼地。两面腋窝下的水越来越深了，他有种逆反心理，不愿涉这深水前进，走到钓到了大鳟鱼也没法拿上岸的地方。在沼地里，两岸光秃秃的，巨大的雪松在头顶上会聚在一起，阳光照不进来，只有一些斑驳的光点；在湍急的深水里，在半明不暗的光线中，钓鱼会是可悲的。在沼地里钓鱼，是桩可悲的冒险行动。尼克不想这样干。他今天不想再朝下游走了。

他掏出折刀，打开了插在原木上。跟着他提起布袋，伸手进去，拿出一条鳟鱼。它在他手里鲜龙活跳的，很难握住，但他捏住了近尾巴的地方，朝原木啪地打去。鳟鱼抖了一下，就不动了。尼克把它搁在原木上的阴影里，用同样方法甩断了另一条鱼的脖子。他把它们并排放在原木上。它们是好鳟鱼。

尼克把它们开膛，从肛门一直剖开到下颚。全部内脏、鱼鳃和舌头被整个儿取出了。两条都是雄的；灰白色的长条生殖腺，又光滑又洁净。全部内脏又洁净又完整地被一起挖出来了。尼克把这下脚抛在岸上，让水貂来觅食。

他把鳟鱼在河水中洗干净。他把它们背脊朝上放在水中，它们看上去很像是活鱼。它们的血色尚未消失。他洗净了双手，在原木上擦干。他然后把鳟鱼摊在铺在原木上的布袋上，把它们卷在里面，扎好，放进抄网。他的折刀还竖立着，刀刃插进了原木。他把它在木头上擦干净，放进口袋。

尼克在原木上站起身，攥着钓竿，把沉甸甸的抄网挂在肩上，然后跨进水里，泼溅着水朝岸边走。他登上河岸，穿进树林，朝高地走去。他在回宿营地去。他回头望望。河流在林子里隐约可见。往后到沼地去钓鱼的日子多着呢。

吴 劳 译

了却一段情

霍顿斯湾[1]早先是座伐木业城市。住在城里的人没一个听不见湖边锯木厂里拉大锯的声音。后来有一年再也没有原木可加工成木材了。运木材的双桅帆船一艘艘开进湖湾，把堆放在场地上那些厂里锯好的木材装上船。一堆堆木材全给运走了。那大厂房里凡是能搬动的机械都被搬出来，由原先在厂里干活的工人吊上其中一艘双桅帆船。帆船出了湖湾，驶向开阔的湖面，装载着那两把大锯、往旋转中的圆锯推送原木的滑车架，还把全部滚轴、轮子、皮带和铁器都堆在这满满一船木材上。露天货舱上盖着帆布，系得紧紧的，船帆鼓满了风，驶进开阔的湖面，船上装载着一切曾把工厂弄得像座工厂、把霍顿斯湾弄得像座城市的东西。

一座座平房工棚、食堂、公司栈房、工厂办公室和大厂房本身都空无一人，留在湖湾边潮湿的草地上大片大片的锯木屑中。

十年后，尼克和玛乔丽顺着湾边划着船来，这里除了那断裂的白色石灰岩厂基露出在沼泽地的二茬草木之外，工厂已荡然无存。他们正沿着航道边用拖曳线钓鱼[2]，那边的水底从浅沙滩陡地下降到十二英尺深的水域。他们正一路划到准备投放夜钓丝[3]钓虹鳟的地岬。

“那就是我们那老厂的废墟，尼克，”玛乔丽说。

尼克一边划着船，一边看着绿树丛里的白石。

“就在这儿，”他说。

“你还记得当初这是个工厂的情景吗？”玛乔丽问。

“我就快记不得了，”尼克说。

“看上去更像座城堡，”玛乔丽说。

尼克一言不发。他们沿着湾边继续划着，划得看不见工厂了。尼克这才抄近路穿过湖湾。

“鱼儿没咬钩，”他说。

“是啊，”玛乔丽说。他们钓鱼时，她始终盯着那钓鱼竿，即使嘴里说话时也这样。她就爱钓鱼。她爱跟尼克一起钓鱼。

有条大鳟鱼紧靠船边跃出水面。尼克使劲划着单桨，好让小船转身，那远在船尾后飞速移动的鱼饵就会掠过鳟鱼觅食的地方。鳟鱼背露出水面的时候，那些可作饵的小鱼跳得正欢。它们跳得水面浪花四溅，像一梭枪弹射进水里似的。另一条鳟鱼破水而出，在小船另一边觅食。

“它们在吃呢，”玛乔丽说。

“可就是不肯咬钩，”尼克说。

---

① 霍顿斯湾位于密歇根州下半岛的西北端。

② 指在缓行的船尾后拖着钓丝钓鱼。

③ 夜钓丝是连同安上钓饵的鱼钩留在水中过夜的钓丝。

他把船转了一圈，让拖着的钓丝掠过这两条觅食的鳟鱼，然后把船径直朝那地岬划去。等到船靠岸，玛乔丽才收线。

他们把船拖上湖滩，尼克拎起一桶活鲈鱼。鲈鱼在水桶里游着。尼克双手抓了三条，去掉了头，剥掉了皮，玛乔丽双手还在桶里摸鱼，终于抓住一条，去了头和皮。尼克瞧着她手里的鱼。

“你不用把腹鳍去掉，”他说。“去掉鳍做鱼饵固然也行，不过最好把它留着。”

他把鱼钩穿进每条去掉皮的鲈鱼的尾巴。每根钓竿的接钩线上都挂着两个钩子。于是玛乔丽把船划到航道的岸对面，用牙齿咬住钓丝，两眼朝尼克望去，只见他正站在岸边，握着钓竿，让钓丝从卷轴里溜出来。

“差不多够了吧，”他喊道。

“要我放下钓丝吗？”玛乔丽手里拿着钓丝，回他一声道。

“当然。放下吧。”玛乔丽把钓丝放到船舷外，眼望着鱼饵沉入水中。

她把船划过来，用同样的方法放下第二根钓丝。每一回尼克都把一大块冲来的木头放在钓竿柄上压压严实，再用一小块木片把钓竿撑起，成为斜形。他收起松弛的钓丝，把钓丝绷紧，让鱼饵落在航道水底的沙土上，然后把卷轴卡住。要是鳟鱼在水底觅食，咬了鱼饵，就会拖动它，猛一下子从卷轴里拉出钓丝，卡住了的卷轴就会发出鸣响。

玛乔丽把船朝地岬那边划过去一小段路，免得触动那钓丝。她使劲划着双桨，船登上了沙滩。船尾带上一片小浪花。玛乔丽跨出船来，尼克把船朝岸上拖进了一程。

“怎么啦，尼克？”玛乔丽问。

“我不知道，”尼克说，收集起木头准备生堆火。

他们用冲上岸来的木头生了火。玛乔丽上船取了条毯子来。夜晚的微风把烟吹向地岬，所以玛乔丽把毯子铺在火堆和湖之间。

玛乔丽背对着火，坐在毯子上，等着尼克。他过来了，在她身边毯子上坐下。他们背后是地岬上密密麻麻的二茬树木，前面是霍顿斯河的河口。天色还没全黑。火光一直照到水面上。他们都看得见那两根钢钓竿斜支在黑黝黝的水面上。火光在卷轴上闪闪发亮。

玛乔丽打开饭篮子。

“我不想吃，”尼克说。

“快来吃吧，尼克。”

“好吧。”

他们默默吃着，眼睁睁地看着两根钓竿和水面上的火光。

“今晚会有月亮，”尼克说。他眺望着湖湾对面的山丘，山丘在天色的衬托下渐渐轮廓鲜明了。他知道月亮在山丘的后边升起来了。

“我知道了，”玛乔丽兴高采烈地说。

“你什么都知道，”尼克说。

“哎呀，尼克，请别说啦！求求你，求求你别这样！”

“我没法不说，”尼克说。“你的确这样。你什么都知道。毛病就出在这儿。你知道自己的确这样。”

玛乔丽一言不发。

“我什么都教过你了。你知道自己的确这样。不管怎么说，你还有什么不知道的？”

“哎呀，住口，”玛乔丽说。“月亮出来了。”

他们坐在毯子上，谁也不挨谁，眼望着月亮在升起。

“你不用胡说一气，”玛乔丽说。“究竟怎么回事啊？”

“我不知道。”

“你当然知道。”

“不，我不知道。”

“得了，说出来吧。”

尼克看着月亮从山丘后面升起。

“再也没劲儿了。”

他不敢对玛乔丽看。过了会儿才对她看。她背朝着他，坐在那儿。他看着她的背影。“再也没劲儿了。一点劲儿也没了。”

她一言不发。他径自说下去。“我感到心里万念俱灰。我不知道，玛吉[①]。我不知道说什么才好。”

他继续看着她的背影。

“难道爱情也没劲儿？”玛乔丽说。

“对，”尼克说。玛乔丽站起身。尼克坐着，双手蒙头。

“我要去乘船了，”玛乔丽对他叫道。“你可以绕着地岬走回去。”

“行，”尼克说。“我来给你把船推下水去。”

“你不用忙了，”她说。她坐在浮在水上的船中，月光照耀在船上。尼克拐回来，在火边躺下，拿毯子蒙住了脸。他听得见玛乔丽在水上划着船。

他躺了老半天。他听到比尔在林子里四下走动，走到空地

① 玛吉是玛乔丽的爱称。

上，这时他还躺着。他感到比尔走到了火边。比尔也没碰他。

“她当真走了吗？”比尔说。

“对，”尼克躺着说，脸贴在毯子上。

“吵了一场？”

“没，没吵过架。”

“你觉得怎么样？”

“唉，走开吧，比尔！走开一会儿吧。”

比尔从饭篮子里挑了一份三明治，就走过去看钓竿了。

陈良廷　译

三天大风

尼克拐上一路上坡穿过果园的那条路时，雨停了。果子都摘了，秋风吹过光秃秃的果树。路边枯黄的野草里有只瓦格纳苹果，给雨水淋得透亮，尼克停步把它捡起。他把苹果放进麦基诺厚呢短大衣的口袋。

那条路出了果园，直达山顶。山顶有小屋，门廊空荡荡的，烟囱里冒着烟。屋后有车库、鸡棚，还有些二茬树，像堵树篱，隔开后面的林子。他放眼望去，那些大树在远方的高处在风中摇摆着。这是秋天的头一场风暴。

尼克穿过果园上方的那块空地时，小屋的门开了，比尔走出来。他站在门廊上往外看。

"喂，威米奇[①]，"他说。

"嗨，比尔，"尼克说着走上台阶。

他们站在一起，眺望着原野，从下面的果园望到大路下边，目光掠过低处的田野和那地岬上的林子，一直望到那湖上。大风正直扫湖面。他们看得见那十里岬沿岸的浪花。

"在刮风呢，"尼克说。

“这样刮要连刮三天，”比尔说。

“你爹在家吗？”尼克说。

“不在。他拿着枪出去了。进屋吧。”

尼克走进小屋。壁炉里生着堆熊熊烈火。风刮得炉火呼啦啦响。比尔关上房门。

“来一杯吧？”他说。

他走出去到厨房里，拿着两只玻璃杯和一壶水回来。尼克伸手到壁炉架上去拿瓶威士忌。

“可以吗？”他说。

“行，”比尔说。

他们在炉火前坐下，喝着兑水的爱尔兰威士忌。

“酒里有股绝妙的烟味，”尼克说，两眼透过玻璃杯看着火。

“是泥炭，”比尔说。

“怎么能往酒里搁泥炭啊，”尼克说。

“那也没什么大不了的，”比尔说。

“你见过泥炭吗？”尼克问。

“没，”比尔说。

“我也没，”尼克说。

他伸出腿，搁在炉边，鞋子在炉火前冒起水汽来了。

“最好把你的鞋脱了，”比尔说。

“我没穿袜子。”

“把鞋脱了，烤烤干，我去给你找一双来，”比尔说。他上阁楼去了，尼克听见头顶上有他的走动声。楼上没有天花

---

① 威米奇(Wemedge)为尼克的好友们给他起的外号。

板，就在屋顶下，比尔和他父亲，有时候还有他，尼克，在上面睡觉。后面有一间更衣室。他们把帆布床往后挪到雨淋不到的地方，上面盖着橡胶布。

比尔拿了一双厚羊毛袜下来。

“天晚了，不穿袜子不能到处走动了，”他说。

“我真不愿再穿袜子，”尼克说。他套上袜子，又倒在椅子里，把双脚搁上炉火前的防护屏。

“你要把防护屏搁坏了，”比尔说。尼克把双脚呼地一下搁到壁炉的一边。

“有什么书可看的吗？”他问。

“只有报纸。”

“卡斯队[1]打得怎么样？”

“一天连续两场比赛都输给了巨人队[2]。”

“这下子他们该稳赢了。”

“这是白送的，”比尔说。“只要麦克劳[3]在球队俱乐部联合会中能收买每一个好球员，就没什么问题。”

“他不能把大家全买通啊，”尼克说。

“凡是他用得着的人，他都买通了，”比尔说。“不行的话，他就弄得大家都不满，只好同他做交易。”

“比如海尼·齐姆，”尼克附和道。

“那个笨蛋对他可大有好处呢。”

比尔站起身。

---

① 卡斯队是美国圣路易市的卡迪纳尔棒球队的简称。

② 巨人队是美国纽约市的著名棒球队。

③ 指美国球星约翰·麦克劳(1875—1934)，1902—1932 年担任巨人队教练。

“他能得分，”尼克提出道。炉火的热气把他的腿烤热了。

“他还是个出色的外野手，”比尔说。“不过他也输过球。”

“说不定麦克劳要他正是为了这个，”尼克提出道。

“也许吧，”比尔附和说。

“事情背后往往大有文章，”尼克说。

“那当然。不过我们虽然隔得那么远，精彩的内幕消息倒不少。”

“就像你虽然没有看见那些赛马，反而选马眼力更强。”

“说得正对。”

比尔伸手拿下威士忌酒瓶。他的一只大手把瓶子整个儿握住。他把威士忌倒进尼克伸过来的酒杯。

“兑多少水？”

“照旧。”

他在尼克椅子旁的地板上坐下。

“秋天的风暴一起真不坏，是不？”尼克说。

“是不赖。”

“这是一年中最好的时节，”尼克说。

“待在城里会不会大大地不妙？”比尔说。

“我可想看看世界锦标赛①，”尼克说。

“得了，如今锦标赛总是在纽约或费城举行了，”比尔说。“对我们一点好处都没有。”

---

① 指美国两大职业棒球联赛中胜队之间的年度决赛，定于每年秋季举行，为轰动全国甚至全世界的体坛大事。

“不知卡斯队能不能终于夺标？”

“这辈子休想看到了，”比尔说。

“哎呀，他们可要气疯了，”尼克说。

“你还记得他们在火车出事前那回发奋的情况吗？”

“好家伙！”尼克想起了往事说。

比尔伸出手去拿那本扣在窗下桌上的书，刚才他去开门时顺手放在那儿了。他一手端着酒杯，一手拿着书，背靠着尼克的椅子。

“你在看什么书？”

“《理查德·菲弗里尔》[①]。”

“这书我读不下去。”

“这本书不错，”比尔说。“不是本坏书，威米奇。”

“你还有什么我没看过的书？”尼克问。

“你看过《森林情侣》[②]吗？”

“看过。就是那本书，写到他们每晚上床时，都在两人之间放一把出鞘的剑。”

“是本好书，威米奇。”

“是本不赖的书。我始终搞不懂的是这把剑有什么用处。它得一直剑锋朝上，因为如果翻倒了，你就能径直滚过去，不会出什么乱子。”

“这是个象征嘛，”比尔说。

“当然，”尼克说，“可这没有实用价值。”

---

① 全名为《理查德·菲弗里尔的磨难》(1859)，是英国作家乔治·梅瑞狄斯(1828—1909)的早期代表作，写一贵族子弟因爱上一平民姑娘而与其父发生冲突，终于酿成悲剧。作者长于心理分析，因而有人觉得枯燥。

② 这是英国作家莫里斯·休利特(1861—1923)所写的中世纪浪漫故事。

“你可曾看过《坚忍不拔》？”

“好书，”尼克说。“倒是本真实的书。那书里写他老爹一直钉住了他不放。你有沃尔波尔[①]的其他作品吗？”

“《阴暗的森林》，”比尔说。“写俄国的。”

“他对俄国懂得什么啊？”尼克问。

“我不知道。那帮家伙你可说不清。也许他小时候在那儿待过。他知道不少有关俄国的内幕消息[②]。”

“我倒想见见他，”尼克说。

“我可想见见切斯特顿[③]，”比尔说。

“但愿他眼下就在这儿，”尼克说。“我们明天就可以带他上伏瓦[④]去钓鱼了。”

“不知他想不想去钓鱼，”比尔说。

“当然想去的，”尼克说。“他该是这方面的一把好手。你还记得《飞行客栈》[⑤]吗？”

“‘天使下凡尘，
赐你一杯羹，
受宠先谢恩，
倒进污水盆。’”

---

① 指休·沃尔波尔(1884—1941)，英国作家，著有小说多部。《坚忍不拔》(1913)、《阴暗的森林》(1916)都是他的主要作品。

② 沃尔波尔于第一次世界大战初期在中欧的加利西亚地区参加俄国红十字会服役，1916—1917 年在彼得格勒任英俄联合宣传局局长。

③ 指吉尔伯特·切斯特顿(1874—1936)，英国作家，著有诗集《白马谣》，小说《一个名叫星期四的人》和以布朗神父为主角的侦探小说系列。

④ 这是夏勒伏瓦的简称，位于霍顿斯湾西。

⑤ 《飞行客栈》是切斯特顿 1914 年出版的小说，下文的 4 句引自小说中著名的祝酒歌。

“一点不错，”尼克说。“我看他这人比沃尔波尔强。”

“哦，没错儿，他是强一些，”比尔说。

“不过沃尔波尔写文章比他强。”

“我说不好，”尼克说。“切斯特顿是个经典作家。”

“沃尔波尔也是个经典作家，”比尔坚持道。

“但愿他们俩都在这儿，”尼克说。“我们明天就可以带他们到伏瓦去钓鱼了。”

“我们来个一醉方休吧，”比尔说。

“行啊，”尼克附和道。

“我老子才不管呢，”比尔说。

“真的吗？”尼克说。

“我有数，”比尔说。

“我现在就有点醉了，”尼克说。

“你没醉，”比尔说。

他从地板上站起身，伸手去拿那瓶威士忌。尼克将酒杯伸过来。比尔斟酒时，他两眼直盯着酒杯。

比尔在杯里斟了半杯威士忌。

“自己兑水吧，”他说。“只有一小杯了。”

“还有吗？”尼克问。

“酒可多的是，可爹只肯让我喝已经启封的。”

“那当然，”尼克说。

“他说自己启封来喝会成为酒鬼，”比尔解释说。

“一点不错，”尼克说。他听了印象很深。他倒从没想到过这一点。他一向总是认为只有独自喝闷酒才会成为酒鬼。

“你爹怎么样？”他肃然起敬地问。

“他挺好，”比尔说。“有时候有点儿胡来。”

“他人倒是不坏，”尼克说。他从壶里往自己杯里倒水。水慢慢地同威士忌混在一起了。威士忌比水多。

“他人确实不坏，”比尔说。

“我老子也不错，”尼克说。

“你说得对极了，”比尔说。

“他坚持说自己一生滴酒不沾，”尼克说，仿佛在宣布一项科学的新发现。

“说起来，他是个大夫嘛。我老子是个画家。那可不一样。”

“他损失太大了，”尼克忧伤地说。

“这倒难说，”比尔说。“万事有失必有所得嘛。”

“他亲口说过自己损失不小，”尼克直说道。

“说起来，爹也有一段日子很艰难，”比尔说。

“全都彼此彼此，”尼克说。

他们坐着，一边紧盯着炉火，一边想着这条深刻的道理。

“我到后门廊去拿块柴火，”尼克说。他紧盯着炉火时注意到火快熄灭了。同时他也希望表示自己酒量大，头脑还管用。尽管他父亲一生滴酒不沾，但是比尔自己还没醉就休想灌醉他。

“拿块大的山毛榉木头来，”比尔说。他也存心摆出一副头脑还管用的样子。

尼克拿了一段原木进屋来，穿过厨房时把一只平底锅从厨房桌子上碰翻在地。他放下柴火，捡起锅子。锅里原来放有浸在水中的杏干。他仔细地把杏干一一从地板上捡起来，有几颗已经滚到了炉灶下面，他把杏干放回锅里。他从桌边桶里再舀了些水倒在杏干上。他感到十分得意。他的头脑完全管用呢。

他搬了这段原木进来，比尔起身离座，帮他把它放在炉火上。

“这一段真不赖，”尼克说。

“我留着它等天气大冷才用，”比尔说。“这样一段原木好烧整整一夜呢。”

“烧剩的木炭到早上还可以生火，”尼克说。

“对啊，”比尔附和道。他们的谈话水平可高呢。

“我们再来一杯吧，”尼克说。

“我记得那衣物柜里还有一瓶已经启封的，”比尔说。

他在墙角的立柜前跪下，取出一瓶方酒瓶的烈酒。

“这是苏格兰威士忌，”他说。

“我再去拿点水来，”尼克说。他又走出去，进了厨房。他用勺子从桶里舀出阴凉的泉水，灌满水壶。回起居室时，他走过饭厅里的一面镜子，照了照。他的脸看上去真怪。他对着镜中的脸笑笑，镜中的脸也咧嘴回他一笑。他对着那张脸眨眨眼睛，就往前走了。这不像是他的脸，不过也没什么关系。

比尔斟了酒。

“这一大杯真够呛的，”尼克说。

“对我们可无所谓，威米奇，”比尔说。

“我们为什么干杯？”尼克举杯问。

“我们为钓鱼干杯吧，”比尔说。

“好吧，”尼克说。“诸位先生，我提议为钓鱼干杯。”

“各种各样的钓鱼，”比尔说。“不管在哪儿。”

“钓鱼，”尼克说。“我们就为钓鱼干杯。”

“这比棒球强，”比尔说。

“可扯不上一块儿，”尼克说。“我们怎么扯上棒球来了？”

“搞错了，”比尔说。“棒球是大老粗玩的。”

他们把杯里的酒一饮而尽。

“现在来为切斯特顿干杯吧。”

“还有沃尔波尔呢，”尼克插嘴说。

尼克斟酒。比尔倒水。他们相对看着。大家感觉良好。

“诸位先生，”比尔说，“我提议为切斯特顿和沃尔波尔干杯。”

“就这么办，诸位先生，”尼克说。

他们干了杯。比尔把杯子斟满。他们在壁炉前两张大椅子里坐下。

“你非常聪明，威米奇，”比尔说。

“你什么意思？”尼克问。

“把跟玛吉的那段关系了断啦[①]，”比尔说。

“我想是吧，”尼克说。

“只有这么办了。要是你没断，这会儿就得赶回家去干活，想法攒足钱结婚啦。”

尼克一言不发。

“男人一旦结了婚就彻底完蛋啦，”比尔继续说。“他什么都没有了。一无所有。屁也没有。他玩儿完了。你见过结了婚的男人嘛。”

尼克一言不发。

“你一看他们就知道，”比尔说。“他们都带着这种结过婚的傻样儿。他们玩儿完了。”

---

① 此事可参见《了却一段情》，这两篇小说可以说是姐妹篇。

“那当然，”尼克说。

“断了兴许很可惜，”比尔说。“不过你总是会爱上别的人，这一来就没事了。爱上她们可以，就是别让她们毁了你啊。”

“是，”尼克说。

“要是你娶了她啊，那就得娶她一家子。别忘了还有她母亲和她嫁的那家伙。”

尼克点点头。

“想想看，一天到晚只见他们围着屋子转，星期天得上他们家去吃饭，还得请他们来吃饭，听她母亲老是叫玛吉去做什么，怎么做。”

尼克默默坐着。

“你脱了身，真是太好了，”比尔说。“现在她可以嫁个像她同类的人，成了家，开开心心过日子了。油跟水不能掺和在一起，那种事也不能掺和在一起，正如我不能娶那个为斯特拉顿家干活的艾达一样。她倒兴许很想这样呢。”

尼克一言不发。酒意全消失了，只剩他一个人了。仿佛比尔不在眼前。他也并不坐在炉火前，明天也不会跟比尔和他爹去钓鱼啊什么的。他没有喝醉。这一切全过去了。他只知道自己从前跟玛乔丽好过，后来失去了她。她走了，是他打发她走的。这是一切的关键。他没准儿再也见不到她了。大概永远不会去找她了。一切全过去了，完了。

“我们再来一杯，”尼克说。

比尔斟了酒。尼克泼了一点水进去。

“要是你走了那条路，我们现在就不会在这儿了，”比尔说。

这话倒不假。他原来的计划是回家去找份活儿。后来计划整个冬天都留在夏勒伏瓦，这样可以亲近玛吉。现在他可不知道自己该做什么了。

“兴许这一来我们明天连鱼也钓不成了，”比尔说。“你这一着走得对，没错。”

“我没法子，”尼克说。

“我知道。这事只有这样的结果，”比尔说。

“忽然一下子，一切都结束了，”尼克说。“我不知道这是为什么。我没法子。正像眼下刮起三天大风，把树叶全都刮光一样。”

“得了，都结束了。这是关键，”比尔说。

“是我的错，”尼克说。

“是谁的错可没关系，”比尔说。

“不，我认为不是这样，”尼克说。

玛乔丽走了，大概他再也见不到她了，那才是大事。他跟她谈过如何一起到意大利去，两个人该有多开心。还谈过他们一起要去的地方。如今全过去了。

“只要这事了结了，这是最要紧的，”比尔说。“说真的，威米奇，这事当初拖下去我还真担心呢。你做得对。我听说她母亲气得要命。她告诉好多人说你们订了婚。”

“我们没订婚，”尼克说。

“都在传说你们订了婚。”

“那我没法说了，”尼克说。“我们没订婚。”

“你们原来不是打算结婚的吗？”比尔问。

“是啊。可我们没有订婚，”尼克说。

“那有什么区别？”比尔像法官似的问。

“我说不好。总有点区别吧。”

“我看不出来，”比尔说。

“那好，”尼克说。“我们喝个醉吧。”

“那好，”比尔说。“我们就喝它个真正大醉。”

“我们喝醉了去游泳吧，”尼克说。

他一口气喝干了。

“我对她深感内疚，可有什么法子呢？”他说。“你也知道她母亲那德行！”

“她真厉害，”比尔说。

“忽然一下子全了结啦，”尼克说。“我不该谈起这事。”

“不是你谈起的，”比尔说。“是我谈起的，现在我不谈了。我们再也不要谈这事了。你不必再想起这事。不然你又会陷进去的。”

尼克原来并没有想到过这事。这事似乎早成定局了。那只是个想法而已。想想倒让他感到好受些。

“当然，”他说。“总会有那种危险的。”

他现在感到高兴了。根本没有什么无可挽回的事儿。看来他星期六晚上可以进城了。今天是星期四。

“总会有机会的，”他说。

“你可得自己留神，”比尔说。

“我自己会留神的，”他说。

他感到高兴了。什么事都没有结束。什么都没有失去过。星期六他要进城去。他的心情轻松些了，跟比尔没开口提起这事的时候那样。总会有一条出路的。

“我们拿了枪上地岬去找你爹吧，”尼克说。

“好吧。”

比尔从墙上的架子上取下两支猎枪。他打开一匣子弹。尼克穿上麦基诺厚呢短大衣和鞋子。他的鞋子给烤得硬邦邦的。他还是醉醺醺的，但是头脑很清醒。

“你感觉怎么样？”尼克问。

“不赖。我只是刚有点儿醉意罢了。”比尔正扣上毛衣的纽扣。

“喝醉了也没好处。”

“对。我们该上户外去。”

他们走出门。正在刮8级大风。

“这一刮风，鸟儿会躲在草丛里，”尼克说。

他们朝下面的果园走去。

“我今天早上看见一只山鹬，”比尔说。

“也许我们能惊动它，”尼克说。

“这么大的风没法开枪，”比尔说。

到了外边，玛吉那档子事再没那么惨了。那事甚至没什么了不得。大风把这一类事都刮跑了。

“风是直从大湖上刮来的，”尼克说。

他们顶着风听到一声枪响。

“是爹，”比尔说。“他在下面沼泽地里。”

“我们就抄近路下去吧，”尼克说。

“我们就穿过下面草地，看看会惊起什么，”比尔说。

“好吧，”尼克说。

现在没什么了不得的事了。大风把它从他头脑里刮走了。他总是可以照旧在星期六晚上进城去。幸亏有备无患啊。

刘文澜　译

度夏的人们

从霍顿斯湾镇去湖边的砾石路上，中途有一口清泉。水是从埋在路边的一个瓦沟里冒起来的，漫过瓦沟边上的裂口不断往外淌，一路穿过密密丛丛的薄荷，直流到沼泽地里。黑咕隆咚中，尼克把胳膊朝下伸进泉水，可是水冷得胳膊简直搁不住。水底的泉眼里有沙子喷出来，打在指头上好像羽毛轻轻拂过。尼克心想，我要是能全身都浸在里边该有多好。那肯定是挺过瘾的。他缩回胳膊，就在路边坐下。今天晚上是够热的。

顺着大路望去，透过林子，看得见比恩家那一色全白的住宅，屋下有脚桩支着，临水而立。他真不想到码头上去。大伙儿都在那儿游泳呢。有奥德加钉在凯特[1]身边，他觉得没意思。他看得见那汽车就在仓库旁边的路上停着。这说明奥德加和凯特在那儿。这个奥德加，只要朝凯特一瞟，那眼神就活像是条煎熟了的鱼。奥德加难道真这么不晓事？凯特是绝不会嫁给他的。她绝不会嫁给一个跟她“好”不起来的人。这种人要是想来跟她“好”的话，她心里先就恶心，一无热情，只想脱身。奥德加原是能打动她的，成其好事该没问题。她不会恶心，一无热情，只想溜走，她反而会和谐地敞开心怀，舒展自在，乐意放松，容易掌握。奥德加以为那是爱情的力量起了作用。他眼睛睁得好大，眼角胀得血红。可是她受不了，不让他来碰她。事情就全坏在他的眼睛上。于是奥德加只求他们俩能跟以前一样做朋友。在沙滩上玩儿。做做泥人。坐条小船一起作竟日之游。凯特总是穿着游泳衣。奥德加就老是拿眼去瞅。

奥德加三十二岁，由于精索静脉曲张，动过两次手术。他模样儿难看，大家都爱当希罕看。奥德加始终没能尝到那味儿，在他看来这可比什么都要紧。每到夏天，他的心境一年坏似一年。真是怪可怜的。奥德加为人还是挺不错的。他对待尼克一向比任何别的人都好。如今呢，尼克想要尝尝那味儿的话就尽可以尝尝了。这要是让奥德加知道了，尼克想，准会气得自杀的。我不知道他会怎么个自杀法。他没法想象奥德加会死。他也许是根本不想干那事儿。不过人家都是那么干的。这可不光是爱情的事。奥德加以为只要有了爱情就行。其实上天有眼，奥德加的确爱她爱得够。这事就是要动心，对肉体动心，然后引进自己的肉体，多说好话，冒着风险，绝对不能吓了人家，要向对方多多索取，当取即取不必先问，总之动心之外还得有一份温存，要让对方也动了心，感到幸福，不妨用调笑来消除对方的害怕。还得事后把它弄得若无其事。那可不是光凭爱情的。光凭爱情会叫人害怕。他，尼古拉斯·亚当斯，就能如愿以偿，因为他身上自有一种什么力量。这种力量也许

---

① 奥德加为海明威早年好友卡尔·埃德加的外号。凯特为海明威另一至交小威廉·B·史密斯的妹妹，她没有接受奥德加，于 1929 年嫁给小说家约翰·多斯·帕索斯。详见《论写作》。

不会持久。也许不定哪天就会失去。但愿能把这力量给予奥德加，要不，能说给奥德加听听也好。可是你不能对人无话不谈啊。对奥德加尤其如此。不，还不光是对奥德加。对谁都是这样，跑遍天下都是这样。话说得太多，这向来是他最大的毛病。他就是因为话说得太多，才坏了那么多事的。当然，对普林斯顿、耶鲁和哈佛这些大学里的童男子，还是应该尽力相助的。为什么一些州立大学里就没有一个童男子呢？也许男女同学是个原因吧。他们遇上了一心想要嫁人的姑娘，这些姑娘帮他们长成，嫁给了他们。至于奥德加、哈维、迈克以及其他许多这样的哥们，将来会怎么样呢？这他就不知道了。他到底还年纪轻、见得少。他们正是世上最好的人。他们结果怎么样？他怎么能知道。他懂事才不过十年，哪能像哈代和汉姆生[①]那样写作呢。他没这本事。等他到了五十岁再看吧。

他在黑咕隆咚中跪下，就着泉水喝了一口。他觉得精神一振。他相信自己会成为一个伟大的作家。他懂事，这一点人家都比不上他。谁也比不上他。只是他懂的事还不够多。将来可自会多起来的。这他有信心。泉水好冷，激得他眼睛都痛了。这一口水喝得太多了。真像吃了冰淇淋一样。喝水时鼻子没在水里，就会有这种感觉。还是游泳去吧。胡思乱想没意思。一想就没有个完。他就顺着路走去，走过左边的汽车和大仓库（一到秋天，这里有大批苹果和土豆装船运走），还走过比恩家那漆成白色的住宅（大伙儿有时点起了提灯在里面的硬木地板上跳舞），一直走上码头，来到大伙儿在游泳的地方。

① 克努特·汉姆生（1859—1952），挪威作家，因《饥饿》、《大地的成长》等长篇小说获得 1920 年诺贝尔文学奖。

他们都在码头尽头处的水里游泳。尼克沿着那高架在水面上的粗木条码头走去时，听见长长的跳板不服气似的迸出了噔噔两响，接着是水里扑通一声。码头底下的木桩间顿时一片水声激荡。那一定是老"吉"[①]了，他想。不料却是凯特，正像只海豹似的冒出了水面，攀着梯子上岸来了。

"是威米奇来了，"她朝大伙儿喊道。"一块儿来吧，威米奇。可好玩儿着哪。"

"嗨，威米奇，"奥德加说。"天哪，真有劲极了。"

"威米奇在哪儿？"那是老吉的声音，他已经游得很远了。

"威米奇这家伙是不会游泳的吧？"水面上飘过来比尔[②]好不深沉的男低音。

尼克感到舒畅。人家冲你这么嚷嚷，真是有劲。他蹭掉帆布鞋，撩起衬衫从头上脱下，褪下长裤跨出来。光着脚板，感觉到码头的木板条上沾着沙子。他飞快地跑上软弯弯的跳板，脚指头在跳板梢一蹬，肌肉一绷紧，就顺顺溜溜进入深水，一点不觉得已完成了一个跳水动作。临跳前他深深地吸过一大口气，现在到了水里一个劲儿往前游，弓起了背，拖着直挺挺的双脚。一会儿冒出了水面，面孔朝下漂浮了一阵。他一个翻身，睁开眼来。他对游泳一点不感兴趣，只想跳水，只要扎到水里就行。

"怎么样，威米奇？"原来老吉就在他的背后。

---

① "吉"(Ghee)是海明威中学同学杰克·彭特科斯特的外号，原意为印度半流体黄油。

② 即凯特的哥哥小威廉·B·史密斯。

“感到热火朝天，”尼克说。

他吸了一大口气，两手抱住脚脖子，膝头弯起抵在下巴下，缓缓下沉到水里。水的上层是暖和的，可是一路往下，很快就变凉，再下去便有点冷了。接近水底时简直就相当冷了。尼克漂呀漂的慢慢漂到了水底。湖底是泥灰土的，他一伸腿，使劲在湖底上一蹬，以便冒出水来换换气，脚指头触上那泥灰土时，觉得很不是味儿。乍一出水来到黑沉沉的夜色中，有一种异样的感觉。尼克就浮在水面上歇口气，有一脚没一脚地踩踩水，觉得好不自在。奥德加和凯特两人正在码头上说话呢。

“有的海里会发磷光，那种水里你去游过没有，卡尔？”

“没有。”奥德加只要一跟凯特说话，声气就不自然。

要是那样的话，我们身上到处都可以擦火柴了，尼克想。他吸了一大口气，屈起膝头，两手扯紧，就沉下水去，这一回没有闭上眼睛。他慢慢下沉，先朝一边偏去，然后一头笔直扎下。可是不行。天黑了水里什么也看不见。刚才他第一次下水时闭着眼是干对了。真稀奇，人的反应就有这么灵。不过也不总都是这么灵的。这一回他并没有一直沉到底，而是在中途打开身子往前游，游到上面的凉水层里，紧靠着湖面的暖水层。真正稀奇，在水下潜泳就是这么有趣，而通常那样在水面上游竟是那么乏味。不过在大海的海面上游泳却是有趣的。那是因为海水浮力大的缘故。只是海水里有股盐卤味，而且会使你觉得口渴。还是在淡水里游好些。就像这样，在这炎热的夜晚。他从码头突出的边缘底下冒出水面换气，然后攀着梯子爬上来。

“哎，威米奇，来个跳水表演好不好？”凯特说。“跳一个漂亮的。”他们正背靠着一个大木桩，一起坐在码头上。

“跳一个不溅水花的，威米奇，”奥德加说。

“好吧。”

尼克就水淋淋地走到跳板上，想了想这个跳水动作该怎么做。奥德加和凯特看他站在跳板的末端，夜色中一个黑黑的身影，摆好了姿势一跃而下，那是他看海獭跳水看会了的。在水里，尼克一转身往上浮去，心想，哎，要是凯特能跟我一起在这儿该有多好。他一下蹿出了水面，觉得眼睛里、耳朵里都是水。他一定是还没出水就透过气了。

“真是完美。太完美了，”凯特在码头上喊道。

尼克攀着梯子上来了。

“那两个家伙哪儿去了？”

“都老远地游到湾里去了，”奥德加说。

尼克就挨着凯特和奥德加在码头上躺下。他听得见老吉和比尔在远处的黑暗里划水。

“你真是个顶呱呱的跳水运动员，威米奇，”凯特说着，拿脚触了触他的背。被她这么一触，尼克觉得浑身一抽。

“不，”他说。

“你跳得真叫绝了，威米奇，”奥德加说。

“哪儿呀，”尼克说。他在想他的心思，在想是不是能带上个人一起潜在水下，他踩着这湖底的沙子，能屏上三分钟的气，两个人还可以一起浮上去换口气再回下来，只要懂得窍门要下去是很容易的。有一回，为了露一手，他曾经在水下喝了一瓶牛奶，还现剥现吃过一只香蕉，不过想要克服浮力留在水下还得借重点儿外力，比如湖底要是有个圆环，能让他用胳膊勾住，那就没问题了。哎哟，这怎么行，那样的姑娘先就没处找，一个姑娘家怎么干得了这个呢，她会不灌一肚子的水才怪，是凯特的话准得给淹死，凯特根本没有一点水下功夫，他真希望世上能有那样的姑娘，那样的姑娘他也许能找到，不过更可能永远也找不到，像他这样的水下功夫除了他还有谁有？哼，会游泳有什么，会游泳算什么本事，这样的好水性除了他还有谁有？在伊万斯顿[①]倒有个家伙，屏气可以屏到六分钟，可是这人神经有毛病。尼克真恨不得能做条鱼，不，那有什么好。他笑出声来。

“什么事这样好笑，威米奇？”奥德加沙哑着嗓子说，那是跟凯特亲近时的声气。

“我真恨不得能做条鱼，”尼克说。

“亏你想得出来，”奥德加说。

“可不是，”尼克说。

“别说蠢话了，威米奇，”凯特说。

“你不想做条鱼吗，布特斯坦？”他头枕着木板地、脸背着他们说。

“不想，”凯特说。“今儿晚上不想。”

尼克把背紧紧顶住了她的脚。

“奥德加，你愿意变成什么动物？”尼克说。

“变成约·皮·摩根[②]，”奥德加说。

“真有你的，奥德加，”凯特说。尼克感觉到奥德加一脸得意了。

“我倒想变成威米奇，”凯特说。

---

① 芝加哥以北的一个城市。

② 约翰·皮尔庞特·摩根（1837—1913），美国大金融家、铁路巨头。其子同名（1867—1943），也是金融家。

“你要做威米奇太太总还是可以的，”奥德加说。

“根本不会有什么威米奇太太，”尼克说。他绷紧了背部的肌肉。原来凯特伸出了两条腿，抵在他背上，就像搁在火堆前一根原木上烤火似的。

“别把话说得太绝了，”奥德加说。

“我是铁了心的，”尼克说。“我要娶一条美人鱼。”

“那不就成了威米奇太太啦，”凯特说。

“不，成不了，”尼克说。“我不会让她做我太太的。”

“你怎么能不让她做呢？”

“我就是不让她做。我谅她也不敢。”

“美人鱼是不嫁人的，”凯特说。

“那我再称心也没有了，”尼克说。

“小心触犯了曼恩法[1]，”奥德加说。

“反正我们不踏进四英里的领海范围就是，”尼克说。“吃的东西可以从私酒贩卖船上弄来。你只要搞一套潜水服就可以来看我们，奥德加。布特斯坦要是想来，就带她一块儿来。我们星期四下午总在家的。”

“我们明天干什么？”奥德加说，沙哑着嗓子，又表示跟凯特亲近了。

“真该死，不谈明天的事，”尼克说。“还是谈谈我的美人鱼吧。”

“你的美人鱼已经谈够了。”

“那好，”尼克说。“你跟奥德加就谈你们的吧。我可要

---

① 由美国国会议员曼恩(1856—1922)提出，并于 1910 年 6 月在美国国会获得通过的一项法案。法案规定各州之间禁止色情人口买卖。

想想她哩。”

“你好没正经，威米奇。没正没经的，惹人讨厌。”

“你瞎说，我才老实呢。”他于是闭上了眼睛躺着，说，“别打搅我。我在想她呢。”

他就躺在那儿想他的美人鱼，凯特的足背还顶在他背上，她和奥德加在说他们的话。

奥德加和凯特在说他们的话，他可听而不闻了。他就躺着，什么都不想了，好不快活。

比尔和老吉已经在前边上了岸，顺着湖滩走到停汽车的地方，随后把车子倒到了码头上。尼克就爬起来穿好衣服。比尔和老吉坐在前座，因为游了这么长久，都很累了。尼克跟凯特和奥德加一起上了后座。大家都把身子往后一靠。比尔把车子呼地驶上了坡，拐到大路上。到了这公路干线上，尼克能看见前面车子的灯光了，每当自己的车一上坡，灯光便消失了，于是成了两眼一抹黑，一会儿赶了上去，灯光便又直眩眼了，到比尔超车而过的一刹那，眼前便只觉得模糊一片。公路是跟湖岸并行的，地势很高。来自夏勒伏瓦的大轿车，司机背后坐着俗不可耐的大阔佬，一辆辆迎面而来，擦肩而过，霸占着路面，车头灯也不减光。轰地一大串开过，像一列火车。比尔朝停在路边树下的一些汽车打起反光灯，弄得车上的人躲闪不迭。比尔没有碰上一辆超车的，只是一次有辆车子亮起了反光灯，在他们的脑后直晃，比尔便加快速度，把那辆车甩下了。后来比尔减慢了车速，猛地拐上一条穿过果园通往乡下住宅的黄沙路。汽车以低速在果园里一路上坡。凯特把嘴凑在尼克的耳边。

“记住，过个把钟头，威米奇，”她说。尼克拿大腿朝她腿上使劲顶了顶。汽车在果园高处的小山顶上绕了一圈，到那住宅前停下。

“姑妈睡了。我们得轻点儿，”凯特说。

“明天见，各位老兄，”比尔悄声说。“我们明儿早上再过去。”

“明天见，史密斯，”老吉也悄声说。“明天见，布特斯坦。”

“明天见，老吉，”凯特说。

奥德加眼下也住在这住宅里。

“明天见，各位老兄，”尼克说。“再见啦，明天见[1]。”

“明天见，威米奇，”奥德加在门廊上说。

尼克和老吉顺着道路走到果园里。尼克探起手来，从一棵“公爵夫人”[2]的枝头摘下一只苹果。苹果还青，不过他还是一口咬下，吮吸了酸酸的汁水，把渣吐掉。

“你跟‘飞鸟’今天游得够长久的，老吉，”他说。

“不好算太长久，威米奇，”老吉答道。

他们出了果园，走过院门口的信箱，踩上路面结实的州公路。在公路跨过小溪处，溪谷里弥漫着一片冷雾。尼克到桥上站住了。

“走呀，威米奇，”老吉说。

“好吧，”尼克应了一声。

他们继续顺着公路上了山坡，公路拐进教堂周围的一片小林子。一路所过的人家没有一家有灯光的。霍顿斯湾镇进入了

---

① 原文为德语 Morgen。

② 苹果的一个品种，红纹，椭圆形。

睡乡。连一辆过路的汽车都没有。

“我还不想睡呢，”尼克说。

“要我陪你再走走吗？”

“不用了，老吉。别费事了。”

“好吧。”

“我就跟你走到我家的小宅子为止，”尼克说。他们拨开搭钩，推开纱门，进了厨房。尼克打开冷藏柜，在里边东找西找。

“要不要来些这个，老吉？”他说。

“我要来块馅饼，”老吉说。

“我也要，”尼克说。他从冰箱顶上取了张油纸，包了几块油炸鸡和两块樱桃酱馅饼。

“我可要带着走的，”他说。老吉吃馅饼，从水桶里满满地舀了一勺水喝了。

“老吉呀，你要看书的话，只管到我房里去拿好了，”尼克说。老吉盯着尼克的那包点心直瞅。

“可别干蠢事啊，威米奇，”他说。

“没事儿，老吉。”

“那好。只是千万别干蠢事，”老吉说。他开了纱门走出去，穿过草地到小宅子去。尼克关了灯走出来，随手关好纱门，搭上钩子。他在点心外边包了张报纸，这就穿过湿漉漉的草地，翻过栅栏，顺着大榆树下的路穿过小镇，过了十字路口的最后一批“农村免费投递”信箱，来到通往夏勒伏瓦的公路上，一跨过小溪，他就抄近路穿过一片旷野，紧靠地边，绕着果园的围栏走，翻过栅栏，一头钻进林地。林地中央有四棵铁杉挨得紧紧地长在一起。地上软乎乎的尽是松针，一点露水也没有。这里的林木从不大肆砍伐，树下是一层覆被，踩上去又干燥又暖和，没有一点矮树乱丛。尼克把那包点心在一棵铁杉的树根旁放好，就躺下来等。黑咕隆咚中他看见凯特从林子里走来了，但是他一动没动。她没有看见他，抱着两条毯子，半晌没走一步。黑暗中看去，就像个孕妇挺着个奇大的肚子。尼克不觉一愣。转而一想，倒也滑稽。

"喂，布特斯坦，"他一声招呼。她连毯子都掉了。

"哎哟，威米奇。你不该这么吓唬我。我还当你没来呢。"

"布特斯坦亲爱的，"尼克说。他把她紧紧搂在怀里，只觉得她的身子都贴在自己身上，那娇柔可爱的身子整个儿都贴在自己身上了。她只顾紧紧偎在他胸前。

"我太爱你了，威米奇。"

"布特斯坦我亲爱的，我亲爱的，"尼克说。

他们铺开毯子，凯特把毯子抚抚平。

"拿毯子来冒了好大的风险啊，"凯特说。

"我知道，"尼克说。"我们脱衣服吧。"

"喔，威米奇。"

"那样更有趣。"他们就坐在毯子上脱衣服。光着身子坐在毯子上，尼克觉得有点不好意思。

"你喜欢我不穿衣服吗，威米奇？"

"哎，我们钻到毯子里去吧，"尼克说。他们于是就躺在毛糙的毯子里。贴上她冰凉的肌肤，他觉得浑身火热，他要的就是这个，过了会儿就觉得挺惬意了。

"惬意吗？"

凯特一个劲儿硬是逼着要他回答。

“这不是挺有趣吗？”

“喔，威米奇。我一直喜欢的就是这样。我一直想要的就是这样。”

他们就一起躺在毯子里。威米奇鼻子贴着她的脖子，把头一路顺着往下移，移到她双乳之间。就像抚摸钢琴琴键似的。

“你身上好一股清凉味儿，”他说。

他把嘴唇轻柔地贴在她的一只小乳房上。乳房在他双唇之间变得鲜活起来，他把舌头紧紧贴上去。他感到所有的感觉又兜上心头，便双手朝下溜去，把凯特拉过来。他身子朝下溜，她亲密无间地和他合而为一。她紧紧贴在他弧形的腹部上。她觉得那儿妙不可言。他摸索着，有点笨拙地，终于摸到了。他双手按在她乳房上，把她朝身上搂。尼克使劲地吻她的背脊。凯特的头朝前垂下。

“这样有劲吗？”他问。

“我喜欢。我喜欢。我喜欢。喔，来吧，威米奇。求求你，来吧。来吧，来吧。求求你，威米奇。求求你，求求你，威米奇。”

“这不来了吗，”尼克说。

他忽然感觉到赤条条的身子碰上毯子很不好受。

“你嫌我不好吗，威米奇？”凯特说。

“不，你挺好的，”尼克说。他此刻脑子转得飞快，清醒极了。看事情也看得清清楚楚，明明白白。“我饿了，”他说。

“但愿我们能在这儿睡到天亮。”凯特紧紧依偎着他。

“那敢情好，”尼克说。“可是不行啊。你得回屋里去。”

“我不想去，”凯特说。

尼克站起身来，一阵微风吹在他身上。他赶快穿起衬衫，穿上了就觉得好过了。他把长裤和鞋子也穿上了。

“你得穿衣服了，斯塔特[1]，”他说。她却把毯子蒙住了头，只管躺在那儿。

“等会儿嘛，”她说。尼克从铁杉树下拿来了点心。他把它打开。

“快，把衣服穿好，斯塔特，”他说。

“我不高兴穿，”凯特说。“我要在这儿睡到天亮。”她裹着毯子坐起身来。“把那堆衣服给我，威米奇。”

尼克把衣服给了她。

“对，我想起来了，”凯特说。“如果我在这儿露天睡觉，他们也只会当我是犯了傻，带上毯子睡到外边来了，那也没什么了不得的。”

“在外边你睡不舒服的，”尼克说。

“不舒服我会进去的。”

“我们吃点东西吧，吃完我得走了，”尼克说。

“我得穿件衣服，”凯特说。

他们就一起坐着吃油炸鸡，还各吃了一块樱桃酱馅饼。

尼克站起身，随即跪下吻了一下凯特。

他穿过湿漉漉的草地，回到小宅子，上楼进自己的房，走得小心翼翼的，免得踩出声来。睡在床上才惬意呢，被褥齐全，尽可以把手脚一摊，把头往枕头里一埋。睡在床上才惬意呢，又舒服，又快活，明天还要去钓鱼，还像往常那样，只要

---

① 凯特的外号布特斯坦的变体。

不忘记，要作一次祈祷，为家人，为自己(但愿能成为一个大作家)，为凯特，为哥们儿，为奥德加，还祝愿明天钓鱼能大丰收，可奥德加这可怜的老兄，睡在那边小宅子里的这位可怜的老兄，他明天恐怕钓不了鱼，今儿恐怕整夜睡不着了。可是你又有什么办法，一点办法都没有。

蔡　慧　译

第五部　两人为伴

新婚之日

他刚才游过泳，走上山以后，正在盆里洗脚。屋里很热，德奇和卢曼两个都站在一边，神色紧张。尼克从衣柜抽屉里拿出一套干净内衣、干净的丝袜、新的吊袜带、白衬衫和硬领，一一穿上。他站在镜子前打领带。德奇和卢曼使他想起拳击赛和橄榄球赛前的更衣室。他喜欢他们那副紧张相。他真想知道要是自己在给绞死前，他们是不是也会这样。八成是吧。万事都要事到临头才能明白的。德奇走出去拿瓶塞起子，进屋打开酒瓶。

“好好来一口，德奇。”

“你先喝，斯坦。”

“不。有什么关系？尽管喝吧。”

德奇足足喝了一大口。尼克嫌这一口喝得太多了。毕竟只有这么一瓶威士忌哪。德奇把酒瓶递给他。他递给卢曼。卢曼喝了一口，可没德奇喝得那么多。

“行了，斯坦老弟。”他把酒瓶递给尼克。

尼克灌了两口。他爱喝威士忌。尼克穿上长裤。他根本不在想什么。“色鬼”比尔，阿特 · 梅耶和“吉”都在楼上穿衣服。他们都该喝上一口。天哪，为什么只有一瓶呢？

婚礼结束后，他们就上了约翰 · 科特斯基的那辆福特车，顺着大路翻过小山，到湖边去。尼克付给约翰 · 科特斯基五美元，科特斯基帮他把行李袋搬到小船上去。他们俩跟科特斯基握握手，于是福特车顺老路开回去了。久久还听得见车子声。尼克的父亲在冰窖后面的李树丛里替他藏着船桨，可他找来找去找不到，海伦只得在下面船里等他。最后他总算找到了，就把桨带到下面湖岸去。

摸黑划过湖面路程倒很长。夜里又热又闷。两个人话都不多。有几个人刚才把婚礼闹得不像样了。快靠岸时，尼克使劲划桨，飕地把小船送上沙滩。他停下船，海伦一步跨了出来。尼克吻了她。她按他教过她的方式，使劲地回吻他，嘴唇微启，这样两个人的舌头就可以舔来舔去。他们紧紧抱住，然后走到小屋去。路又黑又长。尼克用钥匙开了门，然后回到小船上去取行李。他点上灯，两人一起把小屋内处处察看了一遍。

陈良廷　译

论写作*

天气越来越热了，太阳热辣辣地晒在他的脖颈上。

尼克钓到了一条好鳟鱼。他可不想钓到很多鳟鱼。这里的河道又浅又宽。两岸都长着树木。在午前的阳光中，左岸的树木在流水上投射下很短的阴影。尼克知道每摊阴影中都有鳟鱼。他和比尔·史密斯[①]有个炎热的日子在黑河边发现了这一点。等到下午，太阳朝群山移去后，鳟鱼会待在河道另一边的荫凉的阴影中。

最最大的鱼会待在靠近河岸的地方。在黑河上你是总能钓到大鱼的。比尔和他曾经发现这一点。太阳下了山，它们全都会游到外面激流中去。太阳下山前使河水射出一片耀眼的反光，就在此时，你可能在激流中的任何地方使一条大鳟鱼上钩。但是那时简直没法钓鱼，水面耀眼得就像阳光下的一面镜子。当然啦，你可以到上游去钓，可是在黑河或这条河那样的河道上，你不得不逆水吃力地走，而在水深的地方，水会朝你身上直涌。到上游去钓鱼可并不有趣，尽管所有的书本上都说这是唯一的办法。

所有的书本。他和比尔在过去的日子里看书看得可有劲儿哪。这些书都是以一个虚假的前提做出发点的。就像猎狐活动一样。比尔·伯德[②]在巴黎的牙医说过，甩假蝇钓鱼时，你把自己的智力跟鱼的智力作较量。我一向是这样看的，埃兹拉[③]说。这话能引人发笑。能引人发笑的事儿多着呢。在美国，人们以为斗牛是个笑柄。埃兹拉认为钓鱼是个笑柄。许多人认为诗是个笑柄。英国人是个笑柄。

还记得在潘普洛纳[④]，人家当我们是法国人，把我们从板墙后推到场子里的公牛面前吗？比尔的牙医从另一方面来看待钓鱼，也同样的糟糕。这是说比尔·伯德。从前，比尔是指比尔·史密斯。现在是指比尔·伯德。比尔·伯德眼下正在巴黎。

---

* 这是海明威原来附加在《大双心河》文末的，可说是另一个结尾，因为它的开头三段和《大双心河》(第二部)中的三段重复。1924年底把包括本篇在内的短篇小说集《在我们的时代里》送美国出版商时，于最后时刻决定删去这最后九页，因为这段自传性的内心独白把本文中所着意刻画的战争创伤的效果给破坏了。卡洛斯·贝克在《海明威生平故事》(1969)中写道：“这主要是一段尼克·亚当斯的内心独白，充满了对他那些在密歇根州的老朋友和在欧洲的新朋友的回忆。文中还发表了一些对美学的见解。”

① 即前文中提到过的比尔，指海明威早年在密歇根州度夏时的至交之一，小威廉·B·史密斯。海明威在这段结尾中完全把自己和尼克等同起来了。

② 指美国新闻工作者威廉·伯德(1888—1963)。他于1920年创办联合新闻社，赴巴黎任驻法分社负责人。1922年4月，去意大利热那亚采访国际经济会议时结识海明威。他爱好用十八世纪的手工操作的印刷机亲自印刷珍本书籍，在巴黎办了一个三山出版社，于1924年3月出版海明威的速写集《在我们的时代里》。

③ 指美国意象派诗人埃兹拉·庞德(1885—1973)，海明威在巴黎开始写作生涯时的启蒙者之一。

④ 在西班牙东北部，为古巴斯克王国的首都，有十五世纪的哥特式大教堂。每年7月初圣福明节期间，居民通宵狂欢，并举行斗牛赛。海明威于1923年和友人同去参加，迷恋上了斗牛赛。后来在《太阳照常升起》中详细描绘了1925年那次盛大的狂欢节和斗牛赛。

他结了婚[1]就此失去了比尔·史密斯、奥德加、吉[2]和过去的那一帮子。这是因为他们都是处男的关系吗？吉肯定不是处男。不，他所以失去他们，是因为他用结婚的行动来承认还有比钓鱼更重要的事儿。

这是他一手培养的。他和比尔认识以前，比尔从没钓过鱼。他们到处都打伙在一起。黑河、鲟鱼河、松树荒原[3]、明尼苏达河上游，还有那么许多小溪。关于钓鱼的事儿大都是他和比尔一道发现的。他们在农场里干活，从六月到十月钓鱼，并到林子里去远足。比尔每年春天总是辞去他的工作。他也这样。埃兹拉认为钓鱼是个笑柄。

比尔原谅了他在他们俩认识前的钓鱼活动。他原谅他曾到过那么许多河上。他确实为它们感到骄傲。这就像一个姑娘对其他姑娘的看法。如果她们是你过去搞的，那就无所谓。可是你后来再搞就不同了。

这就是为什么他失去他们的原因，他想。

他们全都和钓鱼结了婚。埃兹拉把钓鱼看作笑柄。其他人大都也这样想。他在和海伦结婚前就和钓鱼结了婚。确实和它结了婚。这绝对不是笑柄。

---

① 海明威和第一个妻子哈德莱·理查逊（在尼克·亚当斯的故事中名为海伦）于1921年9月结了婚，年底即赴巴黎定居，开始文学生涯，所以和早年那些钓鱼朋友就此疏远了。

② 奥德加和吉分别为海明威称呼他早年游侣卡尔·埃德加和杰克·彭特科斯特的外号，后者是海明威中学时的同学。

③ 黑河和鲟鱼河分别在密歇根州中部及北部。松树荒原在新泽西州东南部，面积达七千多平方公里，原为成片的松、柏、橡树林，直到十九世纪六十年代被砍伐殆尽，成为一片由砂质土地、沼地、溪流、灌木丛等组成的荒原，只有些零星的松林，故名。

所以他失去了他们大伙儿。海伦认为是因为他们不喜欢她。

尼克在一块背阴的漂石上坐下来，把布袋垂在河里。河水在漂石的两边打旋。背阴的地方很凉快。河边树木下，河滩是沙质的。沙滩上有水貂的脚迹。

他还是避开日头的好。漂石又干燥又凉快。他坐着，让水从靴子里流出来，顺着漂石的一边往下淌。

海伦认为是因为他们不喜欢她。她当真这么想。乖乖，他想起了自己当初对人们结婚总怀着恐惧。真是可笑。或许是因为他一向跟上了年纪的不主张结婚的人来往才这样的。

奥德加老是想跟凯特①结婚。凯特说什么也不想跟人结婚。她和奥德加老是为了这个吵嘴，可是奥德加不要别人，而凯特却什么人都不要。她只要求彼此做好朋友，奥德加也愿意做好朋友，他们俩一直很苦恼，竭力做好朋友，并且争吵。

这一套禁欲主义思想是夫人②灌输给人的。吉跟克利夫兰儿家窑子的姑娘们来往，但他也有这种想法。尼克也有过这种想法。这一套全是虚假的玩意。你让这种虚假的理想在心里扎下根，你就要身体力行了。

一切爱好全都放在钓鱼和过夏上了。

他爱好钓鱼甚于一切。他爱好跟比尔在秋天里刨土豆，乘汽车长途旅行，在海湾中钓鱼，炎热的日子里躺在吊床上看

---

① 这是威廉（“比尔”）· B · 史密斯妹妹凯瑟琳的爱称。她后来于 1929 年和美国小说家约翰 · 多斯 · 帕索斯结婚，于 1947 年去世。

② 指圣路易市约瑟夫 · 威廉 · 查尔斯大夫的夫人，她是比尔和凯特的姑妈，在他们的母亲患肺结核于 1899 年去世后，把他们从小扶养成人。

书，在码头边游水，在夏勒伏瓦和佩托斯基[1]打棒球，在海湾边生活，吃夫人做的饭菜，看到她和蔼地对待仆人们，在餐厅中吃饭，眺望窗外长条田地和地岬对面的大湖，跟她交谈，和比尔的老爹一起喝酒，离开农场出去钓鱼，或者光是闲着无所事事。

他爱好漫长的夏季。从前，每当八月一日来临，他想到仅仅只有四个礼拜钓鳟鱼的季节就要过去时，总觉得不是味儿。如今，他有时在梦里会有这种感觉。他会梦到夏季就快过去，而他还没钓过鱼。这使他在梦里觉得不是味儿，仿佛在坐牢似的。

瓦隆湖南端的山丘，在湖上驾汽艇驶来时遇到的暴风雨，在引擎上张着一把伞不让冲上船来的波浪弄湿火花塞，用泵排出船内的积水，在大暴雨中驾着船沿湖滨送蔬菜，爬上浪峰，溜下波谷，浪涛紧跟在后方，带着用油布盖住的伙食、邮件和芝加哥的报纸从大湖[2]的南端北来，坐在这些东西上面不让弄湿，浪大得无法登陆，在火堆前烤干身子，光着脚去取牛奶时，风在铁杉的枝间刮着，脚下是湿漉漉的松针。天亮时起床划船过湖，雨后徒步翻过山丘上霍顿斯溪去钓鱼。

霍顿斯溪一向需要雨水。歇尔兹溪碰到下雨就不行了，泥水奔流，泛滥起来，流到草地上。一条小溪这么样，打哪儿去找鳟鱼啊？

这就是有条公牛把他追得翻过板墙的地方，他弄丢了钱

---

① 海明威的父亲常带孩子们在密歇根州中部的瓦隆湖畔的别墅中度夏，使海明威从小爱上了钓鱼。夏勒伏瓦位于瓦隆湖西，滨密歇根湖，佩托斯基在瓦隆湖东，滨小特拉弗斯湾，是那一带的两大城市。

② 指密歇根湖，芝加哥位于该湖的西南端。

包，钓钩全在里头呢。[1]

要是他当初就像现在这样了解公牛就好了。马埃拉[2]和阿尔加凡诺如今在哪儿？八月，巴伦西亚和桑坦德[3]的周日斗牛赛，在圣塞瓦斯蒂安[4]的那几场糟糕的斗牛赛。桑切斯·梅希阿斯杀了六头公牛。斗牛报纸上的那些词句自始至终老是浮现在他脑中，弄得他到头来只得不再看报。用米乌拉公牛的斗牛赛。尽管他的“自然挥巾”[5]动作做得缺点昭然若揭。安达卢西亚[6]的精华。“骗子”奇克林。胡安·特雷莫托。贝尔蒙蒂·布埃尔凡怎么样？

马埃拉的小弟弟如今也是个斗牛士了。事情就是这样发展的。

整整一年，他的内心世界全给斗牛占去了。钦克[7]看到马被牛扎伤，脸色煞白，可怜巴巴。[8]唐[9]对这却无所谓，他说。

---

① 海明威常趁到潘普洛纳看斗牛之便，和友人赴该城东北比利牛斯山脉南麓的布尔戈特小镇去钓鱼。详见《太阳照常升起》。

② 海明威和许多著名的斗牛士交朋友，曼努埃尔·加西亚·马埃拉是他第一次去潘普洛纳时就结识的。他曾在速写“第十四章”中想象马埃拉在场上被公牛扎死的情景。马埃拉实际上是在 1924 年 12 月死于肺炎的。

③ 巴伦西亚在西班牙东北部，滨地中海，桑坦德在西班牙北部，滨比斯开湾。

④ 位于西班牙北部，滨比斯开湾，为巴斯克地区的中心。

⑤ 斗牛的一种动作，斗牛士左手握着有柄红巾，引诱公牛朝他的身子冲过来，紧挨他的左侧擦过。

⑥ 古地区名，包括今西班牙南部八个行省。

⑦ 海明威在米兰医院养伤时，于 1918 年 11 月结识爱尔兰军官埃里克·爱德华·多尔曼-史密斯，成为终身好友。钦克是他的外号。他给海明威讲了不少大战中的经历，海明威后来写在小说中。1922 年 5 月，海明威夫妇和钦克重访意大利，到了在大战中到过的那些地方。

⑧ 斗牛赛的第一阶段，由两名骑着马的长矛手把长矛扎进公牛颈部隆起的肌肉，公牛被激，朝马冲击，常常把马挑伤，情景可怖，初看斗牛赛者往往受不住。

⑨ 指美国讽刺作家唐纳德·奥格登·斯图尔特(1894—1980)。他与海明威于 1923 年在巴黎相识，第二年 7 月第一次去潘普洛纳看斗牛。他后来进戏剧界，登台演出并写剧本，在好莱坞任电影编剧多年，1940 年以《费城故事》获编剧金像奖。

“于是我恍然大悟，我会爱上斗牛的。”这准是看马埃拉时的事。马埃拉是他知道的最了不起的一个。①钦克也这样认为。他在把公牛从土街上赶往斗牛场的牛栏时目光跟着他转。

他，尼克，是马埃拉的朋友，所以马埃拉从他们在出入口上方第一排座位上面的87号包厢对他们挥手，等海伦看到了他，再挥挥手，而海伦很崇拜他，当时包厢里还有三名长矛手，而所有其他长矛手正在包厢前面的场子里干他们的活儿，他们抬眼望着，事前事后都挥挥手，于是他对海伦说，长矛手们只替彼此干，这一点当然是事实啰。这正是他看到过的最出色的长矛功夫，包厢里那三名头戴科尔多瓦帽的长矛手，每看到长矛出色地扎中一次就点点头，其他的长矛手对上面的那三位挥挥手，然后干他们的活儿。就像那些葡萄牙长矛手上场的那一回，那名老长矛手把帽子丢进场子，自己趴在板墙上观看那小伙子达·凡依加表演。这是他曾见过的最伤心的场面。这就是那名胖长矛手想当的角色，当一名斗牛场上的骑手。上帝啊，这小子达·凡依加骑马功夫多棒。这才叫骑马功夫。拍成电影可不怎么样。

电影把什么都给毁了。就像谈论什么好的事物一样。正是这一点使战争成为不真实。话讲得太多了。

不管谈论什么事儿都不好。不管写什么真实的事儿也都不好。这一来总不免把它给破坏了。

唯一多少有点优点的作品是你虚构出来的，你想象出来

---

① 海明威在1926年写的短篇小说《陈腐的故事》中写马埃拉得了肺炎在特里安纳的家中死去，并且写到那次重大的葬礼，由一百四十七名斗牛士送他上坟场，把他葬在著名斗牛士何塞利托(1895—1920)的墓旁。

的。这倒使什么事物都变得逼真了。就像他写《我老爹》[①]时，他从没见过一名骑师摔死，但第二个礼拜，乔治·帕弗雷芒就在跳那一个栏时摔死了，而情况果然如此。他曾经写过的所有好作品都是他虚构的。没有一桩事曾真正发生过。其他事倒发生过。说不定是更好的事吧。这正是家里人无法理解的地方。他们以为全是根据经验写的。

这就是乔伊斯的弱点。《尤利西斯》中的戴德勒斯就是乔伊斯本人，所以他糟透了。乔伊斯对待他真太富有浪漫色彩和理智了。他虚构了布卢姆这一人物，而布卢姆真了不起。他虚构了布卢姆太太。[②]她是全世界最伟大的角色。

这就是麦克[③]的写作方式。麦克写得太接近生活了。你必须领悟了生活，然后创作出你自己的人物。不过麦克还是有能耐的。

尼克在他写的故事中从来不写他本人。他都是虚构的。当然啦，他从没见过一个印第安妇女生孩子。这是使那个故事[④]出色的原因。谁也不知道这底细。他曾在上喀拉迦奇的路上看见过一个女人生孩子。[⑤]就是这么回事。

他希望能始终这样写作。他有时候这样写。他想当个伟大的作家。他肯定相信能当成。他从好多方面看出了这一点。他

---

① 海明威在这里把自己和尼克完全等同起来了。

② 爱尔兰小说家詹姆斯·乔伊斯（1882—1941）的长篇小说《尤利西斯》（1922）主要写这三个都柏林人在 1904 年 6 月 16 日那一天从早到晚的活动。

③ 指美国诗人、作家罗伯特·孟席斯·麦克阿尔蒙（1896—1956）。他于 1921 年春到巴黎，于 1923 年创办出版公司，那年秋，出版海明威的第一部作品《三篇故事与十首诗》。

④ 指海明威的早期短篇小说《印第安人营地》。

⑤ 见海明威早年写的速写“第二章”。

无论如何要当成。不过这是烦难的。

如果你爱好这个世界，爱好生活在这个世界上，爱好某些人物，要当一个伟大的作家是烦难的。如果你爱好许许多多地方，那么也是烦难的。那样的话，你就身体健康，心情舒畅，过着愉快的日子，别的就都不在乎了。

每当海伦不舒服的时候，他总是能工作得最出色。就靠那么多的不满和摩擦吧。再说，还有些你不得不写作的时候。不是出于良心。仅仅是肠子里需要有东西可以蠕动而已。再说，你有时候感到不可能再写作了，可是隔了不久，你就知道早晚你能再写出一个好故事来。

这实在比什么都有趣儿。这才确实是你为什么写作的原因。他过去从没体会到这一点。这不是出于良心。仅仅是因为这是最大的乐趣。它比任何事都更有劲。然而要写得出色真难死了。

诀窍可真多啊。

如果你用诀窍来写，那就容易了。人人都用诀窍来着。乔伊斯想出了几百个新的诀窍。光凭它们是新的，可并不能使它们更出色。它们全都会变成陈词滥调。

他向往像塞尚绘画那样来写作。

塞尚开始时什么诀窍都用上了。后来他打破了这一切，创作出真崭实货的玩艺。这样做难得够呛。他是最伟大的一个。永远是最伟大的。但没有成为人们崇拜的偶像。他，尼克，希望写乡野，这样可以像塞尚在绘画方面那样永存于世[①]。你必须从自己的内心出发来干。根本没有任何诀窍可言。谁也没有

---

① 法国后期印象派大师塞尚(1839—1906)画有不少法国东南部普罗旺斯地区的风景画。

这样写过乡野。他为此简直感到神圣。这是严肃得要命的事儿。如果你为了它奋斗到底，你就能成功。如果你充分用你的双眼来生活的话。

这是桩你没法谈论的事儿。他打算一直写作下去，直到成功为止。也许永远不会成功，但是等他接近了目标，他是会知道的。这是桩艰巨的工作。也许要他干上一辈子。

写人物是很容易的。所有这一套时髦的玩艺是容易的。在这个时代背景下，有那些顶天立地的原始派艺术家，如卡明斯[①]，当他思想机敏的时候，写作就像是自动化的，《巨大的房间》可不是这样，那是一部著作，伟大的作品之一。卡明斯花了很大的力气才写成的。

还有别的作家吗？年轻的阿希[②]有点能耐，可是你还说不准。犹太人很快就退化。他们开始时都很好。麦克有点能耐。唐·斯图尔特仅次于卡明斯，是最有能耐的。比如说他笔下的哈多克夫妇[③]。也许林·拉德纳[④]也是如此。非常可能。舍伍德[⑤]这样的老家伙。德莱塞这样的更老一点的家伙。还有什么

① 爱·埃·卡明斯(1894—1962)于 1917 年参加美国志愿救护车队赴法，因友人家信中有亲德文字受牵连而被关进法国集中营，1922 年发表自传体小说《巨大的房间》，用超现实主义手法描述这几个月狱中生活的感受。后来成为在诗歌语言及形式上创新的著名现代派诗人。

② 指出生于波兰的著名犹太小说家肖伦·阿希(1880—1957)的长子内森(1902—1964)，当时在巴黎的《大西洋彼岸评论》上发表了一些短篇小说。

③ 斯图尔特刚在 1924 年发表幽默小说《哈多克先生和夫人出国记》。

④ 美国讽刺作家林·拉德纳(1885—1933)善于用口语体写棒球运动员、理发师等社会上九流三教的小人物的故事，1916 年以书信体小说《你是知道我的，艾尔》而成名。

⑤ 指美国小说家舍伍德·安德森(1876—1941)，其代表作为描写俄亥俄州一假想小镇上形形色色人物的短篇集《小城畸人》(1919)。他开创了美国文学中的现代文体，海明威曾受其影响。

别的人吗？也许有些年轻的家伙。伟大的无名作家。然而无名作家是从来没有的。

他们追求的目标跟他追求的不同。

他看得到塞尚的作品。格特鲁德·斯坦因[①]家的那幅画像。如果他画得对头，她是看得出来的。卢森堡宫[②]的那两幅好作品，他每天在伯恩海姆博物馆那展出借来展品的画展上看到的那些。士兵们脱掉衣服准备游水，树木间的房屋，其中一棵树后面有座屋子，不是胭脂红的那座，而是另一座胭脂红的。男孩子的画像。塞尚也能画人物。然而这是比较容易的，他用从乡间取得的经验来画人物。尼克也能够这样做。人物是容易写的。谁也不知道他们的底细。如果读起来很好，人家就信得过你的话了。人家信得过乔伊斯。

他确切知道塞尚会怎样来画这一段河流。上帝啊，要是有他在这儿来画多好啊。他们死了，这真是糟透了。他们工作了一辈子，然后上了年纪，死了。

尼克看清了塞尚会怎样画这一段河流和沼地，便站起身来，朝下跨进河水。水很冷，是实际存在的。他蹚过流水，在这幅画面上移动着。他在河边沙砾地上跪下，把手伸进盛鳟鱼的布袋。它搁在流水里，就在他把它通过浅滩一路拖过来的地方。这老伙计还活着。尼克打开布袋口，把鳟鱼放在浅水里，看它越过浅滩游走，背脊露出在水面上，穿过石块之间游向那

① 格特鲁德·斯坦因(1874—1946)于1902年起定居于巴黎，从事实验性写作，并提倡支持巴黎的先锋派艺术运动，收藏不少塞尚、毕加索等的作品。海明威第一次到巴黎后不久即参加她家的文艺沙龙，在写作上受到她的启发及影响。

② 在巴黎塞纳河左岸，巴黎大学文理学院附近。当时常年展出大量当代美术家的作品。后来迁移至附近的一所建筑中，称为卢森堡博物馆。

深深的水流。

“它太大了，不好吃，”尼克说。“我到宿营地前面去钓两条小的当晚饭。”

他爬上河岸，把钓丝绕在卷轴上，动身穿过灌木丛。他吃了一块三明治。他忙着赶路，钓竿很碍事。他不再思索。他把一些想法存放在头脑里。他要赶回宿营地，动手干起来。

他把钓竿紧挟在身边，穿过灌木丛。钓丝钩住了一根树枝。尼克站住了，割断钓钩上的接钩绳，把钓丝卷好。他把钓竿朝前伸着，现在穿过灌木丛可轻松了。

他看见前方有只兔子，平躺在小道上。他站住了，心里很不满。兔子差一点断气了。兔子脑袋上叮着两只扁虱，每只耳朵后面一只。它们是灰色的，吸饱了血，有一颗葡萄那么大。尼克把它们摘下，它们的头小而硬，几对脚动弹着。他把它们放在小道上，一脚踩下。

尼克拎起这纽扣般的眼睛呆滞无神的软绵绵的兔子，把它放在小道边一丛香蕨木下。他放下时，感到它的心在跳。兔子在树丛下静静地躺着。它也许会醒过来的，尼克想。也许是当它蹲伏在草丛中时，扁虱叮上了它。也许是它在开阔地上欢跳之后发生的。他说不准。

他继续上坡顺着小道走向宿营地。他头脑里存放着一些想法。

吴　劳　译

阿尔卑斯山牧歌

哪怕是一清早就下山，走进山谷也很热。太阳把我们随身带着的滑雪板上的积雪融化了，把木头也晒干了。春天来到了河谷，但太阳还是十分热。我们沿着大路来到加耳都尔，随身带着滑雪板和帆布背包。我们经过教堂墓地时，一场葬礼刚刚结束。一个神父从教堂墓地出来，经过我们身旁，我对他说“感谢主”[①]。神父哈了哈腰。

“很奇怪，神父总是不跟人说话，”约翰说。

“你以为他会说‘感谢主’吧。”

“他们从来不答腔，”约翰说。

我们在路上停下来，瞅着那教堂司事在把新土铲进墓穴。一个养有一部黑色络腮胡子、脚登高统皮靴的农民站在墓穴旁。教堂司事停止铲土，直起腰来。穿高统靴的农民把教堂司事手里的铲子拿过来，继续把土填进墓穴——就像在菜园里洒肥料那样，把土布得很均匀。在这个阳光灿烂的五月早晨，这填墓穴的事儿看来像是不真实的。我无法想象有什么人会死去。

“想想看，像今天这样的日子，竟会有人入土，”我对约翰说。

“我不喜欢这档子事。”

“唔，”我说，“我们才不必这么做呢。”

我们继续沿大路走去，经过镇上许多房屋，走到客店。我们在锡尔夫雷塔山滑了一个月的雪，能下山来到山谷真是不错。在锡尔夫雷塔滑雪固然很好，但这是春季滑雪，积雪只在清晨和黄昏才顶事。其余的时间，雪都让太阳给糟蹋了。我们俩都对太阳感到厌烦了。你没法逃避阳光。唯一的阴影就是岩石和这木结构客店投下的，它就筑在一道冰川旁，靠一块岩石当庇护。但在这阴凉的地方，汗水在你的衬衣裤里冻结起来。你不戴上墨镜，就无法坐到客店外面去。面孔晒得黧黑本是件乐事，无奈太阳一直令人觉得十分厌烦。你无法在太阳下休息。我高兴能离开雪地下山来。春天上锡尔夫雷塔山，时间太迟了。我对滑雪也有点儿厌烦了。我们待得时间太长了。我嘴里还有我们一直在喝的雪水的味道，那是客店的白铁屋顶上融化的雪水。这股味道正是我对滑雪的感受的一个组成部分。我真高兴，除了滑雪，还有其他事可做，很高兴能够下山，离开高山上那种反常的春天天气，置身在这山谷里五月的晨光中。

客店老板坐在门廊上，他的坐椅向后翘起，抵着墙壁。厨师坐在他身旁。

“滑雪，嗨！”客店老板说。

“嗨！”我们说着，把滑雪板靠在墙上，卸下我们的帆布背包。

---

① 原文为德语。译文用仿宋体，下同。

“山上怎样啦？”客店老板问。

“很好。阳光太充足了一点。”

“是呀。每年这时候总是阳光太充足。”

厨师仍然坐在椅子里。客店老板陪我们进去，打开他的办公室，取出我们的邮件。有一捆信和一些报纸。

“来点啤酒吧，”约翰说。

“行。我们到里头去喝。”

客店老板拿来两瓶酒，我们边喝酒边看信。

“最好再来些啤酒，”约翰说。这回送酒来的是个姑娘。她带着微笑，打开瓶盖。

“好多信啊，”她说。

“是呀。好多。”

“祝你们健康，”她说着，就拿了空瓶走出去。

“我已经忘记啤酒是啥味道了。”

“我可没有，”约翰说。“在山上小客店里，我总是大想特想啤酒。”

“得，”我说，“这会儿我们可喝到啦。”

“任何事情都决不该干得时间太长。”

“是呀。我们在山上待得太长了。”

“真他妈的太长了，”约翰说。“把一桩事干得时间太长，没好处。”

阳光射进敞开的窗户，透过啤酒瓶，照在桌上。瓶子里都还有一半酒。瓶子里的啤酒上有一些泡沫，沫子不很多，因为酒十分冷。你把啤酒倒进大玻璃杯，泡沫就堆积起来。我打敞开的窗户望出去，看那白色的大路。路边的树上蒙着尘土。远处是一片碧绿的田野和一条小溪。溪边一溜树木，还有一座有个大水轮的磨坊。透过磨坊敞开的一边，我看到一根长长的原木，有把大锯在木头里上下起落。似乎没人在旁边照料。四只老鸦在绿野里走来走去。一只老鸦蹲在树上监视着。在屋外门廊上，那厨师离开他的坐椅，穿过通往后面厨房的门厅。屋内，阳光透过空玻璃杯，照在桌上。约翰身子往前冲，把头埋在臂弯里。

透过窗户，我看到有两个男人走上屋前的台阶。他们走进饮酒室。一个就是那脚登高统靴、长着络腮胡子的农民。另一个是教堂司事。他们在窗下的桌边坐下。那姑娘走进来，在他们的桌边站下。那农民似乎并不在朝她看。他双手放在桌上，坐在那儿。他穿着一套旧军服。两边肘上缀有补丁。

"怎么样啦？"教堂司事问。那农民却一理不理。

"你喝什么？"

"德国烧酒，"农民说。

"再来四分之一升红葡萄酒，"教堂司事对姑娘说。

姑娘把酒端来，农民喝起烧酒来。他望着窗外。教堂司事瞅着他。约翰把头朝前靠在桌上。他睡着了。

客店老板走进来，跑到那张桌子边。他用方言说话，教堂司事也用方言回答。那农民望着窗外。客店老板走出房去。农民站起身来。他打皮夹子里取出一张折叠的一万克朗[①]的钞票，把它打开。姑娘走上前来。

"一起算？"她问。

"一起算，"他说。

"葡萄酒我来会钞，"教堂司事说。

---

① 奥地利货币，一克朗当时约等于四个半马克。

“一起算，”那农民对姑娘再说一遍。她把手伸进围裙口袋，拿出满满一把硬币，数出了找头。农民走出门去。等他一走，客店老板又进来同教堂司事谈话。他在桌旁坐下。他们用方言谈话。教堂司事给逗乐了。客店老板却显得厌恶。教堂司事打桌旁站起来。他是个留着一撮小胡子的小个儿。他探身伸出窗外，望着大路的另一端。

“他走进去啦，”他说。

“到狮子客店去了？”

“是。”

他们又谈起话来，客店老板随即走到我们桌子边。客店老板是个高个子的老头。他看着睡着的约翰。

“他累坏了。”

“是呀，我们起得早。”

“你们想马上吃东西吗？”

“不忙，”我说。“有什么可吃的？”

“你要什么有什么。那姑娘会拿菜单来的。”

姑娘拿来了菜单。约翰醒过来了。菜单用墨水写在卡片上，然后把卡片嵌在一块球拍式的板上。

“菜单来了，”我对约翰说。他看看菜单。他还是瞌肮懵懂的。

“你同我们一起喝一杯好吗？”我问客店老板。他坐下了。“那些个农民真不是人，”客店老板说。

“我们进镇来的时候，看到那个农民在参加葬礼。”

“那是他妻子入土。”

“啊。”

“他不是人。所有这些农民都不是人。”

“你这是什么意思？”

“你哪里会相信啊。你哪里会相信那个人刚才干了什么来着。”

“跟我说说。”

“你哪里会相信啊。”客店老板对教堂司事讲话了。“弗朗茨，你过来。”教堂司事过来了，手里拿着他那一小瓶葡萄酒和一只酒杯。

“这两位先生刚从威斯巴登客店下山来，”客店老板说。我们握握手。

“你要喝什么？”我问。

“什么也不要，”弗朗茨晃晃手指头。

“再来四分之一升怎么样？”

“行呀。”

“你懂得方言吗？”客店老板问。

“不懂。”

“究竟是怎么回事？”约翰问。

“他要把我们进镇的时候看到的那个在填墓穴的农民的情况告诉我们。”

“反正我是听不懂的，”约翰说。“说得太快了。”

“那个农民，”客店老板说，“今天送他的妻子来入土。她是去年十一月里死的。”

“十二月，”教堂司事说。

“这一点没关系。就算她是去年十二月死的吧，他当时通知了村社。”

“十二月十八日，”教堂司事说。

“反正积雪不化，他就不能送她来入土。”

“他住在巴兹瑙河的另一边，”教堂司事说。“不过他属于这个教区。”

“他根本没法送她来？”我问。

“是呀。得等到雪融化了，他才能从他住的地方坐雪橇下山来。所以他今天送她来入土，可那神父看了看她的脸，不肯掩埋她。你接下去讲吧，”他对教堂司事说。“说德国话，别说方言。”

“神父觉得很奇怪，”教堂司事说。“给村社的报告中说她死于心脏病。我们也知道她有心脏病。她有时候会在教堂里昏过去。她已经好久没来教堂了。她没有力气爬山。神父揭开她脸上盖的毯子，问奥尔茨，‘你老婆死得很痛苦吧？’‘不，’奥尔茨说。‘我回到家里，她已经横在床上死了。’

“神父又看了她一眼。他不喜欢。

“‘她脸上怎么弄成这个样子？’

“‘我不知道，’奥尔茨说。

“‘你还是去弄弄明白吧，’神父说着，把毯子盖上。奥尔茨不言声了。神父望望他。奥尔茨也望望神父。‘你想知道吗？’

“‘我一定要知道，’神父说。”

“精彩的地方就在这儿，”客店老板说。“你听着。弗朗茨，往下说吧。”

“‘唔，’奥尔茨说，‘她死了，我就去报告村社，我把她放在柴间里，搁在一块大木头上面。后来我要用那块大木头了，可她已经僵硬了，我就把她挨着墙竖起来。她嘴巴张着，每逢我晚上走进柴间去劈那块大木头时，我把提灯挂在她嘴上。’

“‘你干吗要那样做？’神父问。

“‘我不知道，’奥尔茨说。

“‘你那样挂过许多回了？’

“‘每次我晚上到柴间去干活时都挂过。’

“‘这样干大错特错了，’神父说。‘你爱你的妻子吗？’

“‘对，我爱她，’奥尔茨说。‘我真爱她。’”

“你全都明白了吧？”客店老板问。“你关于他妻子的情况都明白了吧？”

“我听到了。”

“吃东西吧？”约翰问。

“你来点菜，”我说。“你认为这是真的吗？”我问客店老板。

“当然是真的，”他说。“这些个农民真不是人。”

“他这会儿到哪里去了？”

“他到我的同行的狮子客店去喝酒了。”

“他不愿意跟我一起喝酒，”教堂司事说。

“打从他知道他妻子的情况以后，他就不愿意同我一起喝酒了，”客店老板说。

“喂，”约翰说。“吃东西吧？”

“好啊，”我说。

曹　庸　译

越野滑雪

缆车又颠了一下，停了。没法朝前开了，大雪给风刮得严严实实地积在车道上。冲刷高山裸露表层的狂风把向风一面的雪刮成一层冰壳。尼克正在行李车厢里给滑雪板上蜡，把靴尖塞进滑雪板上的铁夹，牢牢扣上夹子。他从车厢边缘跳下，落脚在硬邦邦的冰壳上，来一个弹跳旋转，蹲下身子，把滑雪杖拖在背后，一溜烟滑下山坡。

乔治在下面的雪坡上一落一起，再一落就不见了人影。尼克顺着陡起陡伏的山坡滑下去时，那股冲势加上猛然下滑的劲儿把他弄得浑然忘却一切，只觉得身子里有一股飞翔、下坠的奇妙感。他挺起身，稍稍来个上滑姿势，一下子又往下滑，往下滑，冲下最后一个陡峭的长坡，越滑越快，越滑越快，雪坡似乎在他脚下消失了。身子下蹲得几乎倒坐在滑雪板上，尽量把重心放低，只见飞雪犹如沙暴，他知道速度太快了。但他稳住了。他决不失手摔倒。随即一搭被风刮进坑里的软雪把他绊倒，滑雪板一阵磕磕绊绊，他接连翻了几个筋斗，觉得活像只挨了枪子的兔子，然后停住，两腿交叉，滑雪板朝天翘起，鼻子和耳朵里满是雪。

乔治站在坡下稍远的地方，正噼噼啪啪地拍掉风衣上的雪。

“你的姿势真美妙，迈克，”他对尼克大声叫道。“那搭烂糟糟的雪真该死。把我也这样绊了一跤。”

“在峡谷滑雪是什么味儿？”尼克仰天躺着，踢蹬着滑雪板，挣扎站起来。

“你得靠左边滑。因为谷底有堵栅栏，所以飞速冲下去后得来个大旋身[1]。”

“等一会儿我们一起去滑。”

“不，你赶快先去。我想看你滑下峡谷。”

尼克·亚当斯赶过背部宽阔、金发上还蒙着一点儿雪的乔治身边向上攀登，他的滑雪板开始有点打滑，随后一下子猛冲下去，把晶莹的雪糁儿擦得嘶嘶响，随着他在起伏不定的峡谷里时上时下，看起来像是在浮上来又沉下去。他坚持靠左边滑，末了，在冲向栅栏时，紧紧并拢双膝，像拧紧螺旋似的旋转身子，把滑雪板向右来个急转弯，扬起滚滚白雪，然后慢慢减速，跟山坡和铁丝栅栏平行地站住了。

他抬头看看山上。乔治正屈起双膝，用特勒马克姿势[2]滑下山来；一条腿在前面弯着，另一条腿在后面拖着，两支滑雪杖像虫子的细腿那样荡着，杖尖触到地面，掀起阵阵白雪，最后，这整个一腿下跪、一腿拖随的身子来个漂亮的右转弯，蹲

① 滑雪时用大旋身来掉转下坡方向，在高速滑行时通常靠改变身体前倾重量，滑雪板保持平行，然后转弯刹住。

② 下滑时把一条滑雪板稍稍超前另一条的一种姿势，以其起源于挪威西南部特勒马克郡而得名。

着滑行，双腿一前一后，飞快移动，身子探出，防止旋转，两支滑雪杖像两个光点，把弧线衬托得更加突出，一切都笼罩在漫天飞舞的白雪中。

“我就怕大旋身，”乔治说，“雪太深了。你做的姿势真美妙。”

“我的一条腿做不来特勒马克，”尼克说。

尼克用滑雪板把铁丝栅栏的最高一股铁丝压下，乔治纵身越过去。尼克跟他来到大路上。他们沿路屈膝滑行，进入一片松林。路面结着光亮的冰层，被拖运原木的马儿拉的犁弄脏了，染得一搭橙红，一搭烟黄。两人一直沿着路边那片雪地滑行。大路陡然往下倾斜通往小河，然后笔直上坡。他们透过林子，看得见一座饱经风吹雨打、屋檐较低的长形的房子。从林子里看，这房子显得泛黄。走近了，看出窗框漆成绿色。油漆在剥落。尼克用一支滑雪杖把滑雪板上的夹靴夹敲松，双脚一踢，让滑雪板掉下。

“我们还是把滑雪板带上去的好，”他说。

他肩起滑雪板，把靴跟的铁钉扎进冰封的立脚点，一步步爬上陡峭的山路。他听见乔治紧跟在后，一边喘息，一边把靴跟扎进冰雪。他们把滑雪板竖靠在客栈的墙上，相互拍掉彼此裤子上的雪，把靴子蹬蹬干净才走进去。

客栈里黑咕隆咚的。有只大瓷火炉在屋角亮着火光。天花板很低。屋内两边那些酒渍斑斑的暗黑色桌子后面摆着光溜溜的长椅。两个瑞士人坐在炉边，一边抽着烟斗，一边喝着小杯浑浊的新酒。尼克和乔治脱去茄克衫，在炉子另一边靠墙坐下。有个人在隔壁房里停止了歌唱，一个围着蓝围裙的姑娘走出门来看看他们想要什么喝的。

“来瓶西昂[1]酒，”尼克说。“行不行，吉奇[2]？”

“行啊，”乔治说。“你对酒比我内行。我什么酒都爱喝。”

姑娘走出去了。

“没一项玩意儿真正比得上滑雪，对吧？”尼克说。“你滑了老长一段路，头一回歇下来时就会有这么个感觉。”

“嘿，”乔治说。“这是妙不可言的。”

姑娘拿酒进来，他们一时拔不出瓶塞。最后还是尼克打开了。姑娘出去了，他们听见她在隔壁房里唱德语歌。

“酒里有些瓶塞渣子没关系，”尼克说。

“不知她有没有糕点。”

“我们问问看。”

姑娘走进屋，尼克注意到她围裙鼓鼓地遮着大肚子。不知她最初进来时我怎么会没看见，他想。

“你唱的什么歌？”他问她。

“歌剧，德国歌剧。”她不愿谈论这个话题。“你们要吃的话，我们有苹果馅卷饼。”

“她不太客气，是不？”乔治说。

“啊，算了。她不认识我们，没准儿当我们要拿她唱歌开玩笑呢。她大概是从北边讲德语的地区来的，待在这里脾气躁，再说，没结婚肚子里就有了这孩子，所以脾气躁，碰不得。”

“你怎么知道她没结婚？”

---

① 西昂位于瑞士西南部，为瓦莱州首府，盛产名酒。

② 吉奇是乔治的爱称。

“没戴戒指。真见鬼，这一带的姑娘都是弄大了肚子才结婚的。”

门开了，一帮子从大路那头来的伐木工人走进来，在屋里把靴子上的雪跺掉，身上直冒水汽。那女招待给这帮人送来了三升新酒，他们分坐两桌，光抽烟，不作声，脱下了帽，有的背靠着墙，有的趴在桌上。屋外，拉运木雪橇的马儿偶尔一仰脖子，铃铛就清脆地丁当作响。

乔治和尼克都高高兴兴的。他们两人很合得来。他们知道回去还有一段路程可滑呢。

“你几时得回学校去？”尼克问。

“今晚，”乔治回答。“我得赶十点四十分从蒙特勒[①]开出的车。”

“我真希望你能留下过夜，我们明天上百合花峰去滑雪。”

“我得上学啊，”乔治说。“哎呀，尼克，难道你不希望我们能就这么在一起闲逛吗？带上滑雪板，乘上火车，到一个地方滑个痛快，滑好上路，找客栈投宿，再一直越过奥伯兰山脉[②]，直奔瓦莱州，穿过恩加丁谷地[③]，随身背包里只带上修理工具匣和替换毛衣和睡衣，甭管学校啊什么的。”

“对，就这样穿过黑森林区[④]。哎呀，都是好地方啊。”

“就是你今年夏天钓鱼的地方吧？”

---

① 蒙特勒，瑞士日内瓦湖东北岸的疗养胜地。

② 奥伯兰山脉，位于日内瓦湖东南。

③ 恩加丁谷地，在瑞士东端，从西南向东北延伸，分上恩加丁谷和下恩加丁谷两部分。

④ 黑森林区，在德国西南端。

“是啊。”

他们吃着苹果馅卷饼，喝干了剩酒。

乔治倒身靠着墙，闭上眼。

“喝了酒我总是这样感觉，”他说。

“感觉不好？”尼克问。

“不。感觉好，只是怪。”

“我明白，”尼克说。

“当然，”乔治说。

“我们再来一瓶好吗？”尼克问。

“我不想喝了，”乔治说。

他们坐在那儿，尼克双肘撑在桌上，乔治往墙上颓然一靠。

“海伦快生孩子了吧？”乔治说，身子离开墙凑到桌上。

“是啊。”

“几时？”

“明年夏末。”

“你高兴吗？”

“是啊。眼前。”

“你打算回美国去吗？”

“看来要回去吧。”

“你想要回去吗？”

“不。”

“海伦呢？”

“不。”

乔治默默坐着。他望着那空酒瓶和那些空酒杯。

“真要命不是？”他说。

“不。还说不上，”尼克说。

“为什么？”

“我不知道，”尼克说。

“你们今后在美国还会一块儿滑雪吗？”乔治说。

“我不知道，”尼克说。

“那些山不怎么样，”乔治说。

“对，”尼克说。“岩石太多。树木也太多，而且都太远。”

“是啊，”乔治说，“加利福尼亚就是这样。”

“是啊，”尼克说，“我到过的地方处处都这样。”

“是啊，”乔治说，“都是这样。”

瑞士人站起身，付了账，走出去了。

“我们是瑞士人就好了，”乔治说。

“他们都有大脖子的毛病，”尼克说。

“我不信，”乔治说。

“我也不信，”尼克说。

两人哈哈大笑。

“也许我们再也没机会滑雪了，尼克，”乔治说。

“我们一定得滑，”尼克说。“要是不能滑就没意思了。”

“我们要去滑，没错，”乔治说。

“我们一定得滑，”尼克附和说。

“希望我们能就此说定了，”乔治说。

尼克站起身。他把风衣扣紧。他朝乔治弯下身子，拿起靠墙放着的两支滑雪杖。他把一支滑雪杖戳在地板上。

“说定了可一点也靠不住，”他说。

他们开了门，走出去。天气很冷。雪结得硬邦邦的。大路一直爬上山坡通到松林里。

他们把刚才靠在客栈墙上的滑雪板拿起来。尼克戴上手套。乔治已经扛着滑雪板上路了。这下子他们可要一起跑回家了。

陈良廷　译

两代父子

城里大街的中心地段，有一块命令车辆绕道行驶的牌子，可是车辆到此却都公然直穿而过，因而尼古拉斯·亚当斯心想那修路工程大概已经完工，也就只管顺着那空落落的砖铺大街往前驶去；星期天来往车辆稀少，红绿灯却变来换去，弄得他常常停车，明年要是公家无力支付这笔电费的话，这套红绿灯也就要亮不起来了；再往前去，行驶在这小城的两排浓荫大树下，假如你是当地人，常在树下散步，一定会从心底里喜爱这些大树的，只是在外乡人看来，会觉得枝叶过于繁密，挡住了阳光，使房屋潮气太重；过了最后一幢住宅，驶上那高低起伏、笔直向前的公路，红土的路堤修得平平整整，两旁都是第二代新长的幼树。这里不是他的家乡，但这时正当仲秋时节，驱车行驶在这一带，看看远近景色，也确实赏心悦目。棉花铃子早已摘完，垦地上已经翻种了一片片玉米，有的地方还间种着一道道红高粱，一路来车子倒也好开，儿子早已在身旁的车座上睡熟了，一天的路程已经赶完，今晚过夜的那个城市又是他熟悉的，所以尼克现在蛮有心思看看玉米地里哪儿还种有黄豆，哪儿还种有豌豆，隔开多少树林子有一片垦地，注意到那些小木屋和宅子以及田地和林子之间的相关布局；他一路过去，心里琢磨着在这一带打猎该如何下手；每过一片空地，都要估计一下猎物会在哪儿觅食，在哪儿找窝，暗暗捉摸在哪儿能找到一大窝，它们蹿起来会朝哪个方向飞。

要是打鹌鹑的话，一旦猎狗找到了鹌鹑，你千万不能去把它们逃回老窝的路给堵住，要不然它们哄地一蹿而起，会一股脑儿向你扑来，有的冲天直飞，有的从你耳边擦过，呼的一声掠过你眼前时，那身影之大可是你从没见过的，这时只有一个好办法，那就是背过身子，等它们从你肩头上飞过，在停住翅膀快要斜掠入林之际，就瞄准开枪。这种打鹌鹑的窍门是他父亲教给他的，尼古拉斯·亚当斯不禁怀念起父亲来。一想起父亲，首先出现在眼前的总是那双眼睛。魁伟的身躯、敏捷的动作、宽阔的肩膀、弯弯的鹰钩鼻子、那老好人式的下巴底下的一把胡子，这些都还在其次——他最先想到的总是那双眼睛。两道眉毛摆好阵势，在上面构成了一道屏障；双眼深深地嵌在头颅里，仿佛是当作什么无比贵重的仪器，设计了这种特殊保护似的。父亲眼睛尖，看得远，比起常人来要胜过许多，这一点正是父亲的得天独厚之处。父亲的眼光之好，可以说不下于巨角野羊，不下于雄鹰。

当年他常常跟父亲一起站在湖边（那时他自己的眼力也还极好），父亲有时会对他说，“对岸升旗了。”尼克却怎么也瞧不见旗子，也瞧不见旗杆。父亲接着又会说，“瞧，那是你妹妹多萝西。她升起了旗子，这会儿正走上码头来了。”

尼克隔湖望去，看见了对面那林木蓊郁的一长溜儿湖岸、那些在背后耸起的大树、那突出在湖湾口的尖角地、那牧场一带的光洁的山冈以及那绿树掩映下他们家的白色小宅子，可就是瞧不见什么旗杆，也瞧不见什么码头，看到的只是一道白色的沙滩和一弯湖岸。

“你看得见靠近尖角地的山坡上有一群羊吗？”

“看见了。”

它们只是青灰色小山上一块淡淡的白斑。

“我还数得上来呢，”父亲说。

父亲非常神经质，人只要有某种功能超过了常人的需要，就会有这种毛病。再说，他很感情用事，而且就像多半感情用事的人那样，心肠虽狠，却常常受欺。此外，他的倒霉事儿也挺多，这可不都是他自己招来的。人家做了个圈套，他去稍稍帮了点忙，结果反而落在这个圈套里送了命，其实他在生前就被这帮子人以形形色色的方式出卖了。凡是感情用事的人都不免被人家一次次地陷害的。尼克现在还没法把父亲的事情写出来，那只能待之将来了，不过眼前这片打鹌鹑的好地方使他想起了小时候心目中的父亲，他十分感激父亲当时教会了他两件事：钓鱼和打猎。他父亲对这两件事的见解是颇为精到的，但是对比如说两性问题的看法就不行了，而尼克觉得幸亏正是这样；因为总得有人来给你第一把猎枪，或者给你个机会让你搞来使用，再说，要学打猎钓鱼也总得住在个有猎物有游鱼的地方，他今年三十八岁了，爱钓鱼、爱打猎的劲头还不下于当年第一次跟随父亲出猎的时候。他这股热情从不曾有过丝毫的衰减，他真感激父亲培养起了他这股热情。

至于另一个问题，即父亲不在行的那个问题，实在你所需要的一切条件都是生而有之，人人都是无师自通，住在哪里也都是一个样。他记得很清楚，在这个问题上父亲给过他的知识总共只有两条。有一次他们一起出去打猎，尼克打中了一棵铁杉树上的一只红松鼠。松鼠受了伤，摔了下来，尼克过去一把拣起来，那小东西竟把他的拇指球咬了个对穿。

“这下流的小狗日的！”尼克说，把松鼠的脑袋啪的一声往树上砸去。“咬得我真够呛。”

父亲看了一下说，“快用嘴把血都吸掉，回头到了家里涂点碘酊。”

“这小狗日的，”尼克说。

“你可知道狗日的是什么意思？”父亲问他。

“我们骂起来总是这样说的，”尼克说。

“狗日的是指人跟畜生乱交。”

“人干吗要这样干呢？”尼克说。

“我也不知道，”父亲说。“反正这种坏事伤天害理。”

这引起了尼克的胡思乱想，还弄得他汗毛直竖，他一种种畜生想过来，觉得全不逗人喜爱，好像都行不通。父亲传给他的直接明白的性知识除此以外还有一桩。有一天早上，他在报上看到恩立科·卡罗索①因犯诱奸罪②被逮捕。

“诱奸是怎么回事？”

“这是种最最伤天害理的坏事，”父亲回答说。尼克在想象中仿佛见到这位男高音名歌唱家手里拿了个捣土豆泥的家伙，正对那花容月貌大似雪茄烟盒子里的画上的安娜·

① 恩立科·卡罗索(1873—1921)，意大利著名男高音歌剧演员，长期在纽约大都会歌剧院演出。

② 原文 mashing，在土语中作“诱奸”解，在普通英语中则是“将(土豆)捣成泥”的意思，所以尼克有下面的联想。

海尔德[1]的一位女士做出什么稀奇古怪、伤天害理的事来。尼克尽管心里相当害怕，还是暗暗打定主意，等自己长成了，至少也要这么来一下试试。

父亲关于这一切总结时说，手淫要引起眼睛失明、精神错乱，甚至危及生命，而宿娼的人则要染上见不得人的花柳病，因此应该不要跟人家去接触。不过话说回来，父亲的眼睛之好，确实是尼克从来没有见到过的，尼克非常爱他，从小就非常爱他。可是现在，明白了一切经过，他就是想起了家运衰败前的那早年的岁月，心里也高兴不起来。要是能写出来的话，就能排遣开了。他曾写出许多事情，就都排遣开了。可是写这件事还为时过早。好多人都还在世。所以他决定还是换点别的事情想想。父亲的事情是无可挽回的了，他早已翻来覆去想过多少回了。那殡仪馆老板在父亲脸上怎么化的妆，他都还历历在目，而其他的种种光景也都记忆犹新，连遗下多少债务都还没有忘记。他恭维了殡仪馆老板几句。那老板相当得意，一副沾沾自喜的样子。其实父亲的最后遗容并不决定于殡仪馆老板的手艺。殡仪馆老板不过是妙笔一挥作了些修补工作而已，其艺术性是成问题的。父亲的相貌在内外两方面因素的影响下形成了也有好久了。特别是在最后三年中，就飞快地定型了。此事说起来很有意思，可是牵涉到在世的人太多，眼下还不便写。

至于那种年轻人的事儿，尼克还是在印第安人营地后面的

① 安娜·海尔德(1873—1918)，出生在法国的女歌唱家、歌剧演员，长期在美国演出，以容貌美丽著称，为“齐格飞歌舞团”创办人弗洛伦茨·齐格飞(1867—1932)的第一个妻子。

铁杉林里自己开蒙的。他们的小宅子背后有一条小径，穿过树林可以直抵牧场，然后转上一条蜿蜒曲折的路，穿过林中空地，便到了印第安人的营地。他真巴不得如今还能光着两只脚到那林间小径上去走上一回。首先是那片穿过屋后铁杉林的遍地腐熟的松针，倒地的老树已崩解成了堆堆木屑，雷击劈开的长长的枝条儿像标枪一样挂在树梢。你从独木桥上跨过小溪，要是踩一个空，桥下等着你的便是黑糊糊的淤泥。翻过一道栅栏，就出了树林子，这里阳光下的田野小道就是硬硬的了，田野里只剩些草茬，有的地方长着些小酸模草和天蕊花，左边有片在蠕动着的泥水塘，那是溪水泛滥形成的，喧闹的街鸟在那里觅食。那水上冷藏所就盖在这小溪里。牲口棚下边有些新鲜的畜粪，另外还有一堆陈粪，顶上已经干结。再翻过一道栅栏，走完从牲口棚到牧场房子的又硬又烫的小道，就是一条烫脚的沙土大路，一直通到树林边，中途又要跨过小溪，这回溪上倒有一座桥，桥下一带长着些香蒲，你晚上用鱼叉去捕鱼，就是用这种香蒲浸透了火油，点着了做篝灯的。

大路到了树林边就向左一拐，绕过林子上山而去，这时就得另走一条宽阔的黏土碎石子路进入林子。上有树荫，路踩上去凉凉的，而且特别开阔，为了让人把印第安人剥下的铁杉树皮往外拖运。铁杉树皮叠得整整齐齐，一长排一长排堆在那儿，顶上再盖上些树皮，看去真像房子一样。那些剥去了皮的粗大的黄色树身都扔在原处，任其在树林子里枯烂，连树梢头的枝叶都不砍掉，也不烧掉。他们要的就是树皮，拿来供应博依恩城的鞣皮厂；一等冬天湖上封冻，就都拉到冰上，一直拖到对岸，所以树林就一年稀似一年，那种光秃秃、火辣辣、不见绿荫、但见满地杂草的林间空地，地盘却愈来愈大了。

不过在当时那里的树林还挺茂密，而且都还是原始林，树干都长到老高才分出枝丫来，你在林子里走，脚下尽是一片褐色的松软的松针，干干净净，没有一些乱丛杂树，外边天气再热，那里也是一片阴凉。那天他们三个就靠在一棵铁杉的树干上，那树干之粗，超过了两张床的长度。微风高高地在树顶上拂过，漏下来斑驳荫凉的天光。比利说了：

“你又想要特鲁迪了？”

“特鲁迪。你说呢？”

“嗯哈。”

“我们去吧。”

“不，这儿好。”

“可比利在……”

“那有什么。比利是我哥。”

后来他们三个又坐在那里，想听听枝头高处一只黑松鼠叫，却看不见。他们在等这小东西再叫一声，因为只要它一叫，一竖尾巴，尼克看见哪儿有动静，就可以朝哪儿开枪。他打一天猎，父亲只给他三发子弹，他那把猎枪是口径为二十的单筒枪，枪筒挺长。

“这狗崽子一动也不动，”比利说。

“你打一枪，尼基[①]。吓吓它。等它往外一逃，就再来一枪，”特鲁迪说。她难得能说上这样几句连贯的话。

“我只有两发子弹了，”尼克说。

“这狗崽子，”比利说。

---

① 和尼克一样，尼基也是尼古拉斯的爱称。

他们背靠大树坐在那儿，不做声了。尼克觉得空落落的，心里却挺快活。

“埃迪说他总有一天晚上要跑来跟你妹妹多萝西睡上一觉。”

“什么？”

“他是这么说的。”

特鲁迪点了点头。

“他只想干这码事，”她说。埃迪是他们的异母哥哥。他十七岁。

“要是埃迪·吉尔比晚上敢来，胆敢来跟多萝西说一句话，你们知道我要拿他怎么着？我就这样宰了他。”尼克把枪机一扳，简直连瞄也不瞄，就是叭的一枪，仿佛把那个杂种小子埃迪·吉尔比不是脑袋上就是肚子上打了个巴掌大的窟窿。“就这样。就这样宰了他。”

“那就劝他别来，”特鲁迪说。她把手伸进尼克的口袋。

“得劝他多小心点，”比利说。

“他是个吹牛大王。”特鲁迪的手在尼克的口袋里摸了个遍。“可你也别杀他。杀了他要惹大祸的。”

“我就要这样宰了他，”尼克说。仿佛埃迪·吉尔比正躺在地上，胸口打了个大开膛。尼克还神气活现地踏上一只脚。

“我还要剥他的头皮，”他兴高采烈地说。

“那不行，”特鲁迪说。“那太恶心了。”

“我要剥下他的头皮给他妈送去。”

“他妈早就死了，”特鲁迪说。“你可别杀他，尼基。看在我的分上，别杀他了。”

“剥下了头皮以后，就把他扔给狗吃。”

比利可上了心事。“得劝他小心点，”他闷闷不乐地说。

“叫狗把他撕得粉碎，”尼克说，想起这个情景，得意极了。把那个无赖杂种剥掉了头皮以后，他会站在一旁，看那家伙被狗撕得粉碎，他连眉头都没皱一皱，忽然一个踉跄往后倒去，靠在树上，脖子被紧紧勾住了，原来是特鲁迪搂住了他，搂得他气都透不过来了，一边嚷道，“别杀他呀！别杀他呀！别杀他呀！别杀！别杀！别杀！尼基。尼基。尼基！”

“你怎么啦？”

“别杀他呀。”

“非杀了他不可。”

“他是个吹牛大王嘛。”

“好吧，”尼基说。“只要他不上门来，我就不杀他。快放开我。”

“这就对了，”特鲁迪说。“你现在有没有意思？我现在倒觉得很可以。”

“只要比利肯走开。”尼克自以为杀了埃迪·吉尔比，后来又饶他不死，是个男子汉大丈夫了。

“你走开，比利。你怎么老是死缠在这儿。走吧。”

“狗崽子，”比利说。“这码事叫我烦死了。我们算来干啥？打猎还是怎么着？”

“你可以把这枪拿去。还有一发子弹。”

“好吧。我管保打上一只又大又黑的。”

“一会儿我叫你，”尼克说。

过了好大半天，比利还没有回来。

“你看我们会生个孩子出来吗？”特鲁迪快活地盘起了她

那双黝黑的腿，偎在尼克身上磨蹭着。尼克却不知有什么心事牵挂在老远以外。

“不会吧，”他说。

“就大生特生吧，管他呢。”

他们听见比利一声枪响。

“不知他打到了没有。”

“管他呢，”特鲁迪说。

比利从树林子里走过来了。他枪挎在肩上，手里提着只黑松鼠，抓住了两只前脚。

“瞧，”他说。“比只猫还大。你们完事啦？”

“你在哪儿打到的？”

“那边。看见它跳出来就打。”

“该回家啦，”尼克说。

“不，”特鲁迪说。

“我得赶回去吃晚饭。”

“好吧。”

“明天还想打猎吗？”

“好吧。”

“松鼠你们就拿去吧。”

“好吧。”

“吃过晚饭还出来吗？”

“不了。”

“觉得怎么样？”

“好。”

“那好吧。”

“在我脸上亲亲，”特鲁迪说。

这会儿开着汽车行驶在公路上，天色快要黑下来了，尼克不再想父亲的事了。一到白天的终了，他就不会再想父亲了。一到白天的终了，尼克就不许别人来打搅，要是不能独自过上一晚，就会觉得浑身不对劲儿。他每年一到秋天或者初春，就常常会怀念父亲，当时大草原上飞来了小鹬，或是看见地里架起了玉米禾束堆，或是看见了一泓湖水，有时哪怕只要看见了一辆马车，或是因为看见了雁阵，听见了雁声，或是因为隐蔽在水塘边上打野鸭；想起了有一次大雪纷飞，一头老鹰从空而降来抓布篷里的野鸭囮子，拍拍翅膀正要蹿上天去，却不防让布篷勾住了爪子。他只要走进荒芜的果园，踏上新耕的田地，到了树丛里，到了小山上，或是踩过满地枯草，只要一劈柴，一提水，一走过磨坊、榨房、水坝，特别是只要一看见野外烧起了篝火，父亲的影子总会猛一下子出现在他眼前。不过他住过的一些城市，父亲却没有见识过。从十五岁起他就跟父亲完全分开了。

寒冬天气父亲胡须里结着霜花，一到热天却汗出如浆。他喜欢顶着太阳在地里干活，因为这本不是他的分内事，他就是爱干些力气活儿，而尼克却不爱。尼克热爱父亲，却讨厌父亲身上的那股气味，有一次他不得不穿一套小得父亲不能再穿的内衣，使他觉得直恶心，他就脱下来，塞在小溪边两块石头下，只说是弄丢了。父亲叫他穿上的时候，他对父亲说过那有股味儿，可父亲说衣服才洗过。衣服也确实是才洗过。尼克请他闻闻看，父亲生了气，拿起来一闻，说蛮干净，蛮清香。等到尼克钓鱼回来，身上的内衣已经没了，他说是给弄丢了，就为撒了这个谎，结果挨了一顿鞭子。

事后，他把猎枪上了子弹，扳起枪机，坐在小柴间里，让门开着，望见父亲坐在门廊的纱窗下看报，他心里想，“我可以一枪送他去见阎王。我打得死他。”到最后他的气终于消了，可想起这把猎枪是父亲给的，还是觉得有点恶心。于是他就摸黑走到印第安人的营地，去摆脱这股气味。家里只有一个人的气味他不讨厌，那是一个妹妹的。跟别人他就压根儿避不接触。等他抽上了香烟，他的嗅觉就迟钝了。这倒是件好事。捕鸟猎犬的鼻子愈尖愈好，可是人的鼻子太尖就未必有什么好。

“爸爸，你小时候常常跟印第安人一块儿去打猎，是怎么打的呀？”

“我说不好，”尼克吃了一惊。他竟没有注意到孩子已经醒了。他看了看坐在身边车座上的孩子。他自以为是独自一人，其实这孩子一直睁大了眼在他身边。也不知道孩子醒了有多久了。“我们常常去打黑松鼠，一打就是一天，”他说。“父亲一天只给我三发子弹，他说要这样才能学会如何打猎，小孩子拿了枪噼噼啪啪到处乱放可没好处。我跟一个叫比利·吉尔比的小伙子，还有他的妹妹特鲁迪，一块儿去打。有一年夏天，我们差不多天天都去。”

“真怪，印第安人也有叫这种名字的。”

“是啊，可不，”尼克说。

“跟我说说，他们是什么样儿的？”

“他们是奥吉布瓦族人，”尼克说。“人都是挺好的。”

“跟他们做伴，他们表现怎么样？”

“这怎么跟你说呢，”尼克·亚当斯说。难道能跟孩子说就是她第一个给了他从未有过的乐趣？难道能对孩子提起那丰满黝黑的大腿、那平坦的小肚子、那对结实的小奶子、那搂得紧紧的双臂、那灵活地探索的舌尖、那迷离的双眼、那嘴里的一股美妙的味儿？难道能讲随后的那种不适、那种紧密、那种甜蜜、那种润湿、那种温存、那种体贴、那种刺激？能讲那种无限圆满、无限完美的境界，那种没有穷尽的、永远没有穷尽的、永远永远也不会有穷尽的境界？可是这些突然一下子都结束了，眼看一只大鸟就像暮色苍茫中的猫头鹰一样飞走了，不过这是在白天的树林子里，有些铁杉树的针叶粘在肚子上。这一来，以后你每到一个地方，只要那儿住过印第安人，你就嗅得出他们留下的踪迹，空的酒瓶的气味再浓，嗡嗡的苍蝇再多，也压不倒那种香草的气息、那种烟火的气息以及那另外一种新剥貂皮似的气息。即便听到了挖苦印第安人的玩笑话，看到了苍老干枯的印第安老婆子，这种感觉也不会改变。也不怕他们身上渐渐带上了一股令人作呕的香味。也不管他们最后干上了什么营生。他们的归宿如何并不重要。反正他们的结局全都一个样。当年还不错。眼下可不行了。

再拿打猎来说吧。打下了一只飞鸟，就等于打遍天上的飞鸟。鸟儿虽然有形形色色，飞翔的姿态也个个不同，可是打鸟的感受是一样的，打头一只鸟好，打末一只鸟也同样美好。懂得这一点，他应该感激父亲。

“你也许不会喜欢他们，”尼克对儿子说。“不过我看你会喜欢他们的。”

“爷爷小时候也跟他们在一块儿住过，是吗？”

“是的。那时我也问过他印第安人是什么样儿的，他说印第安人中有好多是他的朋友。”

“我将来也可以去跟他们一块儿住吗？”

“这我就说不上了，”尼克说。“这是应该由你来决定的。”

“我到几岁上才可以拿到一把猎枪，独自个儿去打猎呀？”

“十二岁吧，如果到那时我看你做事小心的话。”

“但愿我现在就有十二岁。”

“反正那也快了。”

“我爷爷是什么样儿的？我对他已经没啥印象了，就还记得那一年我从法国回来，他送了一把气枪和一面美国国旗给我。他是什么样儿的？”

“他这个人可怎么说呢？他是个了不起的猎手和捕鱼人，还有一双好眼睛。”

“比你还了不起吗？”

“他的枪法要比我强得多，他的父亲也是一个打飞鸟的神枪手。”

“我敢说他不会比你强。”

“喔，他可强着哩。他出手快，打得准。看他打猎，比看谁打猎都过瘾。他对我的枪法总是很不满意。”

“我们为什么从来不到爷爷坟上去祷告？”

“我们的家乡不在这一带。离这儿远着哪。”

“在法国可就没有这样的事情。要是在法国我们就可以去。我想我总该到爷爷坟上去祷告吧。”

“改天去吧。”

“我希望以后我们别住得那么远，免得等你死了我到不了你坟上去祷告。”

“我们得以后瞧着办。”

“你说我们该大家都葬在一个方便的地方吗？我们可以都

葬在法国嘛。葬在法国好。”

“我可不想葬在法国，”尼克说。

“那也总得在美国找个比较方便的地方。我们就都葬在牧场上，行不行？”

“这个主意倒不坏。”

“这样，我在去牧场的路上，可以在爷爷坟前顺便停一停，祷告一下。”

“你倒想得挺周到的。”

“唉，爷爷坟上连一次也没去过，我心上总觉得不大舒坦啊。”

“我们总是要去的，”尼克说。“放心吧，我们总是要去的。”

蔡　慧　译

图书在版编目(CIP)数据

尼克·亚当斯故事集/(美) 海明威
(Hemingway, E.)著;陈良廷等译. —上海: 上海译文
出版社, 2012.6(2023.2 重印)
(译文经典)
书名原文: The Nic Adams Stories
ISBN 978-7-5327-5794-7

Ⅰ.①尼… Ⅱ.①海… ②陈… Ⅲ.①短篇小说-小
说集-美国-现代 Ⅳ.①I712.45
中国版本图书馆 CIP 数据核字(2012)第 072470 号

Ernest Hemingway
The Nick Adams Stories
本书根据 Charles Scribner's Sons 1972 年版译出

尼克·亚当斯故事集
[美] 海明威 著 陈良廷 等译
责任编辑 / 管舒宁 装帧设计 / 张志全工作室

上海译文出版社有限公司出版、发行
网址: www.yiwen.com.cn
201101 上海市闵行区号景路159弄B座
山东韵杰文化科技有限公司印刷

开本 787×1092 1/32 印张 9.75 插页 5 字数 141,000
2012 年 6 月第 1 版 2023 年 2 月第 3 次印刷
印数: 10,301—12,300 册

ISBN 978-7-5327-5794-7/I·3431
定价: 50.00 元